Sina Blackwood

Der Nixen-Clan

Band 3

Alarmstufe rot

Bibliografische Informationen der Deutschen Nationalbibliothek
Die Deutsche Nationalbibliothek verzeichnet diese Publikation in
der Deutschen Nationalbibliografie; detaillierte bibliografische
Daten sind im Internet über http://dnb.de abrufbar.

Herstellung und Verlag:
BoD – Books on Demand, Norderstedt
ISBN: 9783746077895

Giftmüll

Seit dem verheerenden Tsunami, der Tuvalu verwüstet hatte, sind einige Jahre vergangen. Nui erstrahlt in neuem Glanz, Sirias Gewürzhandel floriert. Mario hat seine Forschungen auf das Gebiet um das Atoll spezialisiert, um dem Volk seiner Frau das Überleben zu sichern.

Gerade eben ging seine Yacht am Korallenriff vor Anker, wo sein Schwiegervater Tiku mit seinen beiden Freunden auf ihn wartete.

„Du siehst besorgt aus", sagte er gleich nach der Begrüßung.

Tiku nickte. „Ich habe wieder dieses unangenehme Ziehen im Nacken. Irgendetwas stimmt nicht."

„Und die Seeigel?", fragte Mario, weil diese beim Beben, welches den Tsunami ausgelöst hatte, abgewandert waren.

„Deinen Indikatortieren geht es prächtig", erklärte Tiku.

„Die haben sich rasant vermehrt. Wir können uns öfter einen gönnen", verriet Auan.

„Wir haben ungewöhnlich viel Schiffsverkehr festgestellt, der nicht sein dürfte", erzählte Mario.

Tiku nickte. „Ja das haben wir auch schon gemerkt. An manchen Tagen dröhnt einem regelrecht der Schädel vom Lärm der Schiffsmotoren. Aber das ist es nicht. Ich weiß nicht, wie ich es erklären soll."

„Vorahnungen", murmelte Mario.

Amar schaute ihn mit großen Augen an. „Was meinst du damit?"

„Ihr habt, seit ihr mit Sina in regelmäßigem Kontakt seid und Siria geboren wurde, große Veränderungen durchlebt. Ist euch nicht aufgefallen, dass ihr am Anfang nicht telepathisch mit meinem Vater sprechen konntet? Nun ist es ganz selbstverständlich, dass wir uns so unterhalten und die mögliche Entfernung beträgt inzwischen fast 100 Meter."

„Du meinst, ich könnte sensibel auf ein Ereignis reagieren, das erst noch stattfinden wird", bemerkte Tiku, der immer schneller dachte, als die beiden anderen.

„Richtig."

Tiku setzt sich neben Mario auf den Rand der Taucherplattform. „Ich habe Angst, dass wir bald in die kalte Ostsee auswandern müssen. Wobei das tausendmal besser ist, als hier langsam zu sterben."

„Hast du mit Siria gesprochen?", staunte Mario.

Tiku schüttelte den Kopf. „Nein. Ich habe in letzter Zeit oft solche Gedanken."

Die beiden anderen hoben ratlos die Schultern, während Tiku weitersprach: „Beim diesjährigen Paarungstanz sind nur noch drei Frauen und keine weiteren Männer erschienen. Wir sterben aus, Mario! Es ist bestimmt nicht mehr aufzuhalten."

„Habt ihr Kontakt mit den Frauen?"

„Sinnlos. Ich habe es in jedem Jahr versucht." Tiku winkte ab. „Ich kann dir nicht mal sagen, ob sie nur aus Instinkt so handeln. Sie verraten uns ja nicht einmal, ob sie nach den Tänzen Kinder geboren haben."

„Wir sind ihnen sogar schon heimlich gefolgt und haben überall nach Kindern gesucht. Es gibt keine", fügte Auan hinzu. „Weder ganz Kleine noch Halbwüchsige. Die sind wie vom Haifisch verschluckt."

„Deren Populationen haben sich nicht grundlegend verändert. Auch die Orcas haben nicht überdurchschnittlich zugelegt", sinnierte Mario. „An eurer Zeugungsfähigkeit würde ich zu allerletzt zweifeln."

„Na wenigstens eine gute Nachricht", schmunzelte Auan.

„Könnt ihr mir Wasserproben aus den Regionen besorgen, wo sich die Frauen normalerweise aufhalten?", bat Mario.

„Machen wir", versprach Tiku. „Irgendwas müssen wir schließlich tun." Er bewegte langsam seine riesige Schwanzflosse auf und ab, die Mario immer wieder zutiefst beeindruckte. Kein Wunder, dass Adaia ihren letzten Tanz diesem Recken gewidmet hatte. Siria, Adaias und Tikus leibliche Tochter und zugleich Marios Frau, war stolz auf ihren Vater.

Tiku hatte recht, wenn er befürchtete, das Meervolk könne aussterben. Der Tsunami hatte unzählige Leben von den Nixen gefordert. Dass die Letzten ihrer Art nicht in kalte trübe Gewässer umsiedeln wollten, verstand Mario nur zu gut. Er ließ sich von der Besatzung drei Rucksäcke mit mehreren verschließbaren Behältern bringen.

Tiku prüfte die Tauglichkeit und stellte sofort fest, dass der Auftrieb äußerst störend war. „Dürfen wir sie schon jetzt füllen und am Einsatzort den Inhalt austauschen?", fragte er.

„Aber natürlich", beeilte sich Mario, zu sagen. „In den vorderen Taschen stecken bunte Gummiringe, mit denen ihr sie markieren könnt, damit ich einigermaßen weiß, woher sie stammen."

Tiku hatte schon den Mund geöffnet, um etwas zu sagen, schloss ihn aber wieder und nickte zustimmend. „Wir werden in vier Tagen wieder hier sein", merkte er noch an, ehe sie sich mit einem festen Händedruck verabschiedeten. Eine Geste, die er sich von den Menschen abgeschaut hatte, und nur jenen zukam, für die er höchste Achtung empfand. Für ihn waren das seine beiden Freunde, der nordische Nixen-Clan mitsamt seinen menschlichen Mitgliedern, Kirk Moore, die rechte Hand seiner verstorbenen großen Liebe, und Martin Spindler, der Tauchlehrer.

Es war noch früh am Morgen und so schwammen die drei Meermänner nach kurzer Beratung los, um ihren Auftrag zu erfüllen. Je eher Licht ins Dunkel des Nixensterbens kam, umso besser für alle.

„Du siehst besorgt aus", stellte Siria fest, als Mario zurück an Land kam.

„Oh je! Genau diese Worte habe ich vorhin zu Tiku gesagt!" Mario beugte sich zu ihr hinunter, um sie zu küssen.

Seine Frau hatte heute ihren Fischschwanz in einem dünnen Schlupfsack verborgen, weil Gäste in Martins Tauchschule weilten. „Mein Rollstuhl will heute nicht so recht", stöhnte sie, das Joystick der Steuerung antippend.

Es gab zwar Hovercrafts, aber die wirbelten den feinen Sand auf, was den Kiemen der Nixe nicht gut bekam und so fuhr sie lieber mit dem altmodischen vierrädrigen Gefährt.

„Ich bitte Martin dann gleich, ihn sich anzuschauen", versprach Mario, auf Handbetrieb umschaltend, damit er seine hübsche Frau ins Haus schieben konnte.

In ihrem Büro angekommen, hob er sie vom Sitz und trug sie zu ihrem bequemen Chefsessel, der nach Körpermaß und Befindlichkeiten einer Nixe gefertigt worden war und innerhalb der barrierefreien Villa auch als Fortbewegungsmittel diente. Dann stellte er Fruchtsaft für sie bereit, ehe er von seinem Treffen mit den Meermännern zu erzählen begann.

Siria schloss die Augen, als er geendet hatte. „Tiku ist vernünftig genug, von Orten zu verschwinden, die gefährlich werden könnten", murmelte sie schließlich. „Es war gut, dass du ihnen gleich die Behälter gegeben hast. Wirst du mit Sina sprechen?"

„Aber sicher. Sie ist schließlich die Einzige, die Tiku, Amar und Auan eine neue Heimat geben kann, wenn hier wirklich Alarmstufe rot eintreten sollte. Der nordische Clan schätzt sie sehr, aber keiner würde sich um die drei Fremdlinge kümmern. Das kann nur Sina tun, denn du wirst hier gebraucht."

Sina, die ältere Schwester seiner Frau und zugleich offiziell seine Mutter, lebte noch immer mit ihrem Mann, Peter Neuberg, in Dranske. Die beiden und Martin waren einsame Spitze darin, jemandem eine Heimat zu geben, wie er am eigenen Leib erfahren hatte. Ohne den pfiffigen Tauchlehrer und seine Adoptiveltern wäre Mario womöglich in einer Familie gelandet, die ihm nicht so viel Liebe, Fürsorge und Entwicklungsmöglichkeiten gegeben hätte.

„Du hast wieder diesen verträumten Glanz in den Augen", schmunzelte Siria.

Mario nickte. „Ja, ich bin gerade wieder der glücklichste Mensch, weil ich der Sohn einer Nixe bin, eines dieser wundervollen Wesen zur Frau und eines als Tochter habe. Wo steckt Liana überhaupt?"

„Noch bei ihrem Lehrer. Die beiden modellieren aus Ton ein Kunstwerk, das wir noch nicht sehen sollen."

„Die Kleine ist begabt." Mario ließ seine Fingerspitzen über die Skulptur eines Seepferdchens gleiten, welche die Siebenjährige ohne fremde Hilfe gefertigt hatte. Das Brennen hatte dann ein Profi übernommen, den man kurzerhand als Lehrer für Liana engagierte.

Lianas Rollstuhl war wendig und mit einer Hubvorrichtung versehen, sodass sie auch an größeren Dingen arbeiten konnte. Und wie alle anderen Nixen betonte sie immer wieder Fremden gegenüber, dass sie, wie viele in der Familie, durch einen Gendefekt ohne Füße geboren worden sei und aufgrund von diversen Unverträglichkeiten nicht operiert oder mit Prothesen ausgestattet werden könne.

Siria blinzelte fröhlich: „Dann wird es wohl nicht mehr lange dauern und die Welt wird die nächste Künstlerin mit Handicap aus dem Wilson-Clan feiern."

Mario nickte begeistert. „Wenn die wüssten! Ich erinnere mich noch, als sei es erst gestern gewesen, an jenen Tag, als mir mein Vater offenbarte, dass meine vermeintlich behinderte Großmutter Adaia eine Nixe sei, und dass meine Mutter Sina auf genau dieselbe Weise keine Füße habe." Er hob Siria aus ihrem Sessel, drückte sie ganz fest an sich. „Ich sollte Glück als zweiten Vornamen tragen."

Siria kuschelte sich an. „Ich auch. Ohne die Hilfe der Familie und der menschlichen Technik wäre ich schon lange Meerschaum."

„Bei dir trifft ja zudem wörtlich zu, was uralte Dichter besingen: Aus Meerschaum geboren."

„Damit wären wir wohl wieder beim Ausgangsthema", seufzte Siria.

Mario trug sie zu ihrem Sessel zurück. „Ich mache mich auch sofort an die Arbeit, wenn die Männer die Wasserproben bringen."

Darauf musste er nicht einmal die veranschlagten vier Tage warten. Tiku, der Einzige, der inzwischen weite Telepathie beherrschte, meldete sich schon 24 Stunden früher.

„Habt ihr ein paar Stunden Zeit, mitzukommen, weil ich die Proben gleich sichten und kartieren möchte?", fragte Mario.

„Selbstverständlich", antworteten die Meermänner synchron und Mario ließ die Tauchplattform einziehen.

Am Steg erwartete man sie schon mit den Rollstühlen und Sichtschutzdecken für die Fischschwänze. Wie immer, wenn sie sich zum Landgang entschlossen, gab es zuerst ein gemeinsames Essen mit allen, die eingeweiht waren, ehe man sich den ernsten Themen widmete.

Liana begrüßte die Männer jedes Mal besonders freudig, wobei sie am Tisch immer an der Seite ihres Lebensretters Auan Platz nahm. Und der sprach heute laut aus, was viele schon lange dachten: „Du wirst immer hübscher und siehst Siria immer ähnlicher." Daraufhin schauten wieder einmal alle Tiku an, der die Augenbrauen hob und mit den Schultern zuckte. Die Wahrscheinlichkeit, dass er der biologische Vater der Kleinen war, hatten alle von Anfang an mit mehr als 60-prozentiger Sicherheit eingeschätzt.

Liana schmunzelte. „Umso besser. Die Menschen sind zu vollen 100 Prozent überzeugt, dass ich die leibliche Tochter von Siria und Mario bin und dabei soll es offiziell auch immer bleiben."

Etwas später saßen die Meermänner mit Mario im Labor und packten ihre Rucksäcke aus. Der bekam riesengroße Augen, als er das erste, mit einem farbigen Gummi, markierte Glas in die Hand nahm. Auf dem Etikett standen, zwar in krakeliger aber lesbarer Schrift, alle Daten, die er mindestens benötigte.

Tiku grinste jungenhaft. „Ich war so frei, die Proben vor Ort zu beschriften, um dir die Arbeit etwas zu erleichtern."

„Seit wann kannst du schreiben?", staunte Mario.

„Schon ein Weilchen", schmunzelte Tiku. „Kirk, Martin und Siria waren so lieb, es mir beizubringen. Ich habe auch immer einen Vorrat an geeigneten Stiften und laminiertem Material in der Grotte."

„Darauf malt er auch ganz wundervolle Bilder!", platzte Amar heraus.

Mario schüttelte beeindruckt den Kopf. „Unglaublich! Die musst du mir unbedingt zeigen!"

Während er sprach, schob er die Hälfte der ersten Probe in ein Spektrometer und in den Rest hängte er einen Sensor, der die chemische Zusammensetzung an seinen Computer sandte. Sofort griff er nach dem nächsten Glas. Beim siebenten Behälter erklang ein schrilles Klingeln, rote Warnlampen blinkten auf und eine Trennwand schob sich vor die Messgeräte, die den Raum hermetisch abriegelte. Die vier Männer waren beim ersten Ton zusammengezuckt. Mario stoppte den Alarm und checkte die Daten am Computer.

„Giftgas", flüsterte er erbleichend. „Wer von euch hat die Probe entnommen?"

„Auan", erwiderte Tiku mit tonloser Stimme. „Und zwar genau dort, wo sich immer die Frauen aufgehalten haben, wenn Stürme den Ozean aufwühlten."

Auan hatte inzwischen die Farbe einer frisch gekalkten Wand angenommen. „Da waren solche Blasen ... die kamen aus dem Boden ... ich habe zwei oder drei ins Glas blubbern lassen ..."

Mario brachte die geschockten Meermänner in sein zweites Labor. „Hast du die Blasen berührt?", fragte er Auan.

Der schüttelte heftig den Kopf. „Das habe ich nicht gewagt, weil mir schon vom Wasser dort furchtbar übel war. Ich hatte starken Brechreiz und habe alles doppelt gesehen."

„Du solltest besser ein paar Tage hier bleiben", schlug Mario vor. „Ich möchte sicher sein, dass du in Ordnung bist."

„Wir bleiben alle", legte Tiku fest. „Wir werden Auan jetzt nicht allein lassen. Und wenn du irgendwas hast, wobei ich dir helfen kann, dann sag es."

„Ich werde mich um Auan kümmern", versprach Amar.

Siria kam herein. „Was ist passiert? Ich habe den Alarm gehört."

Mario berichtete mit wenigen Worten, was geschehen war und fügte hinzu: „Die Neutralisation im abgeriegelten Laborbereich läuft bereits und sollte in einer Stunde abgeschlossen sein."

Was war es denn für Gift?", fragte Siria.

„Tabun", erwiderte Mario. „Das verdünnt sich im Wasser und wird biologisch abgebaut. Nur dauert das seine Zeit. Ich habe aber keine Ahnung, wie der Kampfstoff in unser Meer gelangt sein kann. Eigentlich ist das nur möglich, wenn vor langer Zeit Munition versenkt worden ist. Fakt ist, dass dieser Giftstoff sowohl Unfruchtbarkeit als auch in höherer Dosierung den Tod verursachen kann.

Wir haben an der Stelle, wo Auan die Probe genommen hat, zudem eine Strömung, die einem großen aber langsamen Wirbel gleicht und das Zeug beinahe auf der Stelle hält."

„Oh Gott!", rief Siria entsetzt. „Dann ist das Jahrhunderte lang absolut sichere Refugium zur Todesfalle geworden und die Frauen haben es nicht einmal gemerkt."

Die Männer nickten mit düsteren Mienen.

„Was können wir tun?"

„Nichts. Wir müssen versuchen, die Nixen zu warnen", murmelte Mario.

„Das werde ich tun, falls ich denn überhaupt noch eine finde", sagte Siria mit fester Stimme. „Vielleicht hören sie ja auf eine Frau. Wenn nicht, dann gibt es nur noch drei mögliche Wege."

„Drei?", fragte Tiku erstaunt.

„Ja, drei. Der erste wäre: Hunderte von Jahren abzuwarten, bis sich die Population von allein erholt. Der zweite heißt: In die Ostsee auswandern und der dritte, nordische Damen zu finden, die den südlichen Herren Gesellschaft leisten wollen, um das Überleben hier zu retten, was wir bei Weg eins nicht garantieren können."

„Nordische Damen?", echoten die Meermänner sehr interessiert.

Siria musste lachen. „War ja klar, dass euch diese Variante am meisten behagt. Da heißt aber noch lange nicht, dass die Damen wirklich auf einen von euch fliegen."

„Stimmt." Tiku betrachtete die Sache nüchtern. „Aber wenigstens erhöht das die Chance, zu überleben."

Siria fackelte nicht lange. Sie stellte die Verbindung zu Sina her und aktivierte die Videowand.

Das Gesicht der goldblonden Nixe erschien schon nach wenigen Sekunden. „Hallo, ihr Lieben! Verwandtschaftstreffen?"

„Überlebensberatung", korrigierte Siria. „Sina, du musst uns helfen. Hier stehen alle Zeichen auf Weltuntergang für unseren Clan."

Sina hörte schweigend, aber aufmerksam, zu, als Mario die Fakten nannte. Sie reagiert auch nicht sofort, als er geendet hatte. Mit beiden Händen rieb sie ihr Gesicht, bevor sie sagte: „Ich werde auf alle Fälle mit den Damen sprechen. Was dabei herauskommt, werden wir sehen. Fairerweise muss ich sie über alle Gefahren unterrichten, die vor dem Atoll lauern, Orcas, Haie, giftige Fische und giftiges Gas sind da nur ein paar Beispiele. Ich werde interessierten Nixen anbieten, für vier Wochen Gast auf Tuvalu zu sein, damit sie sich vor Ort ein Bild machen können. Wobei es natürlich sein kann, dass sie zwar den Urlaub dankbar annehmen, aber von vorn herein im Herzen nein zur Umsiedlung sagen."

„Das müssen wir riskieren", pflichtete Tiku bei.

„Egal, was sonst noch passiert, ich werde ein Tauchboot chartern und versuchen, die Quelle des Gases zu finden, sie zu neutralisieren und herauszufinden, woher das Zeug stammt", überlegte Mario laut. „Es vergiftet ja auch unsere Nahrungsfische, sodass es die hier lebenden Menschen ebenfalls schädigen kann."

„Wie geht es Peter?", wollte Tiku wissen.

„Ganz gut", verriet Sina. „Ihm geht es wie seinem Vorgänger in der Zahnarztpraxis. Er will auch nicht aufhören, weil er keinen Nachfolger findet. Zwei Mal die Woche hält er noch Sprechstunden ab und das Wartezimmer ist immer brechend voll."

„Grüß ihn von uns allen", bat Siria beim Abschied.

Eine Katastrophe kommt selten allein

„Zuerst will ich aber wissen, dass Auan gesund ist", erklärte Mario. „Vorher geht hier gar nichts los."

„Danke." Siria streichelte seine Hand. „Du wirst Martin brauchen, wenn du da runter gehst. Wer soll der dritte Mann sein?"

Tiku wandte sich ihr zu. „Ich. Irgendwie werde ich es schon schaffen, in das Tauchboot zu klettern."

„Das sollte kein Problem sein. Wir nehmen einfach den kleinen Materialkran und seilen dich durch die Luke ab. Unten nimmt dich einer in Empfang und trägt dich zum Sitz." Mario freute sich, den ortserfahrenen Meermann im Team zu haben.

Siria atmete auf. „Dann sind die drei fähigsten Männer des ganzen Atolls am Start und jeder weiß, dass er sich voll und ganz auf den anderen verlassen kann. Das beruhigt mich sehr. Was mir aber Sorgen macht, sind die vielen kleinen seismischen Beben, die in den letzten Monaten wieder gehäuft auftreten."

„Vielleicht sind die ja schuld, dass das Giftgas einen Weg aus zerfallender Munition gefunden hat", mutmaßte Mario. „Es sind jetzt auch öfter wieder Monsterwellen gesichtet worden. Davon sind mindestens zwei Informationsquellen absolut zuverlässig."

Amar hatte die Wucht einer dieser Wellen zu spüren bekommen. Sie hatte ihn einfach angesaugt und seemeilenweit mitgerissen. Dem befreundeten Rudel Pottwal-Junggesellen war es zu verdanken, dass er heil nach Hause gekommen war, denn die Orcas hatten schon leichte Beute in ihm gesehen.

Dabei hatte der Meermann keine Ahnung, dass sich die Welle fast 20 Meter über den normalen Wasserspiegel erhoben hatte. Frühere Seefahrer hatten diese monströsen Wellen Kawenzmänner genannt, was fast immer unter Seemannsgarn abgetan worden war. Erst im 21. Jahrhundert hatte man die Existenz der Monsterwellen mit moderner Technik bewiesen.

„Ihr solltet ein paar Stunden in den Pool gehen", riet Mario, denn die Haut der Meermänner begann auszutrocknen.

Siria lächelte. „Liana und ich gehen mit hinein. Sie hat, besonders Auan, so viel zu erzählen, dass die Zeit bis zum Abendessen wie im Flug vergehen sollte."

Mario wusste, dass zu Eifersucht kein Grund bestand. Die drei hatten geschworen, ihm sein kurzes menschliches Leben nicht vergällen zu wollen, indem sie seine Frau anbaggerten. Dass sie es mit Liana tun würden, sobald sie geschlechtsreif sei, lag klar auf der Hand und das hatten sie oft genug betont.

Im Gegensatz zu Siria, als kleines Nixlein, hatte sich Liana noch nie dazu geäußert, sich zu einem Mann besonders hingezogen zu fühlen. Wobei es ganz einfach sein konnte, dass sie vorsichtiger in ihren Worten war. Den besonderen Draht zu Auan, ihrem Lebensretter, hatte sie und pflegte ihn. Der Meermann ahnte nicht, dass er bei Liana eine Art Superheldenstatus einnahm, weil er, nur mit einem Korallenast bewaffnet, einen riesigen Hai verprügelt hatte, um sie zu retten. Nun spürte sie instinktiv, wie alle ihre Fürsorge auf ihn richteten.

„Was ist mit dir?", fragte sie ihn direkt, während sie Runde um Runde an seiner Seite in dem riesigen Meerwasserbecken drehte.

Auan zuckte mit den Schultern. „Das wissen wir noch nicht. Wenn ich Glück habe, dann ist gar nichts."

„Und wenn du kein Glück hast?"

„Wird Mario bestimmt etwas einfallen, wie er mir helfen kann."

Liana seufzte. „Pa ist dann wirklich der Einzige, der etwas ausrichten kann. Vielleicht sollte ich Ärztin werden?"

Auan stoppte. „Warum? Du fertigst umwerfend schöne Skulpturen. Das ist wohl eher deine Bestimmung."

„Das eine schließt doch das andere nicht aus." Liana setzte sich langsam wieder in Bewegung.

„Na ja, wo du recht hast, hast du recht." Der Meermann brachte sich mit ein paar schnellen Flossenschlägen wieder an ihre Seite.

Wir werden dir in jeder Hinsicht zur Seite stehen, hörte Liana Papa Mario telepathisch sagen, obwohl er sich noch im Haus befand.

„Und wir auch, so gut wir können", versprach Tiku.

Beim Abendessen taxierte Liana Auan immer wieder von der Seite, ohne etwas zu sagen.

„Hast du einen Wunsch?", fragte er schließlich.

Sie fasste nach seiner Hand. „Nur den, dass du nicht krank sein darfst."

Siria schaute kurz auf, wechselte einen Blick mit Mario und widmete sich wieder dem Essen. Alle anderen hatten den Satz ebenfalls registriert, wie die kurzen Augenkontakte verrieten.

„Wenn es allein in meiner Macht stände, würde ich dir den Wunsch sofort erfüllen", murmelte Auan.

Die Meermänner blieben eine volle Woche in der Villa und Mario konnte schließlich Entwarnung geben. Die vorliegenden Daten über die Biologie der Meervölker, ließen keine Anomalie bei Auans Organen erkennen.

Bernd Neuberg, der erste Menschenmann von Adaia, der nordischen Nixe und Familienclangründerin, hatte begonnen, anatomische und gesundheitliche Daten zu sammeln. Ihr gemeinsamer Adoptivsohn Peter hatte das Werk fortgeführt und nun kümmerte sich Adaias Enkel, Mario Neuberg, der Meeresbiologe, um die Vorsorge für alle Nixenwesen im Clan. Es war also nicht wirklich verwunderlich, dass Liana den Wunsch äußerte, Ärztin zu werden.

Man durfte nicht völlig von den Menschen abhängig werden. Denn wenige Stunden, nachdem die Meermänner in den Ozean zurückgekehrt waren, erschütterte erneut ein mittelstarkes Seebeben das Atoll.

„Ich kann Tiku nicht erreichen!", klagte Siria. „Befiehl bitte, das Schiff klarzumachen. Ich will zur Grotte."

Mario schüttelte den Kopf. „Nein, das werde ich nicht zulassen. Unterhalb der Oberfläche sind sie sicher, solange sich kein Tsunami zusammenbraut. Dafür fehlen im Augenblick alle Anzeichen."

„Aber es hat Monsterwellen gegeben", widersprach Siria. „Deine Messgeräte zeigen sie deutlich an."

„Das ist exakt", erklärte Mario. „Nur kommen die nicht in voller Höhe an die Strände. In der Grotte hingegen könnten sie schon einiges durcheinanderwirbeln."

Er wollte noch etwas hinzufügen, als sich das Kommunikationssystem meldete und Kirks Gesicht auf dem Monitor erschien: „Schaltet den Nachrichtensender ein! Die bringen etwas über ein Tankerunglück und eine drohende Ölpest!"

Während Mario die Tasten drückte, fragte Siria aufgeschreckt: „Wo???"

„Ich habe es nicht genau mitbekommen. Es war aber auch von unserem Atoll die Rede." Kirk blendete sich wieder aus.

Mario musste nicht lange suchen, denn das Bild eines Regierungssprechers erschien auf allen Kanälen.

„Oh mein Gott!", hauchte Siria nach dessen ersten Worten. „Du warst einer derjenigen, die in ihrer Expertise vehement die Pipeline auf dem tektonisch instabilen Meeresgrund abgelehnt haben und ihr habt recht behalten."

„Ich wünschte, ich hätte mich geirrt", knirschte Mario und aktivierte den Alarm. „Zieht die Ölsperren in doppelter Reihe!", tönte seine Stimme kurz darauf aus allen angeschlossenen Havarie-Lautsprechern Nuis.

Siria schlug die Hände vors Gesicht. „Ich glaube, nun haben wir schlimmere Probleme, als sie der Tsunami damals brachte."

„Fahre mit Martin raus und suche die Männer", bat Mario mit leiser Stimme. „Und passt bitte auf euch auf."

„Ich will mit!", ertönte es von der Tür, wo Lianas Miene eindeutig sagte: Egal, was ihr mir erzählt und verbietet, ich werde es ignorieren.

„Akzeptiert", seufzte Mario. „Ich weiß, dass ich euch jetzt weder halten kann noch darf. Kommt alle heil zurück. Viel Glück!"

Mutter und Tochter holten alles aus ihren Rollstühlen, weil in der Tat jede Sekunde zählte. Martin und ein Matrose trugen die Nixen an Deck, ein anderer zog die Gangway ein, dann wurde auch schon der Anker gelichtet. Mit voller Kraft voraus, ging es zur Nixengrotte.

Die Männer waren tatsächlich nicht da. Siria versuchte erneut, sie telepathisch zu orten. Tief beunruhigt tauchte sie auf.

„Fahren Sie soweit an den Ölteppich heran, wie gerade noch vertretbar ist", befahl sie dem Kapitän.

Eine Viertelstunde später verriet schon der Gestank, dass man sich dem Katastrophengebiet näherte.

„Halten Sie das Schiff außerhalb der Zone und denken Sie intensiv an mich, wenn die Situation brenzlig wird!", rief sie, sich mit Liana einfach von den Rollstühlen ins Meer stürzend.

Zwei Matrosen brachten die Gefährte rasch in Sicherheit und zurrten sie fest. Der Käpt'n kratzte sich am Kopf. Wie meinte Mrs. Neuberg das nur, mit dem intensiv Denken?

Sie arbeiten bereits an der Wiederherstellung der Pipeline, teilte Siria ihrer Tochter mit.

Worauf diese zu deren Überraschung erwiderte: *Es sind knapp 200 Männer und ich kann fünf Energien vom Meervolk spüren. Eine davon ist deine, die anderen kann ich noch nicht zuordnen. Beeilen wir uns!*

Siria brauchte keine zweite Aufforderung. Wie Torpedos jagten die Nixen durch das Wasser, auf dessen Oberfläche ein ekliger Ölfilm die Wellen glättete.

Mir wird von dem Gestank und dem Geschmack schon übel, bemerkte Liana, Siria am Arm packend und die Richtung ändernd.

Da! Sie stoppte abrupt. *Was ist das?* Ein paar Meter vor ihnen trieb etwas regungslos mit der Strömung.

Robben? Sirias Vermutung klang wenig überzeugend. Dafür waren die Wesen einfach zu schlank. Nur die dunkle Farbe erinnerte an Seehunde.

Meermänner, hauchte Liana. *Sie sind komplett ölverschmiert.*

Tauchplattform runterlassen! Siria wiederholte den Befehl immer wieder, in der Hoffnung, dass der telepathische Ruf den ungeübten Kapitän erreichen möge.

Gleichzeitig schwamm sie mit Liana auf die drei Verunglückten zu, um sie zum Schiff zu lotsen, ehe es für eine Rettung zu spät war.

Der Kapitän fühlte aus heiterem Himmel ein Stechen hinter der Stirn. Er musste sogar die Augen schließen, um den Schmerz ertragen zu können. In diesem Augenblick hörte er deutlich die Worte: „Tauchplattform runterlassen!" Er war so perplex, dass er gleich selber den Befehl ausführte.

Liana fasste einen der Männer an der Hand, Siria gleich zwei, um sie rasch dahin zu ziehen, wo das Schiff manövrierte. Die Tauchplattform war tatsächlich im Wasser. Ein Matrose beobachtete sie und ließ sie anheben, als die fünf Personen darauf lagen.

Siria steckte den Kopf aus dem Wasser und ließ stoppen, als die Körper der Männer gerade noch von den Wellen umspült wurden.

„Bitte sofort ein Mann mit Geschirrspülmittel zu uns!", rief sie hinauf, während sie, wie Liana, versuchte, Mund und Nase der halb toten Männer vom Öl zu befreien.

Sekunden später arbeiteten sie zu dritt, jeder an einem Verunglückten.

„Ich habe Tiku!" Liana hatte als Erste so viel Schmiere entfernt, dass sie Gesichtszüge erkennen konnte.

„Und ich Amar", meldete der Matrose.

Siria zog die Augenbrauen zusammen. „Dann habe ich einen Fremden." Sie arbeitete verbissen weiter. „Aber wo steckt Auan?"

Liana zog die Nase hoch, während sie weiter Tiku vom Öl befreite. „War er überhaupt bei den beiden anderen? Wo müssen wir suchen?"

Auan ist abgesunken, wir konnten ihm nicht helfen, hörten sie Tiku wispern.

Da war Lianas Platz auch schon leer. Die kleine Meerjungfrau schoss wie Pfeil durch das Wasser, um den Vermissten zu suchen.

Siria atmete tief durch. „Bitte noch ein Mann zu mir." Und an den neuen Helfer gewandt: „Reinigen Sie zuerst die Hautpartien weiter, die Schuppen nur mit dem Spülmittel benetzen, damit sich das Öl schon mal lösen kann."

Viel Glück, Liana!

Das werde ich brauchen! Die Jungnixe tauchte beinahe senkrecht ab, als sie die Stelle erreichte, wo sie die drei anderen gefunden hatten.

Eigentlich ist das Selbstmord, überlegte sie, trotzdem weitertauchend. Außer üblem Geschmack hatte das Wasser nichts zu bieten. Selbst Delfine und Orcas schienen, schon geflohen zu sein.

Ein riesiger dunkler Schatten näherte sich.

Ein U-Boot? Nein. Liana bekam einen gewaltigen Schreck. Es war ein Pottwal-Junggeselle, der irgendwie den Anschluss verpasst haben musste. In der Verzweiflung machte sich die Nixe dem gigantischen Tier bemerkbar.

Bitte hilf mir, flehte sie! In der Tiefe muss ein Meermann liegen, den ich retten will. Sei so gut, nimm mich an deiner Flosse mit hinunter.

Der Wal schien die Botschaft empfangen zu haben, denn er hielt inne. Liana schwamm vorsichtig zu der kleinen Erhebung auf seinem Rücken und klammerte sich fest. Da drehte sich das Tier auch schon und strebte abwärts.

Als der Druck so hoch wurde, dass Liana die Schmerzen kaum noch ertrug, wechselte der Riese zu ihrem Entsetzen die Richtung und nahm waagerechte Position ein. Die Nixe bekam große Augen. Der Wal hatte sie direkt zu einem Felsen getragen, neben dem ein Körper lag, der unter einer Schicht Öl fast völlig verschwand.

Er musste aber noch am Leben sein, denn sonst hätte er sich schon lange in Schaum aufgelöst. Warum er abgesunken war, blieb vorerst ein Rätsel. Der Wal wartete, während Liana den Meermann vom Felsen zu ziehen versuchte. Es gelang ihr auch nach mehreren Versuchen nicht. Schließlich sah sie, was ihn hielt. Er hatte sich mit der Flosse in der Ankerkette einer kleinen Yacht verfangen, welche die Ölschicht regelrecht mit ihm verschweißte.

In ihrer Panik begann Liana, auf den Wal einzureden und irgendwie musste er wohl begriffen haben, was zu tun war. Er kam langsam heran, öffnete das wahnsinnig große Maul mit den gewaltigen Zähnen und packte die Kette, an welcher sich nun auch Liana festhielt.

Es fühlte sich wie in einem superschnellen Aufzug an, denn innerhalb weniger Minuten stieß der Wal durch die Wellen, atmete mit einem weithin sichtbaren Blas aus und verharrte wie gebannt. Liana rief Siria um Hilfe. Das motorgetriebene Schlauchboot machte den Wal nervös und Liana beeilte sich, den Giganten zu streicheln und ihm ein Nixenlied zu singen.

Trotz aller Sorge musste Siria lächeln. Ihr Kleine wusste sich bestens zu helfen. Sie hatte den idealen Partner für die Rettung des Ölverschmierten gefunden und all ihr Können angewandt, die Mission zu einem erfolgreichen Ende zu bringen.

„Vielen Dank, mein Freund. Alles Gute und auf Wiedersehen!", rief Liana dem Wal hinterher, als er, von seiner Last befreit, ins Dunkel der Tiefe zurückkehrte.

„Du bist sicher, dass das hier Auan ist?", fragte Siria, wobei sie auf dem Rückweg zum Schiff, die ersten Notmaßnahmen ergriff.

„Nein", gab Liana zu. „Ich hoffe es nur inständig. Aber jeder andere Meermann hat es genau so verdient, gerettet zu werden."

Auf der Brücke herrschte Alarmstufe rot. Mario hatte vor wenigen Sekunden gemeldet, dass die Vorboten des Ölteppichs bereits den Hafen erreicht hätten. Man zog das Boot mitsamt Insassen aus dem Wasser und nahm Kurs auf die Insel.

Die drei zuerst Geretteten waren inzwischen wieder bei Bewusstsein und beobachteten nun mit bangem Blick die verzweifelten Versuche, den Vierten am Leben zu halten. Dem fremden Meermann war es inzwischen völlig egal, dass man ihn an Land zu bringen gedachte. Nur weg aus der Ölhölle!

„Es ist Auan!", verkündete Liana erleichtert. Dabei ließ sie hurtig das Tuch mit dem Geschirrspülmittel um Mund und Nase gleiten, damit die Atemwege richtig frei wurden.

Siria und die beiden inzwischen gut eingearbeiteten Matrosen versuchten, die Kette zu lösen und die erstarrende Ölschicht aufzuweichen. Der Kapitän ließ einen Trennschleifer bringen, um wenigstens den lose hängenden Teil der Kette zu entfernen.

Mario wartete schon mit Martin, Kirk und ein paar Angestellten auf die Ankömmlinge. Man verfrachtete den fremden Meermann in Auans Rollstuhl, weil Auan selber auf einer Trage ins Haus gebracht werden musste. Der Fremde verhielt sich erstaunlich ruhig. Er hatte von Tiku und Amar die nötigsten Informationen bekommen und mit eigenen Augen gesehen und am eigenen Leibe auf dem Schiff erfahren, mit welcher Ehrerbietung man ihnen entgegentrat.

Liana blieb direkt hinter den Männern, die Auan in Marios Labor trugen, wo sie sofort die unterbrochene Arbeit fortsetzte. Ein paar Mal sah es so aus, als wolle der Meermann wegdämmern, um nie wieder aufzuwachen. Tiku und Amar ballten die Fäuste, Siria half mit Tränen in den Augen Liana.

Der Fremde schaute sich vorsichtig um, aber auch immer wieder zu den beiden Nixen, die fieberhaft die feste Ölschicht bekämpften. Soeben stockte wieder Auans Atem. Liana riss eine Sauerstoffmaske aus einem Notfallkoffer, drückte sie Auan auf Mund und Nase und flüsterte: „Tu mir das nicht an. Ich habe nicht mein Leben riskiert, damit du deins jetzt aufgibst. Wenn ich dir irgendwas bedeute, dann kämpfe!"

„Die Wahl werde ich akzeptieren", sagte Tiku im selben Augenblick, als es Amar dachte.

„Dann wäre die Katze also aus dem Sack", murmelte Mario, dem Meermann eine Infusionsnadel in den Arm stechend. Tiku hängte die Flasche mit der Natriumchlorid-Lösung auf und schaute zu, wie die ersten Luftblasen aufstiegen.

Nach einer kleinen Ewigkeit öffnete Auan die Augen. Im nächsten Moment spürte er schon, wie Liana seine Finger streichelte.

„Wir müssen das Menschenalter auf 16 Jahre anpassen", schlug Mario Siria mit einem verschwörerischen Blinzeln vor.

„Danke!", schmunzelte Liana, Auan einen Kuss auf die Wange hauchend.

Auan lag mit großen Augen da und merkte plötzlich, dass er noch immer Lianas Hand hielt, die er nun fest drückte. Dass sie sich für ihn entscheiden könnte, hatte er für weitestgehend unmöglich gehalten. Zumal dieses Sozialverhalten nur den nordischen Nixen eigen war und eigentlich auch nur, wenn sie mit Menschen zusammenleben wollten.

„Menschliche Prägung", ließ sich Kirk vernehmen, worauf alle heftig nickten.

Ich habe ganz und gar nichts dagegen, in einem Familienverband zu leben, erklärte Auan telepathisch, weil er noch nicht sprechen konnte. *Allein wäre ich damals da draußen schon im Netz des Trawlers verendet, als ich auf Seeigelsuche war.*

„Und mich hätte der Hai als Nachtisch gefressen", warf Liana ein.

„Nachtisch ist das Zauberwort", rief Kirk. „Ich lasse für euch das Essen hier auftragen."

„Super Idee!", freute sich Siria.

„Wie heißt du eigentlich?", wandte sie sich an den Fremden.

„Tamik. Ich stamme aus der Gegend um Vaitupu."

„Nicht gerade um die Ecke", meinte Amar.

Tamik hob hilflos die Schultern. „Meine Schlafhöhle ist beim letzten Seebeben in sich zusammengefallen. Da bin ich geflohen und mit einer Herde Delfine mitgeschwommen, so weit meine Kräfte reichten. Dann geriet ich in das Inferno, aus dem ihr mir, zu helfen versucht habt. Jetzt kann ich auch endlich danke sagen. Ich hoffe, dass er bald wieder gesund wird." Tamik deutete mit dem Kopf auf Auan.

Es klopfte. Kirk öffnete die Tür und ließ das Küchenpersonal herein, das in Windeseile Tische aufstellte und für jene, die nicht im Rollstuhl saßen, Stühle hereinbrachte, um sofort darauf köstliche Dinge aufzutafeln. Tamik kam aus dem Staunen gar nicht mehr heraus. Es überstieg bei weitem sein Vorstellungsvermögen, als immer mehr Menschen hereinkamen, die die Anwesenheit von Nixen und Meermännern als völlig normal ansahen.

Ihm dämmerte auch langsam, dass Siria an der Seite Marios die Anführerin aller sein musste, egal, von welchem Volk sie stammten. Dass der äußerst muskulöse Tiku ihr Vater und zugleich der Wortführer der Meerwesen war, fand er auch allein heraus.

Liana stellte soeben einen Käseteller mit den Lieblingssorten Auans zusammen und begann, ihn mit winzigen Bröckchen zu füttern. Hin und wieder aß sie selber einen Happen.

„Ohne die Menschen und das, was wir von ihnen gelernt haben, wären wir schon lange Meerschaum", sagte Tiku, der Tamiks Gedanken deutlich fühlen konnte. „Die Mutter meiner hübschen Tochter war eine nordische Nixe mit wundervollem goldblondem Haar. Siria hat einige Fähigkeiten von ihr geerbt, die wir gar nicht haben, oder nur sehr mühsam erlernen können. Aber selbst das ist nicht allen gegeben. Liana ist zwar nicht ihre leibliche Tochter, aber unglaublich begabt in jeder Hinsicht."

Dann erzählte er, auf welche Weise Auan Lianas Lebensretter geworden war, die sich nun offenbart hatte, mit ihm leben zu wollen, sobald die Zeit reif war. Dass sie für ihren Auserwählten alles tun werde, war jedem offensichtlich, der die letzten Stunden erlebt hatte.

Nach dem Essen schaltete Mario auf Videokonferenz mit Sina und Peter.

„Oha, Sippenzuwachs!", waren ihre ersten Worte, denn sie hatten sofort Tamik entdeckt.

Der bekam tellergroße Augen beim Anblick der hellhäutigen Schönheit und stotterte: „Ich bin Tamik."

„Wo habt ihr Auan gelassen?", fragte Peter.

Siria seufzte: „Da hinten im Überlebensbehälter. Ihn hat es erneut böse erwischt. Aber Liana tut alles, damit er bald wieder auf der Flosse ist."

Liana winkte in die Kamera.

Mario begann, vom Bruch der Pipeline zu berichten und Siria fügte hinzu, wie sie mit Liana auf die Suche geschwommen war und als dritten Mann nicht Auan, sondern Tamik völlig verölt aus dem Wasser gefischt hatte.

Als Liana erzählte, wer ihr geholfen hatte, Auan zu retten, gestand sich Tamik ein, dass er vor Angst Reißaus genommen hätte, statt den Pottwal zu fragen, ob er helfen könne.

„Kommt ihr allein klar oder braucht ihr Hilfe?", fragte Peter.

„Das wissen wir noch nicht", gab Mario zu. „Im Augenblick halten unsere Ölsperren. Wie es morgen aussieht, oder wenn der Wind auffrischt, können wir nicht sagen."

„Was gibt es bei euch Neues?", wollte Tiku wissen.

Sina blinzelte: „Interessierte Damen."

„Wirklich?", schnappte Amar, worauf alle Eingeweihten zu lachen begannen.

„Macht euch nicht zu viele Hoffnungen", dämpfte Sina die Stimmung. „Denkt an meine Worte vom netten Urlaub."

Amar ließ buchstäblich die Ohren hängen. „Manchmal bekomme ich Lust, mir eine Menschenfrau zu suchen. Aber dann meldet sich mit Macht die Erkenntnis, dass ich sie nicht dauerhaft bei Laune halten könnte, wenn ihr versteht, was ich meine."

„Ich verstehe dich", tröstete ihn Peter. „Es funktioniert wirklich nur die Verbindung Nixe mit Menschenmann."

Tamik verstand nur Wasserstrudel, denn mit Bahnhof hätte er noch weniger anfangen können. Entsprechend groß wurde seine Neugier, als Sina ins Detail ging.

„Ich habe fünf Damen gefunden, die abenteuerlustig genug zu sein scheinen, nicht nur aufs Festland zu gehen, sondern mit dem Flugzeug nach Tuvalu zu fliegen", verriet Sina. „Den Haken an der Sache ahnt ihr sicher."

„Sie sind nicht die Allerschönsten", mutmaßte Tiku.

„Richtig." Sina presste die Lippen aufeinander.

„Wir haben nur die Wahl zwischen Pest und Cholera, wie Mario immer sagt", murmelte der Hüne. „Sag ihnen, dass wir sie herzlich willkommen heißen werden."

Mario verabschiedete seine Eltern, denn in deren Zeitzone war Mitternacht gerade vorüber. „Eine weise Entscheidung", lobte er Tiku.

Der hob hilflos die Schultern. „Die einzig vernünftige, wenn wir nicht aussterben, aber hierbleiben wollen."

Tamik legte die flache Hand an seine Stirn. „Dann habe ich es mir gar nicht nur eingebildet, dass es immer weniger von uns und keine Nixen mehr gibt!"

„Nein, das hast du nicht", bestätigte Amar.

„Darf ich bei euch bleiben?", bat Tamik und setzte schnell hinzu: „Ich werde mich auch jeder Regel unterwerfen."

„Versuchen wir es", bot Tiku an. „Du hättest ohnehin in den nächsten Tagen hierbleiben müssen." Er deutete auf den Überwachungsmonitor, wo der Ölteppich bedrohlich anwuchs. „Das Meer ist jetzt kein sicherer Ort."

Kirk kam herein. „Es sind rund 80000 Liter Öl ausgeflossen. Sie haben den größten Teil absaugen können, verbrennen in zwei Sperren auf hoher See das Öl und sprühen Chemikalien, um die anderen Flächen aufzulösen."

„Auch das noch!", rief Mario.

„Es soll ein rein pflanzliches Mittel sein, was im vorigen Jahrhundert in den USA entwickelt wurde", fügte Kirk erklärend hinzu. „Aber wir haben den Pool trotzdem sofort abgedeckt. Solange es nicht regnet, ist er sicher vor allen Giften", gab Kirk Entwarnung.

„Hervorragende Arbeit!" Siria drückte ihm dankbar die Hand. „Wärst du so lieb, dich um sechs zusätzliche Rollstühle zu kümmern? Einen davon bräuchten wir sofort für Tamik."

„Geht klar", strahlte Kirk. Er war immer wieder dankbar, dass man ihn auch weiterhin mit den wichtigsten Aufgaben betraute, obwohl er inzwischen seinen verdienten Ruhestand genoss.

Liana orderte gerade etwas Nougat und Mario wollte sie schon eine Naschkatze nennen, als er merkte, dass die kalorienreiche Leckerei für Auan gedacht war, der sich langsam etwas besser fühlte.

Dankbar nahm er die Süßigkeit entgegen und fühlte sich stark genug, zu berichten, wie es zu dem Unfall mit der Ankerkette gekommen war, der ihn fast das Leben gekostet hatte.

„Ich war direkt an der Stelle, wo das Öl aus dem Boden strömte", erklärte er, „und sah einen völlig verklebten Meermann leblos im Wasser treiben. Von der Statur schien es Amar zu sein. Ich fasste also zu und versuchte, ihn aus der Strömung zu ziehen. Da kam mir die Ankerkette gerade recht, mich festzuhalten. Ich ahnte ja nicht, welches Geheimnis sie verbarg! Daran hing nämlich gar keine Yacht! Das obere Stück hatte sich um eine Boje gewickelt und wartete wohl nur auf die richtige Welle, die sie losreißen würde.

Das bemerkte ich alles erst, als genau unter uns eine Art riesige Ölblase aufstieg, der ich nicht ausweichen konnte, weil ich den Freund nicht loslassen wollte. Das schmierige Zeug hüllte mich sofort komplett ein, riss die Kette von ihrem Platz und versetzte sie in trudelnde Bewegung, wodurch sie mich geradezu einwickelte. Zugleich ging es rasend schnell abwärts, bis ich aus Atemnot das Bewusstsein verlor."

„Und wir beide waren in erstarrendem Öl gefangen, weil wir verseuchtes Wasser durchschwommen hatten." Tiku, deutet auf sich und Amar. „Wir mussten tatenlos zusehen, wie Auan in der Tiefe verschwand. Dann sind wir ebenfalls ohnmächtig geworden."

„Es war eine Verkettung unglücklicher Umstände", murmelte Amar.

„Umso stolzer bin ich auf meine beiden Lieblinge", strahlte Mario, Siria und Liana fröhlich zublinzelnd. „Sie haben völlig Unmögliches möglich gemacht."

Auan bat, aus dem Überlebensbehälter kommen zu dürfen. Mario nahm ihm rasch die Messsonden ab, reichte ihm ein Handtuch und half ihm in den Rollstuhl. Auan lenkte ihn neben Liana an den Tisch, die liebevoll seinen Arm streichelte, als er *eingeparkt* hatte.

„Wenigstens sehen wir alle aus, wie schlecht entschuppte Barsche", sagte Auan trocken, nachdem er einen Blick in die Runde geworfen hatte. Jeder der Meermänner hatte wunde Stellen auf der Haut, weil die Retter manchmal etwas fester schrubben mussten.

„So fühle ich mich auch", witzelte Tiku, der richtig auflebte, als der Freund endlich wieder mit bei ihnen saß.

Verwandtschaft aus dem Norden

An der Ostsee liefen die Vorbereitungen für den speziellen Damenurlaub auf Hochtouren. Sina besorgte auch hier Rollstühle und Zubehör, um die Nixen tarnen zu können. Es war abgesprochen, dass die fünf Frauen eine Woche vor dem Flug mit der Charteryacht abgeholt und zur Einweisung für die Reise an Land gebracht werden sollten. Dabei konnte Sina nicht einmal sicher sein, dass sie überhaupt zum vereinbarten Treffpunkt auf dem Meer kommen würden.

Niemand stellte Fragen, als Dr. Peter Neuberg mehrere leere Rollstühle an Bord brachte. Das großzügige Ehepaar spendierte schließlich immer wieder Gehbehinderten ein paar schöne Stunden auf dem Meer. So wohl auch heute. Es wäre ja auch nicht das erste Mal gewesen, dass unterwegs Gäste von einem anderen Boot zustiegen.

„Was meinst du, werden wir Erfolg haben?", fragte Peter, während Sina die Yacht durch den Bodden ins offene Meer steuerte.

„Das weiß ich auch nicht. Ich kann fühlen, dass sie in der Nähe sind, aber ob sie das Abenteuer wirklich wagen werden, ist fraglich." Sina überprüfte die Koordinaten und vergewisserte sich, dass keine anderen Wasserfahrzeuge ihren Plan zunichtemachen konnten. „Das Wasser ist rein", gab sie, den alten Spruch von der Luft ummünzend, bekannt.

Sie legte ihren Schlupfsack ab, Peter trug sie zur Taucherplattform und ließ diese sofort ins Wasser. Sina blieb knapp unterhalb der Oberfläche, damit Peter zuschauen konnte, was geschehen werde.

Ich sehe mehrere kleine Strudel rund um das Schiff, gab er bekannt.

Sina lachte. *Neugierig sind sie schon, wie es sich für Nixen gehört.*

Peter musste lächeln. Diese Neugier hatte sowohl Adaia als auch Sina getrieben, das Landleben auszuprobieren, wo beide das Glück gefunden hatten. Aber ob andere genau so mutig waren?

Sie kommen näher.

Ich kann sie sehen. Sina blieb abwartend auf ihrer Position.

Peter spähte ins Wasser. Er hatte noch nie andere nordische Nixen gesehen. Ohne seine Frau Sina hätte er deren Existenz ganz sicher angezweifelt.

Es sind vier. Na immerhin! Sina schien nicht unzufrieden zu sein.

Kommen sie auch alle mit?

Das wird sich gleich zeigen.

Sekunden später umringten die vier fischschwänzigen Damen auch schon Sina, die sie zur Taucherplattform dirigierte.

Als Peter die Plattform einzog, sprang eine der Nixen wieder ins Meer. Sie schien es sich aber sofort noch einmal überlegt zu haben, denn sie schnellte aus dem Wasser und hielt sich von außen am Geländer fest. Peter beeilte sich, sie zuerst zu einem der Rollstühle zu tragen, damit sie sich nicht noch ernsthaft verletzte.

Als alle in der Runde saßen, stellte er sich vor und begrüßte sie herzlich. Er bemerkte sofort, dass Sina recht gehabt hatte, als sie Tiku bestätigte, dass die reiselustigen Damen nicht die größten Schönheiten des Meeres waren. Dabei waren sie keineswegs hässlich zu nennen. Sie waren sogar recht hübsch und der Zauber der Nixen umwehte sie deutlich fühlbar. Nur waren sie ganz einfach nicht so umwerfend gutaussehend wie Sina, ihre Mutter oder Siria.

Alle vier hatten blondes Haar in verschiedenen Tönen. Von weizenblond bis fast platinfarben wehte das lange wellige Haar in der leichten Brise. Peter machte natürlich Komplimente und das Eis brach schneller als erwartet. Bald schon ertönte fröhliches Gelächter.

Sina überließ es deshalb auch ihm, jeder eine Nougatstange als kleines Begrüßungsgeschenk zu reichen, welche sie mit selig verdrehten Augen verspeisten.

„Ihr werdet auch die anderen Speisen mögen", versprach er.

„Nun zu den Notfallsets", sagte Sina, die Beutel mit Wasserflasche und kleiner Schüssel austeilend. „Wenn ihr sehr aufgeregt seid, kann es sein, dass eure Kiemen schneller austrocknen", erklärte sie und zeigte ihnen, wie man sich für ein bis zwei Stunden mit den Sets helfen konnte.

Sie schärfte ihnen auch ein, hier nur Peter vertrauen zu dürfen. Und dass die anderen Menschen niemals erfahren durften, von welchem Volk sie stammten. „Auf Nui zeigen wir euch dann extra, wer eingeweiht ist. Wir sind für Fremde gehbehindert und sitzen deshalb in Rollstühlen."

Peter verteilte die dünnen Schlupfsäcke und bunten T-Shirts, welche die Nixen optisch endgültig zu Menschenfrauen machten. Natürlich flammte erneut Gelächter auf, weil die Damen untereinander tauschten, bis jede ihre Lieblingsfarbe gefunden hatte.

Sina begann nun auch, mit den Nixen den richtigen Umgang mit einem Rollstuhl zu üben.

„Perfekt!", schmunzelte sie nach einer halben Stunde, als alle problemlos Schwellen und Hindernisse über- oder umfahren konnten, ohne umzukippen.

Peter stellte Becher mit Obstsaft bereit, den die Nixen dankbar annahmen.

„Hmm, schmeckt gut!", sprachen sie ihm Chor, worüber sogar Sina herzlich lachen musste.

Dann gab sie das Zeichen zum Aufbruch. Es wurde still in der Runde der Damen und alle warteten darauf, das Tuckern der Maschinen zu hören, als neben der Yacht eine weitere Nixe aus dem Wasser schnellte, wild mit den Armen winkte und: „Nehmt mich bitte auch mit!", rief.

Peter ließ sofort die Taucherplattform zu Wasser und holte die Spätentschlossene an Bord.

„Herzlich willkommen in unserer Runde", sprach Sina erstaunt. „Du bist aber keine Nixe aus unserer Region."

Die Fremde schüttelte den Kopf. „Ich stamme eigentlich aus der Nordsee, habe aber von einer hiesigen Nixe gehört, dass ihr auf Reisen geht. Darf ich mitfahren?"

„Das kommt jetzt zwar ein bisschen überraschend", erwiderte Sina, „aber wenn du es wirklich willst, dann nehmen wir dich gern mit. Hat sie dir denn wenigstens gesagt, warum wir diese Reise unternehmen?"

Heftiges Nicken.

Sie betrachtete die Nordseenixe von Kopf bis Schwanz, die sich, bis auf die Farbe der Flosse, kaum von den Mädchen ihres Volkes unterschied. „Na dann wollen wir mal. Peter, mein Mann, bringt dir auf der Heimfahrt rasch bei, wie man einen Rollstuhl nutzt. Alles andere besprechen wir erst, wenn wir in unserem Haus sind." Sie rollte zum Kommandostand der Yacht.

Gemeinsam mit den anderen Nixen umringte die Neue Peter, der ihnen viel über all das erzählte, was es über Wasser zu sehen gab und ihnen so die Angst nahm.

Um keine unvorhergesehenen Zusatzprobleme zu bekommen, trug Peter jede Nixe an Land und setzte sie perfekt in den jeweiligen Rollstuhl. Nur war er bei weitem nicht mehr der Jüngste und selbst die federgewichtigen Meeresschönheiten strapazierten seinen Rücken gewaltig.

Stillhalten, hörte er Sinas Stimme und fühlte einen Wimpernschlag später, wie heilende Energie aus ihren Fingerspitzen direkt in seine Bandscheiben strömte.

Danke! Du hast mich gerettet.

Immer wieder gern. Das weißt du doch. Dann wandte sie sich laut an die Damen: „Ich fahre voran, ihr folgt mir. Peter geht hinter uns her und passt auf, dass niemand verloren geht.

Wer nicht mehr kann, sagt bitte sofort Bescheid. Wir werden entweder eine kurze Pause machen oder Peter schiebt. Es ist nicht weit, nur für euch sehr ungewohnt. Los geht es!"

„Die Sonne brennt so!", klagte eine Nixe nach wenigen Metern.

„Moment." Peter eilte davon und kam mit einem Arm voller Sonnenhüte wieder. „Besser?"

„Besser."

Im Schatten einiger Bäume rasteten sie kurz.

Peter verteilte Wasserflaschen und erntete einen Jubelsturm.

„Oh je, ich habe nicht daran gedacht, dass euch ja alles erheblich schwerer fällt, als mir", murmelte Sina. „Aber dafür haltet ihr euch erstklassig."

Die Nixen wussten, dass am heutigen Ziel ein Pool winkte, in welchem sie sich erholen konnten, und nahmen ohne Murren die letzten hundert Meter in Angriff.

„Gibt es hier gar keine Ebbe?", fragte die Nordseenixe, beim Blick auf das Meer.

„Doch, die gibt es. Aber wir haben kein Watt und so zieht sich das Wasser nur wenige Meter zurück", erklärte Sina lächelnd. „Du bist wohl noch nicht lange hier?"

„Ich bin beim letzten Vollmond aufgebrochen und vor drei Tagen hier angekommen", erklärte die Nixe.

„Oha, übermorgen ist der Mond wieder voll. Da hast du ja einen Gewaltmarsch hinter dir", überlegte Peter laut. „Bist du vor irgendwas geflohen?"

„Ja, vor einem Seebeben. Die sind bei uns zwar sehr, sehr selten, aber dieses war ziemlich stark. Ich hatte furchtbare Angst, weil weit und breit keine anderen von unserem Volk waren und bin einfach nur noch der Nase nach geschwommen", erzählte die Nixe.

„Und da willst du mit uns in ein anderes Bebengebiet fliegen?", staunte Sina.

Ein verschämtes Nicken antwortete ihr und die gestotterten Worte: „Ich ... ich ... ich bin doch aber so neugierig ...“

Peter und Sina begannen schallend zu lachen. Genau das war die richtige Einstellung, um etwas länger als ein paar Wochen auf Tuvalu zu bleiben.

„Du wirst voll auf deine Kosten kommen!“, rief Sina. „Das verspreche ich dir. Und es werden jederzeit welche vom Meervolk und auch Menschen für dich da sein. Auch, wenn dir nur mal danach ist, ein bisschen über dies und das zu reden. Das gilt für euch alle.“

„Ohhhhh, das klingt gut“, seufzte die Nixe. „Mich haben sie zu Hause immer für eine Spinnerin gehalten, wenn ich gesagt habe, dass ich eines Tages das Land erkunden möchte – aber nun bin ich hier. Bin mit einem Schiff gefahren, mit einem Rollstuhl und habe einen sehr netten Menschen kennengelernt. Ein Teil meines Traumes ist also schon wahr geworden.“

„So haben wir das noch gar nicht gesehen“, riefen die anderen Nixen durcheinander. „Jeder Tag war wie der andere und das wäre wohl auch immer so geblieben.“

Peter öffnete für sie das große Tor und die Nixen folgten Sina direkt zum Pool. Er stand lächelnd auf dem Weg und amüsierte sich über die staunenden Gesichter. Die Damen vergaßen sogar völlig das Wasser und ließen sich lieber den Garten mit den unzähligen Blumen erklären.

„Wie heißt du?“, fragte Sina schließlich die Nordseenixe, die selbstvergessen an allen Blumen roch, die sie irgendwie erreichen konnte.

„Ich bin Lynn“, sagte die blondgelockte Nixe mit einem glücklichen Lächeln.

Ich glaube, sie wird auf Nui das Objekt der allgemeinen Begierde sein, hörte Sina Peter sagen und musste ihm recht geben.

Diese Nixe war genau so auffallend gut aussehend und wissbegierig wie jene aus dem Familienclan. Lynn war sogar die

Letzte, die ins Wasser glitt, um ihre Kiemen zu spülen, weil sie an jeder Ecke im Garten etwas entdeckte, das sie sofort betrachten musste. Dass die vier Ostseenixen sie ständig beobachteten, schien sie entweder nicht zu bemerken oder zu ignorieren.

Dabei konnten die beiden Hausherren überdeutlich erkennen, wie sehr den hiesigen Damen Unbekümmertheit und Selbstständigkeit der Nordseenixe imponierten. Im Augenblick stand sie im Wohnraum vor Adaias Bildnis und studierte jedes Detail.

„Das ist meine Mutter", erklärte Sina.

„Sie war bestimmt eine genauso starke Frau wie du", mutmaßte Lynn. „Dieses Bild sieht aus, als würde sie leben und nur einen Moment ruhen. Ein unglaubliches Türkis haben eure Flossen", schwärmte sie, die eigene betrachtend, die in unzähligen Blau-Rottönen schillerte. Dann lachte sie: „Komisch, dass man immer auf das neidisch ist, was andere haben, obwohl das Eigene sicher nicht schlechter ist."

„Eine weise Sicht der Dinge", schmunzelte Peter. „Es ist ganz genau so, wie du sagst, auch in der Menschenwelt."

Lynn war schließlich die Einzige, die ganz selbstverständlich beim Tisch decken für das Abendbrot half. Dass man mit Porzellan und Glas sehr vorsichtig sein musste, hatte sie sich von den allerersten Erklärungen gemerkt und hantierte entsprechend sacht. Peter deckte auf der einen Hälfte des Tisches ein, Lynn schaute sich die Handgriffe ab und machte es auf der anderen Hälfte genau so. Was sie vom Rollstuhl aus nicht erreichen konnte, erledigte Peter.

„Normalerweise brennen die Kerzen auf dem Tisch, wenn Besuch da ist", sagte Sina, als sie an ihrem Platz die Bremsen feststellte. „Aber ich sehe es an euren Gesichtern, dass ihr auch so schon Furcht davor habt."

„Dabei kann das Feuer uns gar nichts tun. Es ist ja noch ein Behälter drumherum", bemerkte Lynn, auf das Glas zeigend.

„Zudem hast du ja auch keine Angst. Ich denke, wir sollten es probieren. Nicht, dass auf unserer Reise jemand Feuer anmacht, wir in Panik verfallen und uns als Nixen verraten. Das wäre ganz und gar nicht gut. Auch das müssen wir üben, wenn wir wie Menschen wirken sollen."

„Sie hat recht!", rief eine andere Nixe. „Zünde die Kerze an."

Ein Blick in die Runde: Zaghaftes Nicken.

„Gut, dann werde ich jetzt Feuer machen", sagte Sina und erklärte ihnen genau die Funktionsweise des Sicherheitsfeuerzeugs.

Als das Flämmchen erschien, zuckten die vier Ostsee-Nixen zurück. Lynn hingegen blieb wie gebannt sitzen und beobachtete ganz genau, wie das Feuer auf den Docht wanderte.

Peter analysierte das Verhalten jeder einzelnen Nixe und kam zu dem Schluss, dass die vier einheimischen Damen wirklich einen schweren Stand bei ihrem Volk haben mussten. Sie waren weder sonderlich entscheidungsfreudig noch herausragend pfiffig. Lynn war, auf die Menschenwelt übertragen, ein abenteuerlustiger Single, der das Leben liebte und allem offen gegenüberstand.

„Lebt ihr in der Nordsee in Familienverbänden?", fragte er im Laufe des Abends.

Sie schüttelte den Kopf. „Nein, wir treffen uns nur zur Paarungszeit und die Nixen bleiben mitunter zusammen, bis der Nachwuchs selbstständig ist. Aber eben nicht immer. Wir bauen aber in besonders kalten Wintern Rückzugskuppeln, wie sie hier auch üblich sind. Aber da findet sich zusammen, was zufällig gerade im selben Gebiet unterwegs ist. Mitunter trifft man sich im nächsten Winter wieder. Meist aber nicht. Wobei ich nicht weiß, ob ich vielleicht sogar die Einzige bin, die ständig ihr Revier wechselt." Sie lachte. „Ich bin mal hier, mal da, mal dort und heute eben in einem völlig fremden Meer unterwegs gewesen. Von Revier kann also, genau genommen, gar keine Rede sein."

„So mutig möchte ich auch mal sein", seufzte Nicki, die strohblonde Nixe, die wieder über Bord gesprungen war.

Lynn lachte. „Den Anfang hast du doch schon gemacht, indem du heute hier am Tisch sitzt. Ohne Mut würde das gar nicht gehen."

Sina wechselte amüsierte Blicke mit Peter. Da war ihnen ein wirklich patentes Exemplar vom Meervolk zugeschwommen, das garantiert auch mit den Gefahren im Meer vor Tuvalu zurechtkommen werde.

Der Abend endete im Pool, wo die vor lauter Aufregung restlos müden Nixen, zu schlafen gedachten. Sina nahm mit Siria Kontakt auf, um die ersten Eindrücke zu übermitteln.

„Oh ha! Lynn aus der Nordsee!", staunte diese. „Sie hat tatsächlich rote Schuppen und eine rote Flosse? Ich bin begierig, ihre Bekanntschaft zu machen. Bei uns normalisiert sich das Leben langsam. Wir haben unzählige Tiere gerettet. Vor allem die siamesischen Drillinge und Tamik. Die haben nicht nur Seevögel aus dem Meer gezogen, sondern auch Robben und Schildkröten von der Ölpest befreit."

„Das geflügelte Wort von den siamesischem Drillingen trifft seit Jahren für deinen Vater und seine Freunde zu", schmunzelte Peter.

„Tamik scheint auch kein übler Kerl zu sein", bemerkte Sina.

Siria blinzelte. „Der ist mindestens genau so verrückt wie die anderen. Sie verstehen sich prima. Tamik ist einer von den ganz jungen Männern. So unterwirft er sich freiwillig Tikus Reglement, weil ihm die anderen klargemacht haben, dass das stets das Beste war. Er hat ein kluges Köpfchen und entwickelt eigene, wirklich brauchbare Ideen."

„Da bin ich gespannt, für wen sich Lynn entscheidet, falls sie nach dem Urlaub auf Tuvalu bleibt", überlegte Peter laut, worauf die beiden Frauen amüsiert kicherten.

„Ich schicke euch das Flugzeug schon übermorgen rüber", legte Siria fest. „Schon, weil ich viel zu neugierig auf die weitläufige Verwandtschaft bin."

Als Peter morgens in den Garten ging, waren nur noch vier Nixen im Pool. Der erste Schreck verflog schnell, denn er entdeckte die fehlende Schönheit im Rollstuhl sitzend im hintersten Winkel des Gartens, wo die Duftwicken im Morgentau einen unwiderstehlichen Geruch ausströmten, an dem sich Lynn regelrecht labte.

„Es ist schön hier", flüsterte sie, als habe sie Furcht, die ersten Hummeln und Bienen zu stören. „Was wird uns in ein paar Tagen erwarten?"

„Eine völlig andere Welt", erwiderte Peter. „Wir zeigen euch dann ein paar Bilder und Filme, damit ihr wisst, worauf ihr euch freuen könnt." Dass das Abenteuer schon eher beginnen werde, verriet er noch nicht.

Beim gemeinsamen Frühstück aller zeigten die Damen, wie schon am Abend zuvor, dass sie bestens im Umgang mit Werkzeug geübt waren. Weder die gekochten Eier noch die Marmeladengläser waren eine Hürde. Löffel, Gabeln, Messer – für die Nixen nur hervorragend weiterentwickelte scharfe Steine und Holzstäbe.

„Dann seid ihr alle ja bestens für neue Herausforderungen gerüstet", schmunzelte Sina. Es geht nämlich schon morgen an das ganz große Abenteuer, ans Fliegen."

Lynn klatschte in die Hände, während zwei andere Nixen so zitterten, dass sie fast den Fruchtsaft verschütteten. Nicki riss die Augen auf und fasste nach einem Stück Würfelzucker, das sie ganz langsam in den Mund steckte, um sich zu beruhigen. Die Fünfte im Bunde legte beide Hände an ihre Schläfen.

„Bei den Menschen gibt es ein Sprichwort, das sagt: Kommst du über den Hund, kommst du auch über den Schwanz", schmunzelte Sina.

„Das ist bei uns aber ein ziemlich großer Hund", witzelte Lynn. „Und einen langen Schwanz hat er auch. Aber er wedelt fröhlich damit", schickte sie noch hinterher.

Sina räumte den Tisch ab, Peter wählte aus dem Speicher einen Film über die Reise nach Tuvalu, den Siria irgendwann einmal mit ihrem Kommunikator aufgenommen hatte.

Die Nixen konnten mitverfolgen, wie das Flugzeug landete und alle an Bord gingen und sie erlebten die Landung am Zielort mit. Dann schwenkte die Kamera über den Strand und tauchte ins Meer.

Fast eine Stunde lang erzählte Sina über das, was unter Wasser lebte, denn Peter ließ sofort einen Film über die Tierwelt des Atolls laufen, den Martin gedreht hatte. Da gab es dann auch Orcas, Pottwale, Rochen, Delfine und Meeresschildkröten zu sehen.

„Traumhaft", seufzte Lynn, als die anderen noch in einer Art Schockstarre saßen. „Aber keinen Flossenschlag ohne kundige Führer, würde ich sagen."

„Richtig", lobte Peter. „Nicht alles, was harmlos aussieht, ist es auch und andersherum geht das Spiel genau so."

Was die anderen dachten, sah man ihnen nicht an. Sina war, genau so wie Peter, der Meinung, dass jede der Damen alt genug war, rechtzeitig die Notbremse zu ziehen, falls es zu viel wurde. Dass es keine tat, hieß wohl, dass alle wirklich mitfliegen wollten.

Am meisten freute sich die Nordseenixe. Das glückliche Lächeln wich keinen Augenblick aus ihren Mundwinkeln. Den ganzen Tag schaute sie sich Bildbände von allen Regionen der Erde an, welche ihr die Neubergs nur allzu gern brachten.

„Von vielem habe ich gehört, manches sogar schon von Ferne gesehen", erzählte Lynn. „Eisberge und Wale zum Beispiel und Wellen, höher als euer Haus."

Nicki gesellte sich hin und wieder dazu, um ein paar Blicke auf die Bilder zu werfen, während die anderen im Pool Ball spielten oder auf dem Rand in der Sonne dösten.

Sie sind ganz einfach verspielte Nixen, wie Nixen eigentlich sein sollten, hörten Lynn und Peter Sinas Gedanken.

Ich will trotzdem lieber so sein, wie ich bin, gab Lynn zurück und zog eine fröhliche Grimasse.

Peter spendierte eine Runde Eis, womit er geradezu Jubelstürme hervorrief.

„Kaum zu glauben, dass es so viele andere Speisen, als immer nur Fisch, Muscheln und Tang, gibt", schwärmte Nicki. Sie staunte noch mehr, als Peter und Sina am Abend den Grill anheizten und Fisch, mit Kräutern gegart, servierten. Natürlich merkte sie auch, wie viel Arbeit an allem hing. Da zog sie dann doch das Jagdleben mit roher Kost vor.

Damenbesuch

Der nächste Morgen stellte die Neubergs auf eine harte Probe. Die Nixen waren wie aufgezogen. Zumindest die meisten von ihnen. Einzig Lynn und Nicki blieben erstaunlich ruhig und halfen, die aufgescheuchte Bande halbwegs im Zaum zu halten. Beim Frühstück ging die Hektik erneut los, die man nach dem Anziehen einigermaßen in den Griff bekommen hatte. Mit einem Schlag wurde es still, die Damen saßen mit betretenen Gesichtern am Tisch. Außer Lynn und Nicki. Die aßen seelenruhig ihr Marmeladenbrot.

„Was ist los?", fragte Sina erschreckt.

Nicki grinste. „Lynn hat dem wilden Haufen gerade klargemacht, dass sie die knackigen Meermänner nicht einmal zu Gesicht bekommen werden, wenn sie sich wie die Heringe benehmen. Und wie man sieht, es hat gezogen."

Peter und Sina brachen in schallendes Gelächter aus, Nicki feixte sich eins, Lynn hob die Augenbrauen, zuckte mit den Schultern und kaute genüsslich weiter.

Gegen zehn Uhr fuhr der Hovercraft-Bus vor. Peter verlud das Gepäck und Sina kümmerte sich darum, dass die Damen per Lift ihre Plätze erreichten, wo die Rollstühle sicher arretiert wurden. Er hatte auch für jede der völlig aufgeregten Nixen noch ein paar ganz persönliche beruhigende Worte, um ihnen die letzten Ängste zu nehmen.

Dann schlossen sich die Türen und das Gefährt schwebte vom Hof.

Jetzt beginnt das ganz große Abenteuer, hörten alle Lynn jauchzen und wurden ein bisschen von deren Entdeckerlaune angesteckt.

Sina übernahm die Reiseleitung, indem sie alles genau erklärte, was vor den Fenstern an ihnen vorüberzog. Historische Daten, Aktuelles und persönliche Erfahrungen von Sina ließen die Nixen staunen. Es gab so unendlich viel mehr, als das, was sie in ihrer begrenzten Welt unter Wasser gehört und gesehen hatten.

Die Rügenbrücke beeindruckte die Damen ganz besonders und Sina erzählte ihnen telepathisch, wie sie sich gefühlt hatte, als sie das erste Mal hier gewesen war. Sie kannte das Bauwerk von unten und von oben und war immer wieder hellauf begeistert von diesem Anblick.

Lynn hing an Sinas Lippen. Für sie war die ungewöhnliche Nixe der beste Beweis, dass man seine Träume durchaus verwirklichen konnte, seien sie auch noch so unglaublich.

Peter ging schließlich wieder durch den Bus, um einigen der Nixen mit dem Notfall-Set zu helfen. Er war froh, dass die Damen allesamt recht entspannt wirkten. Lynn und Nicki, die nebeneinandersaßen, halfen sich gegenseitig und schmiedeten schon Pläne für Nui, aber so, dass Sina und Peter mithören konnten.

Die Neubergs wechselten amüsierte Blicke und freuten sich auf das Gelingen der vielen, eigentlich kleinen und harmlosen, Unternehmungen der beiden, die schon jetzt beste Freundinnen zu werden schienen.

„Ich werde das Gefühl nicht los, dass das Landleben dafür besonders förderlich ist", raunte Peter Sina ins Ohr.

„Eindeutig. Aber auch die Tatsache, unbekannte Schwierigkeiten meistern zu müssen. Denk an unsere *siamesischen Drilling!* Unter Wasser bilden Meervölker normalerweise nur kurze Zweckgemeinschaften. Es sollte mich freuen, wenn überall was Dauerhaftes daraus wird, nur dies kann uns das Überleben sichern." Sina blinzelte den beiden Nixen fröhlich zu, die gerade herzhaft über irgendetwas lachten.

Die anderen unterhielten sich ebenfalls telepathisch oder flüsterten miteinander. Sie schienen alle recht gut miteinander klarzukommen.

Das Flugzeug aus Tuvalu war schon da. Eine der neuesten Maschinen, die die Menschheit erfunden hatte, stellte Peter erfreut fest. Mit riesengroßen Augen betrachteten die Nixen den Silbervogel, an dessen Seiten je ein muskulöser Meermann mit einer Nixe im Arm auf zwei Dritteln der Rumpflänge prangten.

„Die sieht ja aus wie du!", rief Lynn, auf Sina und das Bild zeigend.

„Das ist meine verstorbene Mutter Adaia mit Tiku, dem Vater von Siria, der diese Maschine gehört. Siria ist die Frau von unserem Sohn Mario. Tiku werdet ihr in ein paar Stunden kennenlernen."

„Ohhhh!", rief Lynn verzückt, während alle anderen beinahe ehrfürchtig Sina und das Flugzeug anschauten.

Die Jagd ist eröffnet, witzelte Peter, womit er sicher recht hatte. Lynn würde alles daran setzen, den Recken für sich zu begeistern. Und mit dem, was sie an Aussehen, Grips und Lebensfreude mitbrachte, sollte ihr das auch gar nicht schwerfallen.

Die Besatzung der Maschine begrüßte alle mit jener Ehrerbietung, die man seit Menschengedenken nur Halbgöttern entgegenbrachte. Lynn spürte sofort, dass sie hier nichts zu befürchten hatte. Hier werde jeder darauf achten, dass man sie nicht einsperrte und für irgendwelche Forschungszwecke missbrauchte.

Sina und Peter hatten viel über die Menschen erzählt, auch über jene dunklen Eigenschaften, zu denen eben gehörte, alles Unbekannte erst einmal zu töten und zu sezieren, statt es lebendig zu erhalten.

Schnell wurden nun die Damen zu bequemen Sesseln gebracht, wo Spülsysteme für die Kiemen in den Lehnen der jeweiligen Vorderreihe integriert waren.

„Hier ist ja tatsächlich alles auf das Meervolk eingerichtet!", staunte Nicki. „Ich werde immer neugieriger."

„Ich auch!", bekam sie Antwort von allen Plätzen.

Dann rollte das Flugzeug langsam an, wendete, wurde immer schneller und hob schließlich ab.

„Wir fliegen", hauchte Lynn, zuschauend, wie alles auf dem Erdboden immer kleiner wurde, um schließlich ganz zu verschwinden.

Peter erklärte ihnen die Luftschichten, die Wolkenformationen, und dass sie keine Angst haben müssten, wenn es beim Durchfliegen von Wolkenbergen etwas ruckelig werde.

Nach ein paar Stunden wurden die Nixen immer ruhiger und schliefen schließlich ein. Es war doch ziemlich anstrengend, den Körper an Land aufrecht halten zu müssen. Auch die durchtrainierte Langstreckenschwimmerin Lynn döste im Halbschlaf vor sich hin. Dafür war sie auf der letzten Stunde hellwach, um das fremde Meer schon aus der Luft sehen zu können.

„Was sind das für dunkle Punkte auf und in dem Wasser?", fragte sie Peter.

„Das sind ein Öltanker und ein Blauwal", erwiderte er lächelnd.

„Ach ja!" Lynn nickte heftig. „Die Flugzeuge sehen von unten ja auch so winzig aus! Aber dass es so große Wale gibt, ist fast unglaublich!"

Peter schmunzelte. „Der größte je vermessene Blauwal war über 33 Meter lang und wog um die 200 Tonnen. Zwar könnt ihr nichts mit diesen Zahlen anfangen, aber ihr seht ja, dass er nicht viel kleiner als das Schiff da unten ist und mittelgroße Öltanker kennt ihr sicher alle."

Zwei der Damen wurden nervös und Sina wechselte einen schnellen Blick mit Peter.

„Da vorn ist bereits das Atoll", gab sie bekannt. In einer Viertelstunde landen wir."

„Dann wird es also jetzt ernst", kicherte Nicki, ihr T-Shirt zurechtzupfend.

Das Flugzeug ging bereits tiefer, die Landebahn kam in Sicht und die Spannung stieg, denn da unten sah man auch deutlich mehrere Personen in Rollstühlen sitzen und genau so gespannt nach oben schauen.

Lynn und Nicki waren als Erste mit ihren Rollstühlen am Lift und hatten demzufolge die besten Plätze, um alles und alle genau beobachten zu können.

Der, den sie recht leicht als Tiku identifizierten, schien das gleiche Interesse an ihnen zu haben.

Und diesen tippte Amar mit dem Finger an. „Die beiden da sind auf den ersten Blick genau das, was wir uns vorgestellt haben. Eine für mich und eine für dich, wenn ich deinen Blick jetzt richtig deute."

„Lass sie uns erst mal aus der Nähe anschauen", schmunzelte Tiku. „Aber die Haarfarbe ist schon mal mehr als zwei Blicke wert."

Tamik lachte. „Dann nehme ich die restlichen drei."

„Da kriegt aber einer den Hals gar nicht voll", grinste Auan.

„Vielleicht macht ihr alle die Rechnung ohne den Wirt", lästerte Siria. „Was, wenn keine hierbleiben will?"

„Unschöne Vorstellung", stöhnte Tiku mit lustig verdrehten Augen.

Sekunden später rollten die Damen von der Liftplattform und wurden von Siria herzlich willkommen geheißen, die ihnen die Anwesenden namentlich vorstellte.

Sina übernahm dies für die Ankömmlinge. „Ich möchte abschließend hinzufügen, dass Lynn aus der Nordsee stammt und quasi auf unser fahrendes Schiff aufgesprungen ist."

Die blonde Schönheit lächelte zu Sinas Worten fröhlich in die Runde, womit sie die Herzen aller im Sturm eroberte.

Sogar Martin meinte ganz angetan: „Die Kleine hat was."

„Ich denke, wir sollten sofort ins Wasser gehen", erklärte Sina. „Für die Damen ist die Reise sehr anstrengend gewesen und sie müssen sich erst einmal gründlich erholen."

„Wir haben keine Fremden hier, ihr könnt also direkt ins Meer gleiten", verriet Mario.

„Zu den Walen und Haien?", hauchte eine der Nixen erschreckt.

„Nein, die müssen draußen bleiben", schmunzelte Amar. „Unsere Netze halten sie perfekt ab. Da lang, meine Damen!" Er rollte voran.

Tiku richtete es ein, dass er *rein zufällig* neben Lynn auf den breiten Steg fuhr, der weit ins Wasser reichte. „Darf ich dir bei irgendwas behilflich sein?"

„Gern. Ich stelle mich weder mit den Bremsen des Rollstuhls noch mit den Reißverschlüssen des Schlupfsacks so richtig geschickt an", erwiderte sie.

„Die Routine kommt mit der Zeit", tröstete sie Tiku.

Er stellte die Bremsen ihres Rollstuhles fest und half, den widerspenstigen Zipper zu bändigen, damit der keinen Stoff einklemmte.

„Rote Flossen!", rief er erstaunt, bei dem, was ihm sofort vor die Augen kam. Er schaute sich sogar nach den anderen um, die allesamt grüne, blaue oder türkise Leiber und Flossen hatten.

„Bist du jetzt enttäuscht?", fragte Lynn vorsichtig.

„Aber ganz bestimmt nicht! Ich habe nur noch nie solch eine ungewöhnliche Farbe beim Meervolk gesehen." Tiku reichte ihr die Hand, um ihr aus dem Rollstuhl und ins Wasser zu helfen. „Ich habe nicht geahnt, dass es noch anderswo Nixen geben könnte, als in der Ostsee, und dass ihr euch von allen anderen unterscheiden könntet, noch weniger. Die Menschen haben recht, wenn sie sagen, dass man niemals auslernt. Schon die vielen verschiedenen Haarfarben sind beeindruckend. Bei uns gibt es ja nur schwarz und braun."

Die beiden scheinen sofort einen Draht zueinander zu haben, wandte sich Siria an Sina und Peter. *Würde mich ernsthaft freuen, wenn sie hierbliebe.*

Amar ist mit Nicki unterwegs, stellte Peter lächelnd fest. *Das könnte das nächste Traumpaar werden. Nicki ist ebenfalls pfiffig und fast genau so neugierig wie Lynn.*

Bei zwei der anderen Mädchen habe ich kein wirklich gutes Gefühl. Die sind schon beim Anblick eines Blauwals vom Flugzeug aus fast in Ohnmacht gefallen, gab Sina bekannt. *Jetzt halten sie sich nur im Flachwasser auf, weil sie panische Angst vor Haien haben. Während ... ojojojoj ... habt ihr das gesehen?* Sie legte vor Staunen beide Hände an ihre Wangen, weil Lynn und Tiku völlig synchron mehrere Salti sprangen.

„Ich fresse einen Besen quer!", rief Martin bei diesem Anblick. „Ist das eine geniale Schau!"

„Habt ihr nicht gesagt, die Damen müssten sich ausruhen?", staunte auch Kirk. „Die Nixe aus der Nordsee macht einen putzmunteren Eindruck."

Siria lachte. „Wenn ich mich so umsehe, dann hat sie den anderen gleich doppelt die Schau gestohlen. Vater scheint jedenfalls glücklich zu sein. Ich habe ihn noch nie so unbekümmert erlebt."

„Stimmt", pflichtete Sina bei. „Vielleicht kommt er nun endlich über Mutters Tod hinweg."

Die anderen lagen bereits alle im Sand, die Schwanzflossen im Meer, ließen sich von der Sonne brutzeln und besprühten sich hin und wieder mit Wasser, um sich nicht zu verbrennen. Lynn und Tiku gesellten sich dazu.

Sina vermutete wohl richtig, dass sich beide ganz intensiv telepathisch unterhielten. Hin und wieder huschte ein leichtes Lächeln über ihre Gesichter und manchmal schauten sie sich für den Bruchteil eines Wimpernschlags an.

Amar lag so neben Nicki, dass sich beider Flossen berührten und Tamik genoss gleich zwischen zwei Nixen die Ruhe am Strand. Die fünfte Nixe schien zu schlafen. Auan lag mit Liana da, wo Martin und Kirk im Schatten einer Palme saßen.

„Ich mag die rote Nixe", erklärte Liana unumwunden.

„Was gefällt dir an ihr?", fragte Kirk.

„Alles." Liana wälzte sich auf die Seite, stütze den Kopf auf den angewinkelten Arm und spähte zu Lynn hinüber. „Sie ist fröhlich, sehr nett und hübsch ist sie auch. Zudem kann sie wundervoll springen. Ich glaube, Tiku mag sie auch."

Kirk schmunzelte. „Und die anderen?"

„Weiß nicht." Liana ließ den Blick schweifen. „Die Frau bei Amar gefällt mir auch. Sie ist fast wie die rote Nixe, nur dass sie eben andere Farben hat. Die übrigen muss ich erst näher kennenlernen."

Schau an, schau an, sogar unsere Kleine hat die Situation schon recht passabel analysiert, staunte Peter.

Es wäre ja schon toll, wenn wenigstens eine hierbliebe, seufzte Sina.

Vom Jetlag wurden die Nixen weitestgehend verschont, weil sie, bis auf die Tage, wo sie beschlossen hatten, an Land zu gehen, keine festen Zeiten einhielten, sondern aßen, wann immer sie etwas fanden.

Nun besichtigten sie den Garten, den riesigen Pool, die Villa und staunten über die schier überquellende Tafel zum Abendbrot. Die Meermänner hatten für ihre Gäste die besten Leckerbissen besorgt, die das Meer zu bieten hatte.

Lynn saß neben Tiku, der ihr die schmackhaftesten Stücke vorlegte. Sie staunte über die riesigen pastellfarbenen Muschelschalen.

„Ob es darin auch Perlen gibt?", überlegte sie laut.

„Sehr große sogar", antwortete Mario. „Sogar ganz schwarze, die für uns Menschen besonders wertvoll sind."

„Wirklich? Ich kenne nur rosa, weiße und gelbliche Perlen", gestand Lynn. „Aber ich weiß, wie begierig Menschen auf die kleinen Kügelchen sind."

Tiku nestelte an seinem Schlupfsack herum und brachte ein Stoffbeutelchen zutage, aus welchem er eine besonders große, ebenmäßige schwarze Perle nahm. Unter den neugierigen Blicken der Versammelten legte er sie Lynn in die Hand. „Für dich als Willkommensgeschenk."

„So etwas steht doch nur einer Königin zu", hauchte Lynn, scheue Blicke zu Liana und Sina werfend.

„Dann bist du die Königin seines Herzens", verriet Siria lächelnd. „Es bekommt wahrlich nicht jede Frau solch eine wertvolle Gabe und du solltest sie nicht zurückweisen."

„Das ... das würde ich nicht wagen", stotterte Lynn. „Ich gestehe, dass Tiku auch der König meines Herzens ist."

Mindestens dreien am Tisch klappte der Unterkiefer fast bis auf den Schoß.

Amar blinzelte Nicki zu, brachte ebenfalls ein Säckchen und eine noch größere, aber nicht tiefschwarze Perle zum Vorschein. „Dann wimmelt es heute auf Tuvalu vor Königinnen." Er überreichte Nicki sein Fundstück.

„Für mich?" Die Nixe bekam tellergroße Augen.

„Ja, für dich und von ganzem Herzen." Amar grinste in die Runde. *Meine Eroberung,* sprach aus diesem Blick.

„Ihr legt ein Tempo vor!" Martin schüttelte ungläubig den Kopf. *Hoffentlich geht das gut,* setzte er in Gedanken hinzu, was die Meerwesen natürlich trotzdem vernahmen.

„Du weißt doch, wie wir sind", schmunzelte Sina. „Entweder ganz oder gar nicht."

„Das beruhigt mich in der Tat ein bisschen", atmete Martin auf.

Liana rollte um den Tisch und bat Lynn, ihr eine Hand zu reichen. Die tat Liana den Gefallen, worauf die kleine Nixe die Augen schloss. Lächelnd ließ sie nach wenigen Sekunden die Hand wieder los. „100 Prozent Nixe."

„Du meinst 100 Prozent ganz?", fragte Martin neugierig.

„Das ist so sicher, wie ich kein Blobfisch bin." Liana strahlte Lynn und Tiku mit einem breiten zufriedenen Lächeln an und kehrte an ihren Platz auf der anderen Seite der Tafel zurück.

„Hart erarbeitet", sagte sie scheinbar zusammenhanglos, aber jeder, der sie gerade verblüfft angeschaut hatte, wusste, was sie meinte.

„Mum kannst du mir mal helfen?", bat sie nach einer Weile, nach draußen zeigend Siria, die daraufhin mit ihr den Saal verließ.

„Wo liegt das Problem, das wir nicht drinnen klären können?", fragte Siria, als Liana in einer Nische beim Fahrstuhl stehen blieb.

„Bei Manu. Ich traue ihr nicht." Liana schaute Siria fest an. „Sie schirmt alle Gedanken ab und bedenkt Lynn und Nicki mit merkwürdigen Blicken."

„Vielleicht ist sie ja nur sauer, weil sie nicht zu den beiden Gewinnerinnen des Tages gehört", wiegelte Siria wenig überzeugend ab.

„Das ist offensichtlich. Aber ich befürchte, dass sie Böses ausheckt." Liana fuhr zum Speisesaal zurück, wohin ihr Siria folgte.

„Morgen zeigen wir euch das Korallenriff", versprach Tiku just in diesem Augenblick. „Ein kleiner Hinweis vorab: Fasst weder an, was ihr nicht kennt, noch in irgendwelche Spalten. Selbst was wie ein Stein aussieht, kann ein giftiger Fisch sein."

„Geht klar!", versprachen die fünf Nixen im Chor.

Mario gab bekannt: „Ihr werdet im sicheren Pool schlafen. Die Männer kehren in ihre Grotte im Ozean zurück und werden euch morgen überm Riff erwarten. Gute Nacht und angenehme Träume!"

Merkwürdige Zufälle

Die Nixen zogen noch lange nach Mitternacht Runden durch den Pool, weil sie viel zu aufgeregt waren, um schlafen zu können. Siria unterrichtete Sina, Peter und Mario von Lianas Beobachtungen, obwohl sie es eigentlich nicht hatte tun wollen.

„Ich halte ziemlich viel von Lianas Fähigkeit, andere Wesen nach ihren Energien einschätzen zu können", betonte Mario. „Sie hat sich noch niemals geirrt. Und, dass es Martin zu schnell geht mit der Pärchenbildung, sehe ich in anderem Licht. Sowohl Meermänner als auch -frauen haben vor dem heutigen Tag gewusst, wozu das Treffen gedacht war. Im Gegensatz zu den Männern haben die Nixen die potenziellen Partner schon einmal auf einem Bild gesehen. Wenn dann die Hoffnung, genau diesen Mann zu umgarnen, auf Gegensympathie trifft, sollte uns das wirklich nicht wundern."

„Genau so wenig sollte uns erstaunen, wenn das Glück der einen, der oder den anderen ein Dorn im Auge ist", warf Peter ein.

„Richtig!" Mario nickte heftig. „Wir haben auch keine Ahnung, wie sich die Ostseenixen sonst verhalten. Sina ist schon viel zu lange menschlich beeinflusst, um da sichere Angaben machen zu können. Adaias Aufzeichnungen sind jahrhundertealt. Es kann sich viel geändert haben. Wie hier, wo sich alles im Wesen der Meermänner umgekrempelt hat."

„Wir werden die Mädels im Blick behalten", versprach Siria. „Und nun gute Nacht, sonst bekomme ich am Morgen die Augen nicht mal auf."

Nicki war die Erste, die munter wurde. Sie zog sich vorsichtig am Geländer der Treppe aufs Trockene, wo Handtücher lagen und die Rollstühle standen. Anhand der darauf liegenden Kleidung fand sie rasch den richtigen.

„Völlig verrückt", murmelte sie beim Anziehen, „eine Nixe, die nach dem Aufwachen an Land kraxelt und sich Menschenkleidung überstreift, damit sie mit einem gutaussehenden Meermann zusammenkommen kann."

Aus dem Pool erklang ein leises Kichern. Die rotblonde Ilka hatte die Worte vernommen und wohl soeben ähnliche Gedanken gehabt.

„Du hast wenigstens schon einen gefunden", flüsterte sie. „Ich hingegen muss noch kämpfen, einen abzubekommen. Dabei sieht es ganz so aus, als ob nur noch einer übrig wäre. Der Vierte ist offensichtlich gar nicht mit im Spiel."

„Jetzt, wo du das erwähnst, fällt es mir auch auf", überlegte Nicki. „Ich wünsche dir viel, viel Glück."

Lynn stemmte sich soeben auf den Rand des Beckens. „Ich habe furchtbar wirres Zeug geträumt."

„War es wenigstens schön?", lachte Nicki.

„Ach ja, ich kann nicht klagen", schmunzelte Lynn. Sie ließ die langen roten Anhänge ihrer Schwanzflosse wippen, um die letzten Wassertropfen loszuwerden.

Tessa ließ Manu den Vortritt am Geländer, obwohl sie sich hätte auch auf der linken Seite der Treppe herausziehen können. Sie folgte ihr, als sich Manu auf den Rand geschwungen hatte. Da stürzte ihr Manu mit einem spitzen Aufschrei entgegen, drückte sie dabei an den Beton und klatschte ins Wasser.

Tessa hielt sich stöhnend die Wange. Die raue Oberfläche hatte ihr die Haut wundgescheuert und aus einem Riss tropfte Blut. Nicki stand mit ihrem Rollstuhl direkt daneben. Sie reichte Tessa eine Hand, um ihr aus dem Wasser zu helfen.

Einen Wimpernschlag später eilte Mario mit dem Nothilfekoffer herbei. Die Sensoren im Pool hatten das Blut gemeldet.

„Wie ist denn das passiert?", fragte er besorgt, die Schürfwunde desinfizierend.

Nicki, die Einzige, die wirklich gesehen hatte, wie Manu ins Wasser fiel, gab eine äußerst knappe Beschreibung des Vorfalls. Mario ahnte sofort, dass da etwas nicht mit rechten Dingen zugegangen sein musste.

„Bei dir alles in Ordnung?", fragte er Manu vorsichtshalber.

Die begann sich, unter den versteinerten Blicken der anderen Nixen, umständlich zu untersuchen.

Lynn kümmerte sich um Tessa, welcher der Schreck noch immer in den Gliedern saß, wie die zitternden Finger deutlich zeigten. Bei Tisch übernahm es Mario, Tessa ein wenig behilflich zu sein, die ziemlich konfus wirkte.

„Halte dich im Meer am besten an Liana oder Sina", schlug er vor.

Tessa versuchte zu lächeln. „Schön, dass die beiden mitkommen, da fühle ich mich etwas sicherer."

Manu presste die Lippen aufeinander. Sie hatte gehofft, Tessa müsse an Land bleiben, weil die Haie das Blut riechen konnten. Das Zeug, das der Mensch Tessa zuletzt auf die Wange gesprüht hatte, schien die Wunden komplett zu verschließen.

Sie ahnte nicht, dass sie von zwei Nixen sehr genau beobachtet wurde, denen das Mienenspiel nicht entgangen war - Liana und Nicki.

Martin, Kirk, Peter und Mario begleiteten die Nixen auf die Yacht, welche sie zum Korallenriff bringen sollte. Dort waren genügend Männer von der Mannschaft, die den Damen im Notfall helfen konnten.

Siria stand mitten in Vertragsverhandlungen zu einem neuen Absatzmarkt und musste schweren Herzens den Ausflug ausfallen lassen. Sie hätte gern mit eigenen Augen gesehen, wie sich die fünf Urlauberinnen in einem fremden Meer voller Gefahren verhielten.

In der Nähe des beabsichtigten Ankerplatzes tauchten plötzlich die vier Meermänner auf, um das Schiff, in gebührendem Abstand, die letzten Minuten zu begleiten. Dabei entwickelten sie Geschwindigkeiten, die das Herz der nordischen Nixen höher schlagen ließen. Allen voran Tiku, der gut und gern mit Delfinen mithalten konnte.

„Er ist großartig!", schwärmte Nicki. „Aber Amar ist auch fantastisch."

„Sie sind alle unglaublich", präzisierte Lynn. „In einem Gewässer voller Fressmaschinen haben eben wirklich nur die Allerbesten eine Chance. Hoffentlich sind wir gut genug, hier überleben zu können."

„Zumindest sind wir lernfähig", lachte Nicki. „Komm, die Herren warten schon!"

Sie lenkten ihre Rollstühle ganz nah an die Taucherplattform, denn Peter hatte erklärt, dass es genau wie an jenem Tag ablaufen werde, als sie sich zur Reise entschlossen hatten. Die beiden sahen sich um.

„Hmm, tatsächlich nichts in Sicht, woran man sich orientieren könnte. Mit dem Magnetismus hier kann ich nichts anfangen. Noch nicht", murmelte Lynn.

„Hast recht", seufzte Nicki. „Da heißt es: Aufs Wort gehorchen."

„Und? Fällt es schwer?", witzelte Ilka.

„Manchmal schon", erwiderten Nicki und Lynn gleichzeitig, worüber die anderen in herzliches Lachen ausbrachen.

Wenig später versammelten sie sich alle neben dem Schiff, wo sie von den Meermännern begrüßt wurden. Manu drängte sich ständig auffällig vor die anderen Nixen, sodass Ilka leise Lynn und Tiku bat, bei ihnen mitschwimmen zu dürfen.

„Warum denn nicht?", fragte Tiku erstaunt.

„Danke", strahlte Ilka. „Ich werde auch bestimmt keinen Ärger machen. Versprochen."

Nicki und Amar gesellten sich noch zu ihnen, dann begann Tiku für alle die Eigenheiten der Korallen zu erklären und zu jeder Fischart, die sich blicken ließ, Informationen zu geben. Auch darüber, was essbar, ungenießbar oder sogar giftig war.

„Gibt es hier gar keine Pflanzen?", fragte Lynn nach einer Weile.

„In diesem Areal nicht. Etwas weiter draußen wächst Tang, der aber zäh und wenig schmackhaft ist", erwiderte Auan.

„Achtung Barracudas!", rief Liana und drängte sich, als Kleinste, schnell in die Gruppe der erwachsenen Meerwesen.

„Ein Schwarm Halbwüchsige", gab Amar bekannt. „Die Großen sind mehr als doppelt so lang und können gefährlich werden."

„Und wie heißt der hässliche Fisch?" Tessa zeigte ins Gewirr der Korallen.

„Muräne." Tamik zog Tessa ein Stück zurück. „Davon solltet ihr euch fern halten. Die können unangenehme Wunden reißen mit ihren spitzen Zähnen. Einige Arten haben giftiges Blut."

„Igitt", hauchte Tessa.

Ilka schaute sich um. „Vieles hier sieht so wundervoll aus und ist alles andere als gut."

Wie zur Bestätigung pflügte etwas Großes, Dunkles über ihnen durchs Wasser.

„Ein Hai", hauchte Liana erbleichend. „Und noch dazu ein sehr großer!"

„Bleibt zusammen!", rief Sina. „Das ist meine Aufgabe."

„Was hat sie vor?", wisperte Lynn ängstlich und zugleich fasziniert von dem Riesentier.

Auan und Amar deckten mit ihren Körpern Liana, als der Hai immer wieder die Gruppe umkreiste. Sina hatte genug. Sie stieß genau jenen durchdringenden Schrei aus, mit welchem sie an der Ostsee immer die Möwen von ihrem Boot verscheuchte. Der Hai reagierte genau so wie die Vögel, er warf sich herum und verschwand mit schnellen Schlägen seiner kräftigen Schwanzflosse.

„Der war eher neugierig als hungrig", schmunzelte sie.

Die Gruppe drang tiefer ins Labyrinth der Korallen ein, wo die besonders farbenfrohen Fische zu Hause waren. Manu blieb immer wieder zurück, als wolle sie einzelne Dinge etwas länger betrachten. So wunderte sich auch niemand, dass sie einen dünnen Ast abgestorbener Korallen aufhob und mitnahm.

Ilka schwamm am Rand der kleinen Gesellschaft und Manu fasste einen teuflischen Plan. Sie suchte gezielt nach Muränen, wurde recht schnell fündig und reizte, als Ilka ganz in der Nähe war, den Riesenfisch, indem sie ihn immer wieder mit dem toten Ast piekte.

Wie eine Rakete schnellte die Muräne zwischen den Korallen hervor, verbiss sich in Ilkas Schwanzflosse, die direkt über dem Versteck des Tieres hing. Das einsetzende Chaos nach Ilkas Schmerzenschrei nutzte Manu, sich rasch zu verdrücken und an anderer Stelle im Pulk der Meerwesen wieder aufzutauchen. Den Meermännern blieb nichts weiter übrig, als den Fisch mit vereinten Kräften zu töten. Anders hätten sie Ilka nicht befreien können.

„Weg hier, gleich kommen die Haie!" Tamik nahm die Verletzte in die Arme und strebte eilig der Oberfläche entgegen.

Sina informierte mit Marios Hilfe die Besatzung der Yacht. Den anderen war inzwischen jegliche Ausflugslaune vergangen. Sie folgten Tamik. Liana blieb mit Sina zurück.

„Warum ausgerechnet Ilka?", murmelte Liana, den Ort des Geschehens genauestens untersuchend, obwohl tatsächlich schon die ersten Haie Witterung aufgenommen hatten.

„Sicher ein dummer Zufall. Manchmal greifen die Muränen eben schnell an, wenn sie sich gestört fühlen", warf Sina ein.

„Wodurch gestört? Von der Schwanzflosse eines Wesens, das normalerweise nicht als Beute angesehen wird? Wobei diese Flosse nicht einmal direkt vor dem Versteck des Tieres war." Liana wandte sich der Korallenspalte zu, aus der die Muräne gekommen war. In den lebenden Zweigen hing etwas, das ganz und gar nicht zu dieser Korallenart gehörte und das Liana kurz vorher ganz woanders zum ersten Mal gesehen hatte.

Sie machte Sina darauf aufmerksam. „Denkst du was ich denke?"

„Ich glaube schon!" Sina nahm den Korallenzweig mit, schob ihn aber so zwischen die Stäbe der Taucherplattform, dass er nicht gleich zu sehen war, als sie sich mit Liana hochziehen ließ.

Oben war Mario schon dabei, Ilkas Wunde zu untersuchen. Er war nach Sinas Notruf sofort mit dem Ein-Mann-Heli gestartet und auf der Yacht gelandet. „Es sind keine Gifte nachweisbar", gab er soeben bekannt, worauf Tamik heftig ausatmete. „Welch gute Nachricht!"

Der nächste Satz ließ ihn freudig lächeln, denn der lautete: „Ilka, du musst dir keine Sorgen machen, ich kann deine Flosse kleben. Das wird in den ersten Wochen nicht schön aussehen, aber du kannst sie ohne Einschränkungen bewegen. Allerdings musst du vier Tage lang im Pool bleiben, damit die Bisse im Muskelgewebe narbenlos ausheilen können.

„Ich werde brav sein", versprach die Nixe sofort.

„Und ich werde dir Gesellschaft leisten, damit du dich nicht langweilst", erklärte Tamik so leise, dass es nur Ilka und Mario hören konnten. „Morgen früh, wenn die anderen auf Tour gehen, werde ich kommen."

Hätte Manu gewusst, was Tamik soeben sagte, wäre ihr das hämische Grinsen sicher vergangen. Nicki verengte die Augen zu Schlitzen, worauf Liana Sina anstupste, die stumm nickte und eine intensive telepathische Unterhaltung mit Mario führte.

Nicky, Lynn und Tessa standen mit ihren Rollstühlen neben Ilka und beobachteten mit Argusaugen, wie Mario die Wunden versorgte.

„Kleben kann ich es erst in meinem Labor", sagte er, wie um Entschuldigung bittend.

„Das macht nichts", erwiderte Ilka. „Ich bin doch schon froh, dass du mir überhaupt helfen kannst. Zu Hause hätte ich mit so einer Verletzung hungern müssen oder wäre von einem Fischernetz eingefangen worden. Da hätte mich auch keiner irgendwohin getragen, um mich zu retten." Sie bedachte Tamik mit einem liebevollen Blick.

Mario blinzelte beiden verschwörerisch zu. Nicki schmunzelte. Vielleicht hatten die guten Wünsche vom Morgen ja was genutzt.

Kaum an Land schob Mario Ilkas Rollstuhl ins Labor und begann, mit speziellem Gewebekleber, den er in den letzten Jahren entwickelt hatte, Risse zu verbinden und große fehlende Teile der Flosse nach zu modellieren.

Nach einer Stunde war die Masse getrocknet und Ilka konnte wieder am bunten Treiben teilnehmen. Dass sie alle vier Stunden den Sprühverband auf den Bisswunden erneuern lassen musste, störte weder sie noch Mario.

„Wenn du mir zeigst, was ich beachten muss, übernehme ich es in der Nacht", bot Lynn an.

„Das ist sehr gut!", freute sich Mario. „Bei dir weiß ich, dass ich mich voll und ganz darauf verlassen kann."

Siria ließ ihnen, da sich der Tagesplan nun völlig geändert hatte, eine leckere Mahlzeit im flachen Wasser am Strand servieren. Die Menschen nahmen es mit Humor und aßen mit Nixen und Meermännern gemeinsam.

Siria hatte nichts dagegen, als Tiku bat, den Gästen ihre Lebensgeschichte erzählen zu dürfen. Sie wusste, dass mindestens vier der Nixen ihrem Vater und Mario für alles Hochachtung zollen würden. Die vier waren am Ende auch wirklich so beeindruckt, dass sie lange nach Worten suchten, um ihre Gefühle zu beschreiben.

Tessa betrachtete Ilkas Flosse. Nicht ein einziges Wort zweifelte sie an, was die Familie auf dieser Insel füreinander getan hatte. Sie selber fühlte ja auch die Herzlichkeit in allem, was sie hier erlebte.

„Ich möchte bleiben, wenn der Urlaub zu Ende ist", sagte sie zaghaft und fügte schnell hinzu: „Ich versuche auch, rasch alles zu lernen, um allein überleben zu können."

„Eine gute Nachricht. Wir werden alle für dich da sein, wenn du Hilfe brauchst", versprach Siria.

Manu knirschte mit den Zähnen. Es fehlte noch, dass ausgerechnet die ängstliche Tessa einen der wenigen Meermänner abbekam.

Es reichte schon, dass ihr diese Lynn aus der Nordsee den begehrtesten Mann vor der Nase weggeschnappt hatte. Aber an sie, wie an Nicki, traute sie sich mit ihren Gemeinheiten nicht heran. Die beiden waren imstande, noch heftiger zurückzuzahlen, als sie dabei vielleicht einsteckten. Aber den beiden anderen wollte sie die Freude an allem noch ein bisschen vergällen.

Am Abend erhielt Lynn von Mario die genaue Einweisung, wie sie mit der Sprayflasche umzugehen habe und an welchen Stellen das Mittel anzuwenden sei.

„Mach dir keine Sorgen. Ich werde ganz pünktlich wach sein, damit Ilka nichts geschieht", versprach Lynn und stellte die Dose neben ihren Rollstuhl, als sie sich zum Schlafen in den Pool begab.

Sie war gerade erst eingenickt, als sie von einem merkwürdigen Zischen geweckt wurde. Als sie die Augen aufschlug, war weder etwas Ungewöhnliches zu sehen noch zu hören. So lauschte sie noch ein oder zwei Minuten, um beruhigt weiterzuschlafen, bis erneut ein verdächtiges Zischen ertönte. Diesmal schwamm Lynn hinauf, und spähte in den weitläufigen Park. Weder Mensch noch Tier waren zu sehen, das wertvolle Medikament stand an seinem Platz und Lynn glaubte, geträumt zu haben.

Pünktlich wachte sie wieder auf, um Ilka zu versorgen. Die rotblonde Nixe schwang sich in ihren Rollstuhl, Lynn trocknete deren Flosse sorgfältig ab, griff im Schein einer Laterne zur Spraydose, drückte auf den Knopf und ... nichts passierte.

Erstaunt schüttelte sie sie und probierte es noch einmal. Wieder nichts.

„Man kann nichts falsch machen, hat Mario gesagt", wisperte sie auf Ilkas fragenden Blick. „Hier drückt man drauf und aus dem kleinen Loch muss der Sprühnebel kommen. Da kommt aber nichts. Nun muss ich doch Mario rufen." Sie rollte sofort zur Sprechanlage.

Mario erschien wenige Sekunden, nachdem ihm die Nixe das Malheuer berichtet hatte, mit einer neuen Spraydose. Er gab sie ihr mit den Worten: „Versuche es mit dieser."

Lynn hatte keine Mühe. „Die ist auch viel schwerer", sagte sie sofort.

Mario griff nach der anderen Dose. „Leer. Dabei war sie ganz neu. Ich verstehe es nicht."

Er ging am Morgen an den Pool, den die Nixen gerade verließen, um nach Ilka zu sehen. Dabei fiel sein Blick auf den Rasen neben der Betoneinfassung. Dort war ein großer gelber Fleck von eingegangenem Gras, der am Tag zuvor noch nicht da gewesen war.

„Hast du versucht, wie die Flasche funktioniert?", fragte er Lynn, die den Fleck noch nicht gesehen hatte.

Lynn schüttelte den Kopf. „Nein. Ich war sicher, es auch ohne vorherigen Test zu schaffen. Warum fragst du?"

„Wegen des toten Grases", Mario zeigte auf den Fleck.

„Ach, schau an! Dann habe ich wohl gar nicht nur geträumt, dass es zischt. Da muss jemand absichtlich die Flasche geleert haben!", rief Lynn. „So eine Gemeinheit! Wer macht denn sowas?"

„Jemand, der nicht geahnt hat, dass du weißt, wie du mich erreichen kannst. Aber das kriegen wir schon heraus. Hier gibt es nämlich Kameras."

Lynn stutze kurz. „Sind das diese Geräte, auf denen man sehen kann, was schon lange her ist?"

„Genau das sind sie", antwortete Mario.

Lynn rieb sich die Hände. „Darf ich es mit anschauen? Ich will wissen, wer mich dumm aussehen lassen und Ilka Schaden zufügen wollte."

Beim Frühstück kam die Gelegenheit für Mario, zu fragen, ob eine der Nixen nachts etwas Ungewöhnliches bemerkt habe.

„Ja, ich!", rief Lynn. „Etwas hat so laut gezischt, dass ich davon aufgewacht bin."

„Oh nein! Hoffentlich keine Schlange!" Mario gab sich genau so unwissend.

Die Familienmitglieder waren nicht eingeweiht worden, entsprechend entsetzt reagierten sie.

„Eine Schlange?", stöhnte Siria erbleichend.

„Welches Tier sollte sonst gezischt haben?", fragte Mario naiv.

„Aber das wäre ja furchtbar!" Liana schaute sich ängstlich um. „Die muss gefangen werden, ehe sie jemanden beißt!"

Die Einzige, die nicht reagierte, war Manu.

„Wisst ihr was? Wir schauen uns die Bilder von den Überwachungskameras an", schlug Mario vor und tippte einen Befehl in seinen Kommunikator.

Manu wurde unruhig, als der riesige Monitor an der Wand die ersten Bilder zeigte. Mario ließ das Video im Zeitraffer laufen.

„Da! Das bin ich, wie ich gerade auftauche und nachschauen will, was da zischt!" Lynn zeigte triumphierend auf den Bildschirm. Der Bewegungsmelder hatte die Kamera genau auf sie gerichtet.

Mario hatte bewusst mit dieser Kamera begonnen und schaltete nun die Bilder der anderen zu.

„Aber ... das ... ist doch Manu!", rief Nicki, als ganz deutlich zu sehen war, wie eine Nixe aus dem Pool kroch und zielstrebig nach der Sprayflasche griff. Der Haarfarbe nach konnte es gar keine andere sein.

Die Ertappte stieß die neben ihr sitzende Liana aus ihrem Hovercraft-Stuhl, schwang sich mit affenartiger Geschwindigkeit hinein und düste Vollgas zur Tür hinaus.

„Lasst Manu, helft lieber Liana", rief Peter, der als Erster bei der jungen Nixe ankam und sie vorsichtig in den Rollstuhl setzte, den die Flüchtige zurückgelassen hatte. „Hast du dir wehgetan?", fragte er.

„Es ist nur der Schreck", versuchte Liana, zu erklären. Dann nahm sie die Fernsteuerung ihres Gefährts zu Hand. „Jetzt ist Schluss mit lustig!"

Der Hovercraft-Stuhl war nach zehn Minuten wieder zu Hause, aber Manu saß nicht mehr drin."

Überlebenstraining

„Schade, dass sie entkommen ist", sagte Liana. „Ich hätte sie gern gefragt, warum sie die Muräne auf Ilka gehetzt hat. Aber wohl aus dem gleichen Grund, weshalb sie sich gestern auf Tessa fallen lassen und heute das Spray vernichtet hat."

„Wie bitte?", rief Ilka entsetzt. „Sie hat das Tier mit Absicht zu mir gelockt?"

„Gelockt ist wohl nicht der richtige Ausdruck", berichtete Liana. „Sie hat es mit einem Korallenast solange traktiert, bis es sich auf den Erstbesten stürzte, der ihrs vors Maul kam. Und das warst du, genau über ihrem Versteck. Ich habe nämlich einen Korallenast da gefunden, der nicht dort gewachsen sein konnte."

„Ja richtig! Sie hatte ein langes Stück Kalkskelett in der Hand", erinnerte sich nun auch Tessa.

Mario informierte die Angestellten, Siria die Meermänner, dass Manu auf der Flucht, gefährlich und vermutlich zu allem bereit sei.

„Wenn sie fremden Menschen in die Hände fällt, haben wir alle ein Problem", orakelte Mario.

„Dann sollten wir sie vorher erwischen", riet Martin.

„Und dann?" Peter machte große Augen.

„Schicken wir sie, per schwer bewaffneter Luftpost, zurück nach Hause!", grollte Sina. „Aber nicht bis dahin, wo wir sie abgeholt haben, sondern einfach gleich bei Rostock ins Meer. Wobei ich die Verwandten in der Ostsee über die Vorfälle hier informieren werde. Der Hubschrauberflug ist mir das Geld wert."

Die vier nordischen Nixen zogen verängstigt die Köpfe ein.

„Entspannt euch", bat Sina mit einem Lächeln. „Ihr seid alle vier schwer in Ordnung und gern gesehene Verstärkung in diesem Meer. Liana hatte uns schon lange gewarnt, dass Manu eine bösartige Person ist. Wir hatten nur keine wirklichen Beweise. Die Videos hingegen waren eindeutig."

„Für Ilka, wird heute ein Wächter am Pool sein", erklärte Mario den anderen und von der Tür antwortete eine Stimme: „Er ist soeben eingetroffen."

„Tamik! Wie kommst du denn hierher? Ich wollte dich doch abholen!", rief Mario.

„Nach eurer Brandmeldung bin ich sofort losgeschwommen. Als ich auf den Strand robbte, hat mich einer eurer Männer entdeckt und mir meinen Rollstuhl gebracht. Sonst wäre ich notfalls auch auf dem Bauch bis hierher gekrochen."

„Extra wegen mir?", staunte Ilka.

„Ja. Ich habe es dir versprochen. Und ich möchte, dass du hier bei mir bleibst. Dafür ziehe ich mich mit den Händen sogar quer durch den Park, wenn es nicht anders geht."

„Wenn das keine brandheiße Liebeserklärung war, dann will ich nicht mehr Martin heißen", murmelte der Tauchlehrer.

Tessa seufzte. Sie hatte leider noch keinen Partner gefunden. Aber die Einheimischen versicherten ihr ganz fest, dass es hier noch andere Männer vom Meervolk geben müsse und ihnen glaubte sie.

Inzwischen hatte einer von der Strandwache eine verdächtige Schleifspur entdeckt, die vom Weg am Landungssteg der Schiffe direkt ins Wasser führte.

„Aus meinem Hovercraft kann sie jedenfalls nicht einfach so gefallen sein", erklärte Liana. „Das ist nicht möglich. Sie wird versucht haben, abzuspringen. Oder vielmehr, sie hat es irgendwie geschafft, das zu tun."

„Blut", stellte Mario mit einem Blick fest, obwohl es nur wenige dunkle Tropfen waren.

Die anderen waren Mario und Liana gefolgt, so schnell sie konnten. Lynn überlief bei Marios Worten ein Schauer.

„Hoffentlich ist Manu vernünftig genug, nicht ins offene Meer zu schwimmen. Wobei ... Vernunft kann bei ihr sicher nicht erwartet werden", murmelte sie.

„Auch, wenn sie eine falsche Schlange ist, sollten wir sie suchen", überlegte Tiku laut und erhielt dafür von allen Seiten Beifall.

Tamik schaute Ilka an. Die ahnte, was in ihm vorging.

„Schwimme mit! Du brichst kein Versprechen, wenn du jetzt bei der Suche hilfst", sagte sie lächelnd. „Pass aber bitte gut auf dich auf."

„Du auch auf dich. Ich habe Furcht, sie könnte zurückkommen, nur um dir noch mehr zu schaden."

„Ich verbürge mich dafür, dass den Frauen nichts geschieht", versprach Kirk. „Ich bringe sie in die oberen Etagen, wo nur wenige Zutritt haben und werde sie wie meinen Augapfel hüten."

Das beruhigt mich", sagten drei der Meermänner zugleich, worauf ein heiteres Lächeln über die Gesichter der Nixen flog.

„Es gibt mehrere große Wannen mit Salzwasser im Haus", erklärte Kirk, als er die Gäste in die Villa führte. „Alle Zugänge hierher werden elektronisch überwacht. Ich hoffe sehr, dass ihr euch nicht eingesperrt fühlt."

Lynn zuckte mit den Schultern. „Das ist ja seit Tagen eine völlig neue Erfahrung. Es war sicher keine von uns vieren vorher an Orten, die sie nicht einfach wieder verlassen konnte. Schaden ist uns bisher doch auch nur aus unseren eigenen Reihen zugefügt worden, während alle anderen halfen, diesen zu begrenzen. Ich werde tun, was du sagst."

„Gut gesprochen!", lobte Nicki. „Wenn ich so in unsere Damenrunde schaue, dann wird jede den Schutz annehmen, den du uns vorschlägst."

Die anderen Nixen nickten dazu.

Kirk öffnete für sie auch die Türen der großen Dachterrasse, damit sie, wann immer sie mochten, ein Stückchen Freiheit genießen konnten. Siria ließ für heute die Geschäfte ruhen. Sie nahm sich den Tag frei für die nordischen Nixen. Gemeinsam mit Kirk vertrieb sie ihnen die Zeit und weihte sie in einige Geheimnisse des Atolls ein.

„Du bist wirklich Sinas Schwester?", staunten die Damen. „Ja. Nur habe ich einen anderen Vater."

„Wenn du so dunkle Haut und Haare hast, stammt er sicher von hier", überlegte Lynn.

Siria lachte herzlich. „Ja, und du kennst ihn sehr gut. Tiku ist mein Vater."

„Stimmt. Das habe ich doch glatt vergessen. Davon war in Dranske schon die Rede", sagte Lynn etwas verlegen. „Aber wer ist der Vater von Liana? Du lebst doch mit Mario hier?"

Siria schmunzelte. „Unsere Kleine war ein Findelkind, das Auan vor einem Hai gerettet hat. Er hat sie uns gebracht, weil er wusste, wie sehr wir uns ein Kind wünschten. Sie und Auan haben sich einander versprochen."

„Ach! Deshalb verhält er sich so distanziert!", rief Tessa. „Gut, dass ich es weiß und ihm keine albernen Offerten mache."

Siria erzählte ihnen nun ganz genau, was damals alles geschehen war.

Unten am Strand lief inzwischen die Suchaktion auf Hochtouren. Die Meermänner, Sina und Liana, schwammen bereits außerhalb der Hainetze, Martin saß mit zwei Strandwächtern im Schlauchboot, um etwas weiter hinaus zu fahren, weil keiner wusste, wohin Manu geschwommen war.

„Wenigstens kann sie nicht ertrinken", witzelte Auan, als sie gemeinsam ins Gewirr der Korallen abtauchten.

Sie hatten in den letzten Jahren oft genug bewusstlose Taucher an Land getragen, die sich maßlos überschätzt hatten. Paarweise checkten sie alle bekannten Grotten und Felsenverstecke, ohne Spuren von Manu zu entdecken.

„Ich glaube nicht einmal, dass sie im offenen Meer ist", ließ Tiku fallen. „Die ist zu gerissen, um sich mit blutenden Wunden in ernsthafte Gefahr zu begeben. Wir sollten verstärkt in der Lagune oder gar an Land suchen."

Mario zog die Stirn in Falten. „Wir dürfen aber kein Aufsehen erregen. Wegen der vielen Touristen außerhalb unseres Areals, ist äußerste Vorsicht geboten."

„Von denen wird sie sich ganz bestimmt meilenweit fern halten!", rief Amar. „Immerhin ist sie völlig fremd in dieser Gegend."

„Umso weniger verstehe ich ihr Verhalten", murmelte Sina. „Sie hat ja nicht mal wirklich Ahnung davon, was man hier gefahrlos essen kann. Ich werde aber erst einmal etwas tun, woran wir sofort hätten denken müssen."

Sina schloss die Augen und Tiku fühlte, wie sich ein Kraftfeld aufbaute.

„Was tut sie?", flüsterte Tamik.

„Sie spricht mit den Walen und Delfinen. Wahrscheinlich warnt sie sie auch, nicht auf Manu hereinzufallen, falls sie die Tiere für ihre Zwecke ausnutzen will", raunte ihm Tiku ins Ohr.

Sina öffnete die Augen. „Wisst ihr was? Wir lassen sie einfach schwimmen. Sie ist, wie alle anderen, vor den Gefahren hier gewarnt worden. Sie ist, wie alle anderen, hierhergekommen, um vielleicht hier zu leben. Wir werden uns nur rühren, wenn sie um Hilfe ruft oder den Menschen in die Hände gerät. Ende der Durchsage."

Die völlig verblüfften Gesichter sprachen Bände. Mit allem hätten sie gerechnet, nur nicht damit, die Suche abzubrechen.

Sina zeigte befehlend Richtung Ufer. „Sie hat den möglichen Tod der anderen Frauen billigend in Kauf genommen."

„Oha! Wenn Sina so reagiert, ist Alarmstufe rot", murmelte Tiku. „Holen wir die Männer im Schlauchboot zurück und gehen an Land."

Amar schwamm sofort los und überbrachte die Nachricht. Eine halbe Stunde später trafen sich alle im großen Saal mit Kirk und den nordischen Nixen, wo Sina nochmals erklärte, nur im äußersten Notfall einen Finger für Manu rühren zu wollen.

„Wir werden heute noch ein wenig Überlebenstraining direkt vor der Insel absolvieren", erklärte sie weiter. „Morgen machen wir mit dem Schiff eine komplette Rundfahrt um das Atoll und ab übermorgen kann jeder selbst entscheiden, was er den größten Teil des Tages tun will. Ich möchte nur darum bitten, dass die Damen zum Frühstück, Abendbrot und zum Schlafen weiterhin hierher kommen, bis die ersten vier Wochen um sind."

„Das ist ein voller Mondumlauf", fügte Tiku erklärend hinzu, weil die nordischen Nixen noch nicht ganz sattelfest in Bezug auf die Begriffe der Menschen waren."

„Wir werden uns daran halten", versprachen Nixen und Meermänner.

„Ich kümmere mich darum, dass sich Tessa nicht ausgegrenzt fühlt", versprach Sina.

Liana lächelte. „Sie kann auch mit mir und Auan schwimmen."

„Das ist sehr gut", freute sich Sina. „Ihr beide könnt ihr hier viel mehr nützliche Dinge beibringen, als ich."

Sie wusste, dass Liana Tessa als vollkommen vertrauenswürdig einstufte, sonst hätte sie den Vorschlag nicht gemacht.

Ilka seufzte, sie wusste ja, dass sie noch bis zum nächsten Tag am und im Pool verharren musste. Tamik blinzelte ihr zu. Nun galt sein Versprechen wieder, bei ihr zu bleiben. Kirk versüßte ihnen die Zwangspause mit Leckereien und damit, dass er sich auch für eine Weile bei ihnen niederließ, um all die Fragen zu beantworten, die Ilka angesammelt hatte.

Die beiden Meerwesen waren richtig erstaunt, als die anderen zurückkamen. Sie hatten gar nicht gemerkt, wie schnell die Zeit vergangen war.

Tessa strahlte über das ganze Gesicht. Sie hatte in einer Muschel eine große rosa Perle gefunden. „Das war wie ein Willkommensgruß!", schwärmte sie. „Nun glaube ich wirklich daran, dass auch für mich alles gut wird."

Siria richtete auch für Tessa ein Kästchen ein, wie sie es für die anderen Nixen getan hatte, um die wertvollen Perlen gut geschützt für sie zu verwahren.

Aber zuerst schauten sich alle die unregelmäßig geformte Perle ganz in Ruhe an, die Tessa liebevoll als *dickes, pausbäckiges Gesicht* bezeichnete. Sie gaben ihr recht – man brauchte nicht einmal übermäßig viel Fantasie.

„Na, wer weiß, was das zu bedeuten hat", neckte Martin die Nixe.

Die lächelte fröhlich: „Du bist der Erste, der erfährt, wenn ich das herausgefunden habe."

„Was habt ihr heute sonst noch gemacht?", fragte Ilka.

„Wir haben gelernt, wie man im Notfall die langstacheligen Seeigel zubereiten kann ohne hinterher selber wie einer auszusehen", erzählte Lynn. „Es war gruselig."

Nicki rief: „Außerdem sind uns tödliche Quallen und gigantische Walhaie begegnet. Aber diese Fische waren ganz harmlos, auch wenn der Name gefährlich klingt."

„Wir haben unglaublich viel zu lernen, wenn wir überleben wollen", fasste Tessa zusammen. „Aber das haben wir ja vorher gewusst, nur vielleicht nicht glauben wollen."

„Von Manu haben wir allerdings keine einzige Spur entdeckt", erklärte Tiku, der die unausgesprochene Frage danach von Ilkas Augen abgelesen hatte.

Ein paar Männer rollten einen großen Grill heran.

Martin begann zu grinsen. „Aha, heute gibt es also noch eine Mutprobe für die Damen zusätzlich. Wer sie nicht besteht, bekommt kein Abendbrot."

„Wirklich?", fragte Lynn unter dem Gelächter der Meer-männer. Sie betrachtete das unbekannte Gerät mit äußerst gemischten Gefühlen. „Was ist das für ein Ding?"

„Ein Grill", erwiderte Tiku. „Darauf werden auf glühenden Holzkohlestückchen Fische und Fleisch lecker zubereitet."

„Die Mutprobe ist also, ob man sich in die Nähe des Feuers traut?", wollte Lynn nun ganz genau wissen.

„Es war ein Scherz", gab Martin zu. „Alle bekommen natürlich etwas zu essen. Egal, ob sie sich herantrauen, oder lieber nur von ferne zusehen. Manchmal fliegt ein Funken fort und der könnte euch verletzen."

„Also ist das anders, als bei den Kerzenflammen", stellte Lynn nachdenklich fest. „Vor denen haben wir ja keine so große Angst mehr. Wir wissen, dass man sehr vorsichtig sein muss, damit die Kerzen nicht umkippen, oder damit nichts an die Flamme kommt, das brennen kann. Einen Grill haben wir übrigens auch schon gesehen. Nur war der nicht so riesig."

Ein großer ringförmiger Tisch wurde aufgestellt, Windlichter und Gartenfackeln. Sina zündete die Kerzen in den Gläsern an, Tiku die Fackeln, was die Nixen mit großen Augen beobachteten. Das Inbrandsetzen der vielen Holzkohle erschreckte die Damen dann doch sehr. Besonders als die Flammen hochloderten und fast den ganzen Platz erhellten. Peter, Mario und Martin banden sich Lederschürzen um und warteten auf den richtigen Moment, das Grillgut auf den Rost zu legen.

Dann dauerte es nicht lange, bis ein Duft die Luft erfüllte, der allen das Wasser im Mund zusammenlaufen ließ. Die drei Männer nahmen sich zuletzt ihr Essen, da sie, im Gegensatz zu den Meerwesen, die sie abkühlen ließen, die Steaks heiß genießen wollten. Dabei wechselten sie sich ab, damit immer zwei in Ruhe essen konnten, während der Dritte aufpasste, dass nichts anbrannte.

„Ein unglaublich schöner Abend", flüsterte Lynn. „Ich habe so oft Feuerschein von den Stränden gesehen und immer geglaubt, dass dort etwas ganz Schreckliches geschieht. Jetzt weiß ich, dass es etwas Wundervolles war. Nun kenne ich endlich den Unterschied zu einem Inferno, wie ich es auch schon drei Mal beobachtet habe."

„Erzählst du uns davon?", bat Ilka.

Lynn nickte. Sie schaute in die Flammen und erinnerte sich: „Das erste Mal ist schon sehr lange her. Da hat der Blitz in ein Schiff aus Holz eingeschlagen. Es war ein Gewitter ganz ohne Regen ..." Ein Schauer überlief sie. „Die Menschen konnten nicht schnell genug Wasser aus dem Meer ziehen ... bald brannte es überall ... sie haben sich in ein kleines Boot geflüchtet ... ich weiß nicht, ob sie überlebt haben, denn die Wellen waren unglaublich hoch. Das Schiff sank auf den Meeresgrund. Da liegen die Reste auch noch heute.

Beim zweiten Mal brannte ein Haus. Die Flammen loderten plötzlich aus dem schilfgedeckten Dach. Ich höre noch jetzt manchmal die Schreie der Menschen. Menschen vergehen ja nicht wie Nixen. Am nächsten Morgen haben sie drei Gräber geschaufelt. Zwei davon waren ganz winzig." Lynn deutete mit den Händen die Größe Neugeborener an.

„Das dritte verheerende Feuer habe ich gesehen, als ich um eine dieser seltsamen Plattformen direkt im Meer schwamm. Die Menschen nennen das wohl Bohrturm, wenn ich mich recht erinnere. Sie holen dort eine stinkende klebrige Brühe aus dem Boden, die man Erdöl nennt. Und dieses Zeug brennt besonders schlimm. Es gab unglaublich viele Tote. Ich habe sie im brennenden Meer treiben sehen."

„Brennendes Meer?", hauchte Nicki entsetzt.

„Lynn hat das ganz richtig beschrieben", ließ sich Mario vernehmen. „Erdöl ist leichter als Wasser und steigt deshalb immer zur Oberfläche auf. Und Ölbrände sind wirklich schlimmer, als viele andere Brände. Dabei ist schon das Rohöl imstande, Leben zu vernichten." Er erzählte, was sich kurz vor der Ankunft der Damen vor dem Atoll zugetragen hatte.

Tamik lächelte sanft bei diesen Erinnerungen. „Ich habe riesengroßes Glück gehabt, weil es Menschen und Meerwesen gibt, die ihre Freunde nicht im Stich lassen. Von ihnen habe ich eigentlich erst gelernt, was es heißt, Freunde zu haben. Ich bin stolz darauf, zu ihnen gehören zu dürfen."

„Ich denke, ich kann da für uns alle sprechen", sagte Lynn. „Wir fühlen uns hier auch sehr wohl."

Sie erhielt ein beifälliges Nicken. In gemütlicher Runde saßen sie noch die halbe Nacht und hörten den Abenteuern zu, von denen Lynn, die Meermänner, Martin und die Neubergs erzählen konnten.

Am nächsten Morgen war auch Ilka wieder dabei, als die Yacht in See stach. Die Meermänner warteten schon am Rande des Riffs, um zuzusteigen.

„Heute fahren wir die Pottwale besuchen", verriet Sina. „Ihr werdet die Riesen mögen."

Die Nixen fieberten an der Reling der Begegnung mit den Giganten entgegen. Ilka gewahrte den ersten Blas, worüber sie völlig aus dem Häuschen geriet. Zwar lebten Schweinswale in die Ostsee, aber die waren nicht mal zwei Meter lang. So hatten die Nixen auch nie einen so riesigen Blas gesehen. Ganz anders Lynn. Die kannte von ihren weiten Reisen viel mehr, sie hatte sogar schon Pottwale gesehen und einen Delfin berührt.

„Die großen Wale müssen Kalmaren hinterher geschwommen und so in unser Meer gelangt sein", vermutete Lynn.

Als sie nun die Herde zu Gesicht bekam, stellte sie fest, dass die Pottwale damals noch Jungtiere gewesen sein mussten.

Sina sprang zu ihnen ins Wasser.

„Sie muss, trotzdem wir die Tiere kennen, sehr vorsichtig sein", erklärte Tiku. „Ein unbeabsichtigter Schlag mit der riesigen Fluke kann tödlich enden."

Eines der besonders großen Tiere kam näher. Sina berührte es mit der Hand, dann legte sie ihre Stirn an den Kopf des Wals.

„Sie unterhalten sich", flüsterte Lynn. „Ich kann die Schwingungen fühlen."

Komm her! Sina winkte ihr sogar zu.

Lynn ließ sich besonders vorsichtig ins Wasser gleiten und schwamm langsam zu den beiden unterschiedlichen Wesen hinüber.

Sie gestattet dir, sie zu berühren, telepathierte Sina, worauf Lynn sacht ihre Hände über die feste elastische Haut des Walweibchens gleiten ließ.

Es sind wundervolle Geschöpfe, seufzte Lynn und sah, wie sie der Wal mit einem Auge genau beobachtete.

Dann tauchte er unter den beiden Nixen weg, die zum Schiff zurückschwammen.

„Zwischen solche Zähne möchte ich aber auch nicht geraten", erzählte Lynn den anderen, noch ganz im Bann des Erlebten.

„Deshalb sollte man sich auch von ihnen fernhalten", erklärte Sina. „Pottwale sind schließlich die größten Fleischfresser auf diesem Planeten. Hin und wieder kommt es vor, dass sie, außer ihrer Lieblingsbeute, die riesigen Tintenfische, auch Tiefseehaie und anderes großes Getier jagen. Wir wären nicht mehr, als ein kleiner Snack zwischendurch."

„Orcas! Sie schwimmen direkt auf die Pottwale zu!" Nicki wurde bleich.

„Keine Angst, eine ganze Herde Wale kann sich recht gut zur Wehr setzen. Zudem werden die Pottwale gleich in solche Tiefen abtauchen, von denen die Orcas nur träumen können", lachte Liana. „Siehst du? Es geht schon los. Die Orcas stänkern nur recht gern."

„Fahren wir in friedlichere Gewässer, wo wir schwimmen können, ohne von ganzen Schwärmen gefräßiger Giganten umzingelt zu sein", schlug Sina vor und der Kapitän nahm neuen Kurs auf.

Man näherte sich wieder der Küste und ankerte in relativ flachem Wasser am Rande eines Korallenriffs. Sina ließ für den Notfall Haimesser an die Meermänner austeilen und die Tauchplattform zwei Meter unter der Wasseroberfläche stoppen. Sie sollte dortbleiben, bis sich alle wieder eingefunden hatten.

Paarweise zogen sie los, ihren Gästen die Wunder des Riffs zu zeigen. Auan, Liana und Tessa waren gemeinsam unterwegs.

Unerwartete Wendungen

„Ich fühle mich beobachtet", murmelte Liana nach einer Weile, wobei sie sich aufmerksam umschaute.

„Nichts Verdächtiges zu entdecken", stellten Auan und Tessa übereinstimmend fest, als sie ebenfalls intensiv in alle Richtungen gespäht hatten.

Trotz des grandiosen Anblicks der bunten Fische vergaßen sie niemals, auf ihre Umgebung zu achten, zumal einige kleine Haie auftauchten, neugierig um sie herumstrichen und wieder verschwanden.

„Sie verhalten sich seltsam", bemerkte Auan. „Irgendetwas erregt ihre Aufmerksamkeit."

„Vielleicht das Gleiche, das mich grübeln lässt", überlegte Liana laut.

In den nächsten beiden Stunden bewegten sie sich relativ entspannt, zumal die Haie immer den gleichen Abstand hielten. Auan sicherte die Umgebung, als die beiden Nixen Muscheln für das Mittagessen suchten. Tessa entdeckte mehrere Exemplare unter einem weit ausladenden Korallenstock, die sie sich gemeinsam munden ließen.

„Die schmecken hervorragend", sagte Tessa. „Ich würde am liebsten ein paar mitnehmen."

Auan schwamm los, um einen Behälter vom Schiff zu holen, während Tessa unter die Koralle tauchte. Einen Wimpernschlag später spürte sie einen stechenden Schmerz zwischen den Schulterblättern. Ihr Stöhnen alarmierte Liana, die herumwirbelte und augenblicklich eine dünne Blutwolke gewahrte, die sich rasch um Tessa ausbreitete Sie sah aber auch, wie Manu mit einer Harpune in der Hand hinter der Koralle verschwand.

„Du musst hier weg!", schrie Liana, weil sofort mehrere Haie auftauchten, die alles andere als klein waren.

„Zu spät", hauchte Tessa erbleichend, als ein wahrer Gigant blitzschnell auf sie zuschoss.

Auan sah ihn ebenfalls. Er ließ den Sack fallen und schwamm, was die Flosse hergab. Nur war er zu weit entfernt, um wirklich etwas ausrichten zu können. Der Hai öffnete sein riesiges Maul. Etwas, das auf den ersten Blick einer dicken Robbe ähnelte, jagte durch das Wasser. Es rammte den Hai mit enormer Geschwindigkeit und stieß ihn aus der Bahn.

Manu schaute hinter der Koralle hervor, verärgert darüber, dass schon wieder ein Plan zunichtegemacht wurde. Der Hai nahm das neue Ziel ins Visier. Im nächsten Augenblick schlossen sich die Kiefer.

Als Auan ankam, konnte er nur noch den Raubfisch töten, um ihn davon abzuhalten, im Fressrausch auch noch über Liana und Tessa herzufallen. Den Kadaver teilten sich sofort die anderen Haie.

Aus dem Gewirr der Korallenäste tauchte ein lächelndes Gesicht mit einem langen struppigen Bart auf. Liana musste grinsen. Das war es wohl gewesen, was ihr Robbenfell vorgegaukelt hatte, die füllige Figur hatte das Übrige getan.

„Geht es euch gut?", fragte der Fremde, der eindeutig ein Meermann war, alle drei neugierig musternd.

„Uns geht es gut", erklärte Liana. „Wer bist du?"

„Ich heiße Kami und stamme von Nukulaelae."

Tessa schwamm auf ihn zu. „Du bist unglaublich mutig. Du hast uns beiden das Leben gerettet, obwohl du dabei selbst in Gefahr warst, gefressen zu werden. Ich bin Tessa, eine nordische Nixe aus der Ostsee. Freut mich sehr, dich kennenzulernen."

Auch Liana und Auan kamen heran, um den Fremden zu begrüßen.

„Bist du schon lange in diesen Gewässern?", fragte Liana.

„Ein paar Tage. Die Delfine haben mir erzählt, dass wunderschöne fremde Frauen hier sind und da bin ich losgeschwommen, um zu schauen, ob das stimmt. Seit ein paar Stunden bin ich euch direkt gefolgt."

„Dann habe ich mich also doch nicht geirrt!", rief Liana erfreut. „Ich habe nämlich zwei Wesen vom Meervolk gespürt und war hin und her gerissen, weil die eine Energie gar nicht zu der anderen passte."

Kami wurde ernst. „Es tut mir sehr leid, dass ich für die Nixe mit dem silberhellen Haar nichts tun konnte. Keiner hat solch einen Tod verdient", murmelte er.

„Sie hat ihn selbst gewählt." Liana berichtete in Kurzform, was sich in den letzten Tagen zugetragen hatte.

Als die Rede darauf kam, dass Tessa noch auf der Suche nach einem Partner war, blitzten Freudenfünkchen in Kamis Augen. „Ähhhh, hätte ich eine winzige Chance?", fragte er vorsichtig, etwas hilflos die Hände ausbreitend.

„Sogar eine ziemlich große", lachte Tessa vergnügt. „In dir scheinen einige hervorragende Eigenschaften zu schlummern, die man nicht auf den ersten Blick erkennen kann."

„Komm doch einfach mit zu uns, dann werden wir ja sehen, ob ihr zusammenpasst", bot Liana an.

Kami deutete auf den Schatten des Schiffes an der Oberfläche. „Dahin? Zu den Menschen?"

Nicken von den anderen.

„Aber gern doch! Ich bin zu jedem Abenteuer bereit!" Er rieb sich erfreut die Hände und folgte ihnen auf der Stelle.

Über Sinas Gesicht huschte ein heiteres Lächeln, als die Tauchplattform eingezogen wurde, während den Männern der Mannschaft fast die Kinnladen auf die Schuhspitzen klappten.

Liana ließ sich sofort Desinfektionsmittel und Verbandszeug für Tessas Wunde bringen, die sie zuerst sehr genau untersuchte. Sina assistierte.

„Das sieht nicht gut aus", stellte sie fest. „Ein Widerhaken der Harpune hat einen hässlichen Riss verursacht. Wir bedecken die Verletzung mit einer Kompresse. Mario wird heute

Abend entscheiden, ob mehr getan werden muss. Bis dahin darfst du nicht ganz ins Wasser."

Tessa versprach, sich daran zu halten und nur den Schwanz und das Gesicht auf der Taucherplattform zu benetzen, damit sie nicht austrocknete.

Inzwischen schauten die Matrosen ziemlich ratlos, weil keine Sitzgelegenheit zur Verfügung stand, die das Gewicht, des ungewöhnlichen Meermannes ausgehalten hätte. Sina ließ einfach zwei Rettungsringe polstern und mit den Halteseilen zu einer Art Sessel verbinden.

Kami grinste verlegen, als er unter den neugierigen Blicken der anderen, Platz nahm. „Das kommt davon, wenn man ein Walross einlädt", witzelte er, worauf ein schallendes Gelächter einsetzte.

„Ist schon in Ordnung", schmunzelte Liana. „Ein Herz aus Gold und Nerven wie Stahlseile, sind nun mal nicht leichter und brauchen den entsprechenden Körper.

Sie erzählte, mit besonders hochachtungsvoll gewählten Worten, wie sie Kami kennengelernt hatten. Auan nickt immer wieder.

„Herzlich willkommen!" Tiku reichte Kami die Hand, die dieser hocherfreut drückte.

„Ich bin zwar nicht der Attraktivste und auch nicht der Schnellste, aber ich weiß, wo man gutes Essen findet." Er blinzelte entwaffnend fröhlich in die Runde, worauf erneut Gelächter aufflammte. Dass er ein Gourmet sein musste, zeigte schon seine rundliche Figur.

Dabei strahlte alles an ihm Frohsinn aus. Hellgrüne und strahlend türkisblaue Schuppen bedeckten seinen Schwanz, den eine kompakte kurze Flosse ohne Anhänge zierte. Die dunklen Augen blitzten verschmitzt unter breiten Augenbrauen hervor. Was er zuviel als Barthaar trug, hatte die Natur wohl auf seinem Kopf eingespart. Da wuchs das, was die Menschen Igelschnitt nannten. Zudem war er mindestens einen Kopf kleiner als Tiku, dafür fast doppelt so breit.

Egal wie, Kami war auf den ersten Blick jedem sympathisch und Tessa betrachtete ihn besonders neugierig. Es war schon beeindruckend gewesen, wie er den Raubfisch beiseite gerammt hatte.

Sina seufzte. „Ich habe ganz bestimmt nicht gewollt, dass Manu ein derart furchtbares Schicksal ereilt. Aber sie hat es selbst so gewählt."

„Siehst du, das habe ich auch gleich gesagt!", rief Liana. „Sie ist in ihre eigene Falle geschwommen und hat das bekommen, was sie Tessa zugedacht hatte."

Sina gab ein Zeichen und schon erschien ein Mitglied der Besatzung mit einer Kühlbox.

„So", sagte sie, den Deckel öffnend, „jetzt zeichnen wir erst einmal den Lebensretter mit einem Nougatorden aus."

Kami nahm das unbekannte braune Etwas vorsichtig entgegen. Unsicher betrachtete er es.

„Man kann es essen", blinzelte Tessa.

„Im Ernst?" Kami wirkte hilflos.

Sina lachte. „Tessa hat recht. Es gibt eine Runde für alle." Sie reichte die Box herum, aus der sich jeder eine Stange nahm.

Erst jetzt wagte Kami, vorsichtig an dem unbekannten Ding zu lecken. Wie ein Weintester analysierte er den ersten Eindruck und probierte gleich noch einmal, weil das die Gaumenfreude schlechthin zu sein schien. Mit halb geschlossenen Augen ließ er die Leckerei nun stückchenweise auf seiner Zunge zergehen.

„Dafür lege ich mich glatt noch einmal mit einem Hai an", seufzte er mit selig verdrehten Augen.

„Lieber nicht", schmunzelte Tiku. „Dir und Auan stehen sowieso mindestens zwei Stück zu, für das, was ihr getan habt."

„Wenn du möchtest, kannst du meine Nougatstange haben", wandte sich Tessa an Kami.

Der wehrte ab. „Nein, nein! Ich werde doch solch einer wundervollen Nixe nicht die besten Happen wegessen! Dann müsste ich mich vor Scham in der tiefsten Felsspalte verstecken!"

„Schau an, ein Kavalier", schmunzelte Sina, weil ehrliches Entsetzen das Gesicht des Meermannes zierte.

„Schon wieder ein Pluspunkt", blinzelte Tessa.

Am nächsten Haltepunkt bewies Kami, dass er an Kraft den anderen nicht nachstand. Ganz im Gegenteil! Er zerdrückte die Schalen der harten Muscheln fast mühelos zwischen seinen Handballen, um an den Inhalt zu kommen.

Ilka entdeckte eine im Meer treibende Kokosnuss. Sie fing die Frucht ein und brachte sie zu Sina.

„Da hast du ja was ganz Leckeres erwischt!", rief Sina. „Es ist nur schwierig diese Nüsse zu öffnen."

„Nicht, wenn man weiß wie", blinzelte Kami. „Soll ich sie dir aufbrechen?"

Auf Ilkas Nicken holte er einen scharfkantigen Stein vom Meeresboden. Die anderen kamen sofort herbei, um zuzuschauen.

Kami schlug mit einer Ecke des Steins zwei Augen der Nuss ein. „Jetzt kann man den flüssigen Inhalt trinken."

Sina ließ zwei große Limonadengläser bringen, die auch fast voll wurden.

„Nun widmen wir uns dem, was noch viel besser schmeckt", erklärte Kami.

Er legte die Frucht auf die Planken des Schiffes und begann, dosiert und gleichmäßig nebeneinander, eine komplette Runde von Schlägen auf die harte Schale zu setzen, die plötzlich ziemlich exakt am Ring der Treffer auseinanderbrach.

„Das Weiße da drin kann man essen. Nur ist das jetzt wirklich schwierig herauszuholen", sagte er.

Auan nahm sein Haimesser zur Hand, um Kami nach dessen Anweisungen zu unterstützen. Die nordischen Nixen staunten, was Kami alles wusste und zuwege brachte.

„Wenn es darum geht, nicht zu verhungern, weiß ich immer einen Rat", lachte er vergnügt.

Er erzählte, wie er sich nachts in den Hafen gepirscht hatte, um Äpfel einzusammeln, die beim Entladen eines Schiffes ins Wasser gefallen waren. „Ich habe bei Tage gesehen, wie die Menschen die Früchte gegessen haben, und daraus geschlussfolgert, dass sie auch mir schmecken müssten. Also bin ich mit einem Säckchen aus dem Rest eines Fischernetzes losgezogen und habe mir einen Vorrat für mehrere Tage geholt. Schade, dass viele Dinge verloren sind, die ins Hafenbecken fallen. Es ist zu gefährlich am helllichten Tag dort herumzuschwimmen. Man könnte gesehen werden oder in die riesigen Schiffsschrauben geraten."

„Mit deiner Abenteuerlust bist du bei uns genau richtig", stellte Tiku lächelnd fest. „Ich kenne eine Nixe, die das sicher ganz genau so sieht." Er blinzelte Tessa zu, welcher die gemütliche Art des gewitzten Meermannes wirklich gut gefiel. Er war kühn, aber nicht tollkühn. Er wog alles ganz genau ab, ehe er sich in ein Abenteuer stürzte. Aber das zog er dann auch ganz nach Plan durch.

Er wurde auch nicht unruhig, als die Yacht am späten Nachmittag am Landungssteg anlegte. Den anderen Meerwesen ging es in Gesellschaft der Menschen schließlich auch gut, wovor sollte er sich also fürchten.

Kirk war es gelungen, in der Eile einen elektronischen Rollstuhl für Kami aufzutreiben. Er brachte das Gefährt persönlich auf das Schiff und wies den Neuankömmling in alle Funktionen des Joysticks ein. Es dauerte keine fünf Minuten, dann hatte Kami die Bedienung begriffen und rollte ganz langsam und vorsichtig den Steg hinab.

Martin stand unten. Er stutze kurz, dann begann er zu lachen. „Tessa, du hast tatsächlich den lebenden Zwilling deiner Perle gefunden. Ich hab es dir doch prophezeit, dass das was zu bedeuten hat!"

Die anderen stimmten in das Gelächter ein. Am meisten amüsierte sich aber Kami, als man ihm die Sache mit der pausbäckigen Perle erzählte.

Natürlich berichtete er, die für Meerwesen nutzlosen Perlen immer weggeworfen zu haben, wie es auch die anderen Meermänner getan hatten, bevor sie auf die Wilsons und Neubergs getroffen waren. „Wenn ich weiß, dass sie für euch so wertvoll sind, dann hebe ich sie in Zukunft gut auf", versprach er.

„Schenk sie deiner Angebeteten", schlug Martin vor.

„Guter Plan", schmunzelte Kami. „Partnerschaft geht ja nicht nur durch den Magen, wenn ich das heute richtig begriffen habe.

Spricht etwas dagegen, wenn ich mir hier in der Nähe eine Grotte suche?", fragte er Tiku, den er, wie alle anderen, als Anführer akzeptierte.

„Wir helfen mit", versprachen die siamesischen Drillinge.

„Wenn du möchtest, kannst du auch mit in meine Grotte einziehen", bot Tamik an. „Da ist genügend Platz, wo jeder für sich sein kann, wenn ihm mal nicht nach Gesellschaft ist. Bis zur Höhle der drei anderen sind es nur ein paar Flossenschläge. Es ist ja zu erwarten, dass die Frauen alle hierbleiben und dann können sie sich ohne Mühe und große Gefahren treffen."

„Danke sehr. Das Angebot nehme ich gern an. Ich bin in dieser Gegend völlig fremd und müsste mühsam suchen, ob noch ein Plätzchen frei ist. Da, wo ich bisher gelebt habe, sind seit vielen Jahren keine anderen Meermänner aufgetaucht, von Nixen ganz zu schweigen. Ich hatte schon die ernsthafte Befürchtung, der Letzte zu sein. Seit heute habe ich aber große Hoffnung, dass unser Volk mit der Hilfe durch ganz ungewöhnliche Menschen auch weiterhin existieren wird."

Siria erzählte von jenem Tsunami, der vielen vom Meervolk zum Verhängnis geworden war, der aber die Gemeinschaft noch enger zusammengeschweißt hatte und in welchem Auan zum Helden geworden war.

„Dann war die Situation heute für dich so ähnlich wie damals", überlegte Kami laut.

„Richtig", erwiderte Auan. „Nur hätte ich heute ohne dein beherztes Eingreifen das Liebste verloren, was ich habe. Ich war viel zu weit weg."

„Aber schnell genug da, um dann gleich drei von Meervolk zu retten", strahlte Kami. „Die Haie hätten sich ganz bestimmt mit uns allen befasst."

Tessa nickte kaum merklich. Ihre Wunde am Rücken schmerzte noch immer, obwohl sich Peter sofort darum gekümmert hatte. Per Kommunikator waren ihm Bilder und Bericht von Liana durchgegeben worden. Kami war immer an ihrer Seite geblieben, obwohl es im Wasser so viel zu entdecken gab.

Auch bei der Behandlung der Verletzung war er anwesend, weil Tessa auf eine Betäubung verzichten wollte. Wie es wohl auch ein Mensch getan hätte, hielt er ihre Hand und spendete Trost. Kein Wunder dass alle das ungleiche Paar beobachteten, weil sich herumgesprochen hatte, dass die Nixe dem Meermann sehr zugetan war.

Als der Gong zum Abendbrot ertönte, machte Kami riesengroße Augen. Solch eine Vielfalt an Speisen hatte er in seinem ganzen Leben nicht gesehen. Natürlich testete er erst das, was er gar nicht kannte.

Dabei stopfte er nicht wahllos in sich hinein. Er probierte kleine Häppchen, ließ sich erzählen, wie sie hießen, woraus sie bestanden und wie sie hergestellt wurden. Oft hatte er schon von etwas gehört und freute sich, wenn er sich Zusammenhänge richtig gemerkt hatte.

Ich glaube daran, dass ihn Tessa wirklich mag. Sina telepathierte von allen anderen unbemerkt mit Tiku.

Wir mögen ihn auch, gab Tiku zurück. *Er weiß unglaublich viel und ist ein angenehmer Gesprächspartner. Er ist eine Frohnatur, aber kein Spinner. Das sind viele Eigenschaften, die die schüchterne Tessa schwer beeindrucken. Würde mich ernsthaft freuen, wenn beide auf dieser Basis zu einer guten Partnerschaft finden.*

Du solltest Seelenklempner werden, lachte Sina, denn Tiku hatte den Finger genau auf dem Punkt.

Ich gebe mir Mühe, versprach er und musste sich zügeln, nicht zu grinsen.

Als Kami den Männern nachts ins Meer folgte, fragte Tessa besorgt: „Kommst du morgen wirklich wieder?"

Da blieb sogar Kamis Mund offen stehen. Da glaubte dieses wundervolle Wesen wohl wirklich, er verschwände auf Nimmerwiedersehen.

„Natürlich komme ich zurück. Ich kann nämlich sehr anhänglich sein", schmunzelte er.

„Du solltest eine internationale Dating-Agentur aufmachen", witzelte Peter, als er mit Sina ins Haus ging. „Alle Kandidaten haben ihren Traumpartner gefunden, obwohl du selbst nicht daran geglaubt hast."

„Ja, ich bin echt überrascht. Dass sich sogar von Nukulaelae jemand bis hierher begibt, in der ganz vagen Hoffnung, das Gerücht, fremde Frauen seien gekommen, möge wahr sein und dann noch eine abzubekommen, schlägt dem Fass glatt den Boden aus."

„Kami kämpft sich schon ein halbes Menschenleben ganz allein durch", erzählte Liana.

„Woher weißt du das?"

„Ich habe ihn einfach gefragt." Sie lächelte in die Runde.

Mario seufzte. „Er gehört auch definitiv einem anderen Meervolk an, wie schon seine ganze Erscheinung zeigt. Auch ich befürchte, er ist der Letzte seiner Art. Umso mehr würde es mich freuen, wenn die einzige Chance für ihn zu einem Erfolg auf allen Ebenen führt.

Ich werde ihn in den nächsten Tagen bitten, eine genetische Analyse machen zu dürfen. Ganz einfach, weil es mich interessiert, wie unterschiedlich die beiden Arten Meerwesen sind.

Die bekannten Einheimischen und die Nordischen unterscheiden sich nur farblich, wie Haut-, Augen- oder Lynns rote Schuppenfarbe zeigt. Er ist vom ganzen Typus grundverschieden.

Hast du zufällig auch gefragt, wie alt er ist?"

Liana schüttelte den Kopf. „Ich vermute aber, dass er älter ist, als alle, die sich derzeit hier aufhalten."

„Was bringt dich darauf?", staunte Siria.

„Dass er von Schiffen spricht, die es seit Jahrhunderten nicht mehr gibt. Oder habt ihr in den letzten 200 Jahren von rudernden Galeerensklaven gehört?"

„Nur in der Schule", gab Siria zu.

Vielleicht ist er ja von einem Ur-ur-uralten Volk, dessen Angehörige sehr viel älter werden können, als wir heute", überlegte Liana laut.

„Warum eigentlich nicht?", hakte Mario ein. „Tiku hat mal von den Meerdrachen gesprochen, deren Existenz ich nun auch nicht mehr anzweifle."

Kami hatte inzwischen mit Tamik die Grotte erreicht. Sie war wirklich so groß, dass mehrere Bewohner ausreichend Platz finden konnten. Kami nahm eine der freien nischenartigen Ausbuchtungen in Besitz und begab sich zur Ruhe.

Am zeitigen Morgen begann er, große Steine zu suchen und so aufzuschichten, dass das Gebilde einem kleinen Regal mit vier Fächern glich.

Tamik schaute etwas irritiert zu. „Was wird das?", fragte er schließlich.

Kami schaute auf. „Ein Vorratslager. Man kann doch all die guten Sachen, die das Meer bereit hält, nicht auf einmal essen."

Sich am Kinn kratzend meinte Tamik: „Man kann sich doch jeden Tag etwas zu Essen suchen."

„Und? Findest du immer was?"

„Meistens", antwortete Tamik etwas verunsichert. Ihm fiel ein, was Kami über die Äpfel erzählt hatte.

Kami lachte. „Siehst du, ich mache es mir einfacher. Ich kann, in einem Beutel aus einem alten Netz, Fische und Seeigel ein paar Tage am Leben halten, und sie essen, wenn ich draußen mal gar nichts Schmackhaftes erwische oder in der Zeit, wo schwere Stürme toben und keiner freiwillig sein Versteck verlässt."

Tamik schwamm näher und betrachtete das steinerne Regal genauer. „Ich glaube, von dir können wir eine Menge lernen", sagte er voller Hochachtung. „Hast du dir das von den Menschen abgeschaut?"

Das Volk Rakaa

„Ich erzähle es am besten, wenn alle beisammen sind. Ich weiß doch ganz genau, dass sonst jeder einzeln kommt. Zudem kann ich mir vorstellen, dass Sina und ihre Familie besonderes Interesse daran haben. Komm, schwimmen wir hoch, ich höre bereits das Schiff.“

„Wirklich?“ Tamik lauschte in alle Richtungen. Einen Wimpernschlag später vernahm er ebenfalls das Tuckern der Motoren. Kopfschüttelnd folgte er Kami, der ihn wieder völlig verblüfft hatte.

„Gut geschlafen?“, fragte Tiku.

Kami nickte. „Sehr gut. Ich bin dankbar, dass ihr mich aufgenommen habt.“

„Und du?“, wandte er sich an Tamik.

„Ich bin froh, dass Kami bei mir eingezogen ist. Ich habe heute früh schon zwei Lektionen gelernt.“ Dabei grinste er Kami fröhlich an, der genau so antwortete.

„Aha, ein Geheimnis!“, dozierte Amar mit erhobenem Zeigefinger.

Tamik lachte herzlich. „Ja, so ähnlich. Nur, dass ihr es dann auch erfahren werdet, wenn ihr ganz brav seid.“

Tessa hatte mit flehendem Hundeblick gefragt, ob sie zum Steg fahren und auf das Schiff warten dürfe. Auf Sinas lustiges Blinzeln hin, bot Peter an, sie dahin zu schieben. Peter lehnte sich an das Geländer und beobachtete Tessa, die gespannt dahin schaute, wo jeden Augenblick die Yacht auftauchen musste. So entging ihm nicht das freudige Zucken, als das Schiff die schmale Fahrrinne zwischen den Korallen nahm und rasch größer wurde.

Kami war an Deck auch nicht zu übersehen. Seine ungewöhnlich helltürkisen Schuppen blitzten regelrecht in der Sonne. Ein Phänomen, das weder die Nixe noch Peter von irgendeinem anderen Meerwesen kannte. Und noch etwas war kaum zu übersehen – das glückliche Lächeln von Tessa, die nun sehr geduldig wartete, bis Kami die Hürde des schwankenden Stegs genommen hatte.

Ein Empfang wie für einen König, dachte Tamik mit fröhlichem Lächeln. Unbewusst beobachtete er das Pärchen, und, wie Peter nun Kami schob, der noch nicht so geübt mit dem ungewohnten Gefährt war. Hovercraftstühle hatten die Nixen ja auch noch nicht bekommen. Die waren aber schon geordert. Für Kami musste ein Modell mit einer variablen Sitzbreite gefertigt werden. Das sollte er aber auch erst bekommen, wenn feststand, dass er an dauerhaften Kontakten zu den Neubergs überhaupt interessiert war.

Diese hatten im Stil einer mittelalterlichen Tafelrunde nun wirklich einen runden Tisch aufstellen lassen, damit jeder mit jedem sprechen und ihn dabei sehen konnte, ohne andere übermäßig zu nerven. Das „Ahhhh" und „Ohhhh" der Meerwesen ließ alle, sich noch mehr auf das Frühstück freuen.

Dabei schien ein Schatten über Kamis Gesicht zu huschen, der sogar für einen Augenblick die Lider schloss, als er zwischen Tessa und Sina Platz genommen hatte.

„Was hast du?", fragte Tamik, ihm genau gegenüber sitzend.

„Es sind Erinnerungen", brachte Kami mit kratziger Stimme hervor.

Alle schauten Kami an. Der lächelte verhalten. „Ich habe Tamik versprochen, etwas mehr über mich zu erzählen, wenn alle versammelt sind. Ich denke, dass ich es gleich nach dem Essen tun sollte."

Erinnerungen? Nicht nur die Neubergs sahen sich untereinander bedeutsam an.

Es ist alles gut, hörte Tessa sehr verwundert Kamis Stimme in ihren Gedanken. Es war ihnen gleich zu Anfang erklärt worden, dass die hiesigen Meerwesen das Telepathieren mühsam erlernt hatten und Tamik noch immer in der Anfangsphase stand. Das konnte also nur mit dem zusammenhängen, wovon ihnen Kami berichten wollte.

Noch aus einem anderen Grund schauten alle anderen den Meermann immer wieder an – er hatte seinen struppigen Bart gebändigt, indem er zu beiden Seiten Zöpfe geflochten hatte, die ganz unten mit dem losen Haar in der Mitte des Gesichtsschmucks durch die beiden übereinanderliegenden Löcher in einer Perlmuttscheibe gezogen waren. Das gab ihm ein edles und zugleich verwegenes Aussehen.

Er ließ sich nicht anmerken, dass er die Blicke sehr wohl bemerkte. Stattdessen bat er Sina, ihm zu erklären, wie man am besten den Honig auf das Brötchen bekäme, ohne die süße Leckerei auf dem halben Tisch zu verteilen. Dass man in den Kreisen der Menschen den Essplatz sauber halten musste und die Abfälle nicht einfach irgendwohin werfen durfte, hatte er ja schon gestern durch reines Beobachten gelernt und sich auch vom ersten Moment an daran gehalten.

Es war ja auch völlig plausibel. Hier gab es weder eine Strömung, welche die Reste wegtragen konnte, noch irgendwelche Tiere, die sie fraßen. Und im Abfall wollte schließlich keiner leben, zumal Müll an der Luft schon nach ganz kurzer Zeit wirklich ekelhaft stinken konnte, wie Kami ziemlich gut wusste.

Als das Geschirr abgeräumt worden war und nur noch die Getränke auf dem Tisch standen, nickte Sina dem Meermann aufmunternd zu.

Kami holte tief Luft. „Gut, dann ist es jetzt wohl soweit, etwas zu verraten, was niemals ein Mensch erfahren sollte: Ich bin ein Rakaa. Und wie es aussieht, haben die alten Prophezeiungen recht behalten. Ich scheine der Letzte, meiner Art, zu sein. Wir haben schon hier gelebt, als es noch eine zusammenhängende Landmasse, statt der Atollringe gab."

Alle schauten den Meermann mit großen Augen an, aber keiner wagte, ihn auch nur mit einem Laut zu unterbrechen.

„Wir haben in Tiefen gelebt, die heute kein Meervolk mehr anschwimmt."

Daher also die walähnliche Gestalt, hörte Siria Mario sagen.

Kami lächelte amüsiert. „Ja, daher kompakte kurze Körper und Flossen ohne Zier. Oder, wie du ziemlich treffend sagst: eine walähnliche Gestalt."

„Was??? Du hast gehört, was ich telepathierte?" Mario blieb buchstäblich der Mund offenstehen.

„Hmm, hmm, richtig erkannt", schmunzelte Kami. „Alle Rakaa haben diese Fähigkeit, wie auch die nordischen Nixen. Hatten, diese Fähigkeit", präzisierte er sofort und fuhr fort, zu erzählen.

„Wir waren viele, so viele, dass wir Vorräte anlegten, um immer genug zu essen zu haben. Ja, Tamik, daher habe ich mir auch gestern das kleine Regal gebaut. Es ist so in meiner Natur verankert.

Es gab einen König, der dafür zuständig war, sein Volk zu leiten und zu beschützen. Es gab Wächter, die Haie und andere Störenfriede abwehrten, es gab Meerleute, die auf Plantagen arbeiteten und Jungvolk, das erst noch seine Fähigkeiten entdecken musste. Die Jüngsten spielten und lernten unter der Aufsicht ihrer Mütter gemeinsam. Wir lebten aber nicht in Familien, wie es die Menschen tun. Auch stand es bei den Paarungstänzen völlig frei, wer zueinander fand.

Wir legten gemeinsam Bauwerke an, um uns vor zu starken Strömungen zu schützen. Nicht solche, wie die Menschen, aber zweckmäßig für unseren Bedarf. Alle paar Jahrhunderte zerstörten Seebeben unsere Bauten und wir schufen sie wieder neu und manchmal an anderer Stelle. Und wir hatten eine uralte Nixe unter uns, die die Gabe hatte, zu sehen was eines Tages geschehen werde. Der König gewährte ihr besonderen Schutz, denn ihre Prophezeiungen erfüllten sich immer. Nicht auszudenken, wäre ihr ein Leid geschehen!

Einmal im Lauf der Jahreszeiten, nämlich immer dann, wenn die Regenzeit vorbei war, fanden sich die Anführer der einzelnen Stämme bei ihrem König ein, um darüber zu beraten, was man im nächsten Jahr besser machen konnte. Wir saßen dann auf Steinen, die in einem Kreis angeordnet waren, wie die Plätze an diesem Tisch und wo alle gleich galten. Deshalb habe ich vorhin vielleicht ein bisschen wehmütig geschaut, weil mich die Erinnerung plötzlich überrannte.

Ja, und wir trugen auch Schmuck. Ich sehe doch, wie ihr alle überlegt, was es mit der Perlmuttscheibe an meinem Bart auf sich hat. Dass ich Perlen nur als Abfall betrachtet habe, stimmt also nicht ganz. Wir haben sie nur anders verwendet, als die Menschen. Sie waren Spielzeug für die Kleinen, die Muster daraus legten oder sich darin maßen, wer die Perle am weitesten spucken konnte."

Martin begann herzhaft zu lachen. „Bei uns nimmt man dazu Kirschkerne, die nicht ganz so wertvoll sind. Ich bin aber ganz sicher, dass du das auch weißt."

Kami nickte grinsend. „Das haben schon die alten Seefahrer von Bord ihrer Schiffe getan. Aber denen haben wir es nicht abgeschaut. Unsere Variante gab es schon viel, viel länger."

Er wurde wieder ernst. „Dann kam der Tag, an dem die alte Nixe schlimme Kunde für uns hatte. Es sollte eine Zeit des Bösen anbrechen. Sie erzählte von Seebeben und Vulkanausbrüchen, die unser Volk vernichten würden.

Was sollen wir tun, fragte der König ratlos. Wir konnten schließlich nicht tagelang über den offenen Ozean schwimmen, um andere Gestade zu suchen. Das hätte keiner überlebt.

Ausharren, bekam er zur Antwort. *Vielleicht ist uns das Schicksal gnädig.*

Als viele, viele Jahre später die Beben begannen, und unser Hauptort mehrfach zerstört wurde, gebot sie den Wachen: *Rettet den König!*

Alles Sträuben half ihm nicht und auch kein Befehl. Als sich Risse im Boden auftaten und glühendes Gestein herausquoll, packten die Wächter den König und brachten ihn auf die andere Seite des Festlandes, wo sie ihn in einer Grotte voller Fische einmauerten.

Als das Hauptbeben alles vernichtete und auch das Land versank, stürzte die Mauer ein und gab den einsamen König frei. Er schloss sich einer Gruppe Delfine an, die von da an für ihn sorgte, als sei er einer der ihren, bis er eine sichere Bleibe gefunden hatte.

Seitdem lebt er allein, denn bei den Paarungstänzen der anderen Meervölker hatte er nie eine wirkliche Chance. Auch wollte ihn bisher keiner in seiner Nähe dulden, weil er schon auf den ersten Blick so völlig anders aussieht, als die heute lebenden Meermänner."

„Dabei hätten sie ihr Überleben sicher gut selber in den Griff bekommen können, wenn sie deinen wertvollen Rat befolgt hätten", sagte Tiku. „Denn ich habe keinerlei Zweifel daran, dass du dieser König bist. Ich erinnere mich an Erzählungen von einem Volk, das uralt, ja fast unsterblich gewesen sein soll."

Kami nickte kaum merklich.

„Lass mich der Anführer deiner Wache sein!" Tiku umrundete den Tisch, um Kami die Hand zu reichen.

Der nahm sie auch. „Mein Ratgeber sollst du ebenfalls sein. Denn du hast bisher alles getan, um dein eigenes kleines Volk am Leben zu erhalten."

„Dann werde ich mir eine andere Grotte suchen", schlug Tamik ehrfürchtig vor.

„Untersteh dich!" Kami schaute ihn echt entrüstet an. „Wir schlagen uns alle gemeinsam durch! Ich bin froh, endlich Gesellschaft zu haben! Zudem muss ich jetzt unglaublich viel lernen. Und Mario, wenn du deine Analysen machen willst, stehe ich dir jederzeit zur Verfügung."

„Was, das hast du auch gehört?!"

„Jedes Wort. Ich weiß, dass ihr alle echte Freunde seid. Das ist das Wichtigste, was wir paar Exemplare vom Meervolk brauchen, wenn wir wirklich überleben wollen. Danke, liebe Landbewohner. Danke für alles."

Tessa tastete ganz vorsichtig nach Kamis Arm. Er fasste zu, nahm ihre Hand und streichelte sie. „Wenn deine Wunde verheilt ist, durchstreifen wir das Meer nach den wundervollsten Schnecken- und Muschelschalen. Dann bekommst du den schönsten Schmuck, den herzustellen ich fähig bin. Versprochen." Er ringelte einer ihrer semmelblonden Locken um seinen Finger.

„Bringst du es uns auch bei?", fragte Auan.

„Aber ja doch! Wenn, dann sollen alle glücklich sein."

Siria schaute Tiku an. „Du lächelst so."

„Ich weiß nicht, wie ich es ausdrücken soll ... wir sind seit ein paar Tagen wieder ein richtiges, wenn auch winziges, Volk und wir haben einen König. Einen, der so viel erlebt hat, dass mir vor Ehrfurcht beinahe Tränen in die Augen steigen." Tiku hatte lange nach diesen Worten gesucht.

„Dass gerade du dich freust, hätte ich schon vorhin am wenigsten erwartet, als du batest, Anführer der Wache zu werden", murmelte Siria. „Ich habe eher mit einem Kampf um die Herrschaft gerechnet."

Alle schauten wegen dieser offenen Worte zwischen ihr und den beiden Männern hin und her.

Tiku lächelte immer noch. „Ihr wisst alle, dass ich weder ein Feigling noch ein Schwächling bin. Aber wir bauen gerade völlig neue Strukturen auf, welche, die mein altes Volk nie hatte. Mit jedem neuen Mitglied wächst die Verantwortung. Ihr wisst auch, dass ich mich davor nie gedrückt habe und auch nie drücken werde. Aber ich weiß, wie wichtig es ist, mit jemandem Verantwortung zu teilen, der einfach größere Erfahrungen hat."

„Bravo!" Mario begann zu applaudieren und alle anderen schlossen sich an. „Ihr wisst ja alle, dass ihr es uns nur zu sagen braucht, wenn ihr etwas benötigt. Wir sind immer für euch da."

„Mario, ich habe eine kleine persönliche Bitte", wandte sich Kami an Sirias Mann. „Kannst du mir ein Stückchen Fischernetz besorgen?"

„Kann ich. Darf ich fragen, was du daraus machen möchtest?"

„Einfach nur ein Transportsäckchen, um meine Lieblingsnahrung lebend in die Grotte zu bringen und ein paar Tage halten zu können."

„Ich hab was Besseres für dich", sagte Martin. „Du bekommst eine kurze engmaschige Reuse, die du oben mit einem Band zuziehen kannst, damit auch kleine Leckerbissen nicht einfach verschwinden können."

„Oh, das ist Klasse! Vielen lieben Dank. Auf der langen Reise hierher, habe ich beinahe alles eingebüßt, was ich mir im Laufe der Jahre mühsam zusammengesucht habe. Aber ich habe Freunde gefunden und eine, die mich vielleicht so mag, dass sie mich auch beim Tanz nicht abweist." Er blinzelte Tessa zu, die über das ganze Gesicht strahlte.

Auf die fragenden Blicke erklärte er: „Mit meinen beiden Harpunen musste ich Orcas abwehren. Sie sind beide stecken geblieben. Deshalb habe ich mich dem Hai, der Tessa und Liana fressen wollte, mit bloßen Händen stellen müssen. Meine Steinmesser sind auch alle an Haie und eins an eine aufdringliche Muräne verloren gegangen. Die hat mich auch mein Fischernetzsäckchen gekostet. Offenbar hielt sie den Inhalt für genau so schmackhaft wie ich. Als das Messer zerbrach habe ich ihr freiwillig meinen Reiseproviant überlassen, um nicht gebissen zu werden. Es war eine von den besonders giftigen Arten.

Im Grunde genommen konnte ich nur ein paar Schmuckstücke retten, weil die an einer Schnur um meinen Hals und noch dazu versteckt unterm Bart hingen."

„Sag, wenn du etwas haben möchtest!", rief Siria.

Kami lächelte fröhlich. „Ich kann mir doch alles wieder neu fertigen. Es dauert nur ein bisschen, die nötigen Zutaten zu suchen."

„Ein scharfes Messer solltest du aber nicht ablehnen", schlug Tiku vor. „Dann hast du es einfacher, alles andere selbst zu machen. Das ist keine Frage der Ehre, sondern deiner Sicherheit."

„Stimmt", murmelte Kami. „Mein Berater und Anführer der Wache hat gesprochen und ich sollte auf ihn hören."

In das herzliche Lachen hinein versprach Mario, ihm ein erstklassiges Tauchermesser mit Halterung für den Oberarm zu geben.

„Ist das so etwas, wie das, womit Auan den Hai getötet hat?", fragte Kami ganz aufgeregt.

„Genau das Gleiche", bejahte Mario. „Die Männer haben inzwischen alle eins und auch die Nixen bekommen welche, wenn sie in ein paar Tagen zu euch ins Meer umziehen. Werkzeug und Waffe in einem. Ich möchte sicher sein, dass sie sich wehren können, falls mal die Fähigkeit versagt, in die Gedanken des Gegners einzudringen."

Kami schaute überrascht auf, sagte aber nichts. Er hatte nicht geahnt, dass die nordischen Nixen ähnliche angeborene Fähigkeiten wie die Rakaa hatten.

„Wir wären trotzdem Haifutter geworden, weil ich viel zu überrascht war", sagte Tessa.

„Oh! Ich habe wohl zu laut gedacht?!" Kami kicherte vergnügt.

„Mach dir nichts draus", schmunzelten Peter und Mario. „Frag uns mal, wie wir üben mussten."

„Ich bewundere euch. Es gibt sicher nicht viele Menschen, die die Kommunikation auf diese Weise beherrschen."

Siria gab Sina ein Zeichen. Die lenkte ihren schwebenden Stuhl neben Kami, bat ihn, sich ihr zuzuwenden, legte ihm beide Hände auf die Schultern und schaute ihm tief in die Augen. Fast fünf Minuten verharrten sie so, während ausnahmslos alle anderen neugierig und ein bisschen verständnislos zuschauten, weil sie nicht wussten, was gerade geschah.

Dann zog Sina ihre Hände weg. Kami verharrte noch einen Augenblick regungslos. Schließlich schaute er in die Runde der Alteingesessenen. „Ich bin überwältigt. Zum einen davon, dass Sina über diese Fähigkeit verfügt, zu anderen über den Inhalt. Sie hat mir soeben ihre gesamten Informationen, die Völker betreffend, übertragen. Ich weiß nun Bescheid, als sei ich seit über hundert Menschenjahren dabei gewesen. Das ist mehr Vertrauen, als ich jemals erwartet habe. Ich werde alles daran setzen, euch niemals zu enttäuschen."

Tiefseegeschichten

Tessa lächelte selig. „Erst hatte ich riesige Angst vorm Mitkommen und nun erfahre ich jeden Tag neue Dinge, von denen nicht mal die ganz Alten etwas wussten. Bloß gut, dass ich zur rechten Zeit meinen ganzen Mut zusammengenommen habe! Das alles ist die paar Kratzer, die ich eingesteckt habe, wirklich wert."

Lynn nickte. „Und zieh dich bitte nicht wieder ins Schneckenhaus zurück. Das hast du gar nicht nötig. Aber ich denke, Kami wird schon dafür sorgen, dass du endlich den vollen Spaß genießen kannst."

„Das werde ich", versprach er. „Ihr müsst halt nur ein bisschen nachsichtig mit mir sein, weil ich nicht der schnellste Schwimmer bin."

„Das ist ja nun der geringste Kummer", kicherte Auan. „Wir sind ja nur auf Rettungsmissionen wie die Torpedos unterwegs. Sonst bevorzugen wir auch eher den gemächlichen Schwimmstil."

Weil Tessa aber heute noch nicht wieder mit ins Meer durfte, blieb Kami auch an Land und stellte sich Mario für alle möglichen Tests zur Verfügung.

So stand auch schnell fest, dass die Rakaa mit den anderen Völkern genetisch durchaus zusammenpassten. Ob es Vermischungen gegeben hatte, wusste auch Kami nicht genau. In seinem Volk hatte es nie Nachwuchs gegeben, der aus dem optischen Schema gefallen wäre. Denn das hätte er erfahren.

Die Männer der Rakaa waren nicht schnell genug, für die rasanten Paarungstänze der anderen Völker gewesen, was ja auch immer Kamis Nachteil gewesen war, seit es sein Volk nicht mehr gab. So erschien es unwahrscheinlich, dass die Nixen anderer Völker, für die Rakaa unbemerkt, Nachwuchs unterschiedlicher Eltern geboren hatten.

„Hatten eigentlich alle Rakaa so kurzes Haupthaar?", fragte Mario.

Kami strich mit der Hand über seine Stoppeln. „Ja." Er schmunzelte. Dafür sind unsere Bärte eben vier Mal so lang wie die, der anderen."

„Und wie sahen die Nixen aus?"

„Auch so kompakt, wie ich bin, mit genau so geformten Flossen. Das Haar war aber so lang, wie das der hiesigen Nixen. Die Farben variierten von mittelbraun bis schwarz. Die Haut war eher hell, wie meine eben, die Augen immer dunkelbraun."

Mario notierte eifrig. „Kann nicht doch irgendwo jemand von deinem Volk überlebt haben?"

Kami zuckte mit den Schultern. „Ich hätte es sicher erfahren. Genau so, wie ich erfahren habe, dass fremde Nixen aufgetaucht sind. Dass es Meervölker geben soll, die mit Menschen in ständigem Kontakt sind, haben mir die Delfine ja auch erzählt. Ich habe es nur nicht geglaubt. Zumindest solange nicht, bis ich euch heimlich gefolgt bin. Es war schon fast beschlossene Sache, mich zu erkennen zu geben, als der Hai kam. Und der hat mich nicht gefragt, ob ich wirklich schon für ein persönliches Treffen mit euch bereit war." Kami blinzelte verschmitzt.

„Das hat ja für ihn auch nicht gut geendet", lachte Mario.

„Richtig! Ich hätte nicht mit ansehen wollen, wie noch mehr Nixen getötet werden." Kami schüttelte sich bei diesem Gedanken. „Und schon gar nicht die Frau, der ich den ganze Ozean schenken würde, gehörte er mir."

Am Nachmittag kamen die anderen Meerwesen zurück. Tiku erkundigte sich sofort, ob bei Kami alles in Ordnung sei, was dieser mit einem dankbaren Lächeln bejate.

„Sag mal, Kami, gab es bei den Meervölkern wirklich niemals Auseinandersetzungen mit Waffen?", fragte Mario plötzlich.

„Die gab es", erwiderte Kami, wobei sich ein bitterer Zug um seinen Mund legte. „Hier lebte einmal das Volk Nuoni – klein, kriegerisch, nicht sehr langlebig, aber noch besser im Tauchen als die Rakaa."

Verblüffte Gesichter in der Runde der Zuhörer.

Kami seufzte. „Sie unterschieden sich in vielem von uns, die wir hier sitzen. Sie waren erheblich größer und noch schlanker als die heutigen Meerwesen, hatten keinen durchgehenden Leib mit einer Flosse, sondern fast menschenartig zwei Beine mit je einer großen Flosse. Sie waren rasend schnell und wendig wie Raubfische und verhielten sich auch ganz genau so.

Sie fielen im Schwarm über unsere Plantagen her, töteten jene, die sie pflegten, plünderten und verschwanden wieder. Manchmal kamen sie sogar nachts. Dabei hätten sie weder Diebstahl noch Mord nötig gehabt. Meist nahmen sie die Pflanzen nicht einmal mit, sondern vernichteten sie an Ort und Stelle. Wir haben nicht herausgefunden, warum sie so handelten. Sie waren der Grund, weshalb wir Rakaa beschlossen, bewaffnete Wächter in ständiger Bereitschaft zu halten."

„Habt ihr versucht, mit ihnen zu reden?"

„Aber ja! Über Jahrhunderte, nach menschlichem Maßstab. Es war sinnlos!" Kami rieb sich mit beiden Händen das Gesicht, wie es wohl auch ein Mensch getan hätte, der schlimme Erinnerungen hervorholt. Schließlich hob er seinen langen Bart hoch und legte dabei eine breite Narbe frei, die sichelförmig knapp unterhalb seines Halses verlief. „Das stammt von damals. Ich habe mein Überleben nur der Tatsache zu verdanken, dass ich recht kräftig bin und mich wehren konnte. Sonst hätten sie mir genauso den Kopf abgeschnitten, wie vielen anderen.

Beide Angreifer haben es nicht überlebt. Ich habe die Nuoni als Leichen zum Meeresboden geschickt. Ende der Geschichte vom Versuch, den Konflikt mit Worten zu lösen. Als ich mich von dem heimtückischen Angriff erholt hatte, baten mich die

Rakaa, ihr König zu werden, denn unser alter Anführer hatte nicht überlebt."

Keinem fiel auf, dass bei dem Gespräch über die Nuoni nicht die Rede davon gewesen war, mit dem Tod zu Meerschaum zu werden.

„Und was ist aus dem Volk der Nuoni geworden?", wollte Sina wissen.

Kami zuckte mit den Schultern. „Keine Ahnung. Sie sind woanders hin gewandert, nachdem wir begannen, uns mit Waffen zu wehren. Möglich, dass sie nun in der Tiefsee ihr Unwesen treiben. Kann aber auch sein, dass sie den Vulkanausbruch nicht überstanden haben, der mein Volk vernichtete. Sie waren ja nicht gerade zahlreich. Mehr als hundert Individuen werden sie nicht gewesen sein. Ich bin nicht wild darauf, auch nur einen von denen wiederzusehen."

„Ziemlich gut verständlich", murmelte Tiku. „Wenn ich daran denke, dass ich einst die Hand gegen Peter erhoben habe, dann schäme ich mich noch heute in Grund und Boden."

„Das musst du nicht", erwiderte Peter. „Dieser Konflikt ließ sich mit Worten beilegen. Zudem ist eine feste Freundschaft daraus geworden, die ich nicht missen möchte."

„Erzählst du uns von der Tiefsee?", baten die Nixen Kami.

„Ich weiß gar nicht, wo ich da am besten anfange ...", überlegte er halblaut.

„Vielleicht kann dir Mario mit einem Video aushelfen", schlug Siria vor. „Er hat Filmmaterial für mehrere Stunden da unten aufgenommen. Seine Bilder und deine Erklärungen bringen uns sicher allen neue Erkenntnisse."

„Das ist es!", rief Kami. „Ich hatte doch völlig vergessen, dass Menschen die verrücktesten Dinge tun, um Neues zu entdecken!"

„Ja, wir fliegen sogar bis zum Mond und noch weiter", lachte Peter.

„Wirklich?" Kami schaute ihn mit tellergroßen Augen an. „Eure Flugzeuge können so hoch aufsteigen?"

„Nein, nicht die gewöhnlichen Flugzeuge, die du manchmal am Himmel beobachten kannst", schmunzelte Mario. „Aber wisst ihr was? Wenn wir uns alles über die Tiefsee angesehen haben, dann zeige ich euch ein paar Filme über das, was noch viel weiter als der Mond von der Erde weg ist."

Kami schaute die Meermänner an. „Ich könnte wetten, dass ihr das schon alles kennt!"

„Einen Teil", lächelte Tiku. „Und selbst der ist so unglaublich, dass wir ihn uns immer wieder ansehen können, ohne ihn ganz zu begreifen."

Während alle Meerwesen noch ein paar Runden im Pool drehten, um die Kiemen kräftig durchzuspülen, verwandelte Mario den Speise- in einen Kinosaal. Peter, Kirk und Martin assistierten.

Liana begutachtete Tessas Wunde. „Hat sich schon komplett geschlossen!", gab sie zufrieden bekannt. „Ich bin mächtig stolz auf meinen Pa und meinen Großvater, die solch wundervolle Medikamente für uns Nixen entwickelt haben."

Kami nickte versonnen. Ja, Mario und Peter waren welche, zu denen er auch gern aufschaute. Und wenn er alle Informationen richtig verstanden hatte, dann wollte es ihnen Liana in ein paar Jahren gleichtun, indem sie Medizin studierte. Was das wirklich bedeutete, hatte ihm Siria ganz genau erklärt. Das war mit dem, was ein Heiler der Rakaa vermochte, gar nicht zu vergleichen.

„Wir sind fertig!", rief Peter aus dem Fenster, worauf sich die Meerwesen eilig aus dem Pool zogen und gut abgetrocknet zurück ins Haus kamen.

Kami war besonders aufgeregt. Was mochten die Menschen wohl schon alles da unten entdeckt haben?

Drachenfische, Anglerfische, fluoreszierende, fast durchsichtige Quallen und ein Riemenfisch eröffneten den Reigen der

Kreaturen der großen Tiefen. Natürlich fehlten auch die Pottwale nicht, die bis in 1000 Meter Tiefe vordringen konnten, um ihre Lieblingsspeise, die großen Tintenfische zu jagen.

Kami erzählte, wie sich ein gigantischer Krake mit suppentellergroßen Saugnäpfen gegen einen nicht minder spektakulären männlichen Pottwal gewehrt und diesem riesige Hautfetzen herausgerissen hatte.

„Und wie endete der Kampf?", fragte Tiku.

„Mit einem Unentschieden, würden die Menschen sagen", antwortete Kami. „Der Wal biss dem Kraken zwei Arme ab und machte, dass er an die Oberfläche kam."

„Sind die Kraken denn nicht auch für uns gefährlich?", wollte Lynn wissen, die bisher nur kleine Exemplare gesehen hatte, welche aber auch schon recht lästig werden konnten.

„Sie könnten uns ohne Probleme töten", pflichtete ihr Kami bei. „Es hat immer wieder Zwischenfälle gegeben, bei den Nixen und Meermänner schwer verletzt wurden oder gar ihr Leben verloren.

Aber schaut mal da! All diese Tiere leben im oder auf dem Sand des Meeresbodens. Sie brauchen große Reviere, um genug zu essen zu finden und sie bewegen sich ganz langsam, um Energie zu sparen."

Kami schaute Mario an, der hin und wieder ein paar Worte einwarf. Mario nickte nur und meinte: „Besser hätte ich das auch nicht erklären können. Genau das haben wir auch herausgefunden."

„Es gibt aber auch Regionen da unten, wo auf engstem Raum ganze Schwärme verschiedenster Tiere leben. Und verrückt ist, dass es dort besonders heiß ist!" Kamis Augen leuchteten bei diesen Erinnerungen.

„Moment! Bildmaterial kommt sofort!", rief Mario, rasch eine andere Videosequenz aufrufend. „Voilà, ich präsentiere die Black Smokers."

„Das gibt es doch nicht! Du hast tastsächlich auch davon Bilder! Und ganz aus der Nähe, wo wir, vom Meervolk, uns tödlich verbrühen würden! Eure Technik ist wirklich unglaublich." Kami klappte der Unterkiefer fast bis auf die Spitzen seiner Schwanzflosse.

Wie die anderen starrte er gebannt auf die Videowand, wo mehrere Schlote schwarze Rauchwolken ins Wasser stießen.

Mario berichtete inzwischen von dem chemischen Cocktail, den die Schlote ins Wasser leiteten und fügte hinzu: „Wir alle hier würden in kürzester Zeit zugrunde gehen, kämen wir ungeschützt in die Nähe der Smokers.

Die knallroten Würmer in ihren Röhren leben von Nährstoffen, die Bakterien für sie erzeugen, denn sie haben kein Verdauungssystem wie andere Tiere."

„Ei! Schaut mal, diese merkwürdigen Krabbentiere haben gar keine Augen!", rief Lynn aufgeregt.

„Richtig beobachtet", lobte Peter. „Viele Tiere, die im Dunkel leben, haben entweder keine oder riesengroße Augen, welche dann das Licht der Fluoreszens der anderen Tier nutzen können. Manchmal machen sie sich auch selber Licht, um in einigen Situationen überleben zu können."

„Aber was ist das für ein Schatten, der gerade im Hintergrund zu sehen war?", wollte Nicki wissen.

„Du hast ihn auch bemerkt?!" Mario schaute die Nixe überrascht an. „Ich glaubte schon, ich hätte mich geirrt. Aber so, wie die Lichtquelle unseres Tiefseeroboters ausgerichtet ist, müsste das Ding ja vor den Smokers sein, um einen derartigen Schatten werfen zu können. Ist es aber nicht und ich bin ratlos."

Kami zuckte zusammen, beugte sich ganz weit vor, als könne er dadurch deutlicher sehen. „Zeigst du es uns noch Mal?", bat er.

Mario rief die Bildersequenzen nun einzeln auf.

„Da ist es wieder", murmelte Kami. „Und jetzt noch schärfer ... lass mal bitte so stehen ... ich ... ich glaube, ich erinnere mich ..."

Mehrere Sekunden starrte er das mysteriöse Objekt an. Dann flüsterte er: „Lóng."

„Na ja, lang ist es wirklich. Aber was ist es?", fragte Martin.

Sina schmunzelte. „Kami will uns sagen, dass das da ein Wasserdrache ist. Lóng ist auch das chinesische Wort für diese Wesen."

Tiku zeigte auf den Schatten. „Es ist in der Tat ein Lóng! Darf ich mal das Tablet mit Stift haben?"

Mario reichte es ihm, Tiku projizierte die Grafikfläche auf die Leinwand und begann, Linien zu zeichnen. Nicki konnte kaum fassen, was sie da erspäht hatte, während Kami zufrieden lächelte.

„Es gibt sie noch", freute er sich.

„Tiku hat auch mal von ihnen gesprochen. Wir hatten für Sirias und Marios Hochzeit eine Torte backen lassen, auf der alles versammelt war, was Menschen als Sagengestalten abtun. Nixen, Meermänner, Einhörner und eben auch an Land lebende Drachen waren dort zu sehen. Er hatte ein Stück mit einem Drachen bekommen." Sina schaute mit strahlenden Augen in die Runde. „Damals sagte er wörtlich: *Du gefällst mir, Kleiner. Von so etwas wie dir, habe ich schon einmal gehört. Aber im Gegensatz zu euch, sind wir Meervölker nicht ausgestorben. Tut mir leid, nun werde ich auch zum Drachentöter, denn nun wirst du geköpft. Deine Verwandten im Meer mögen mir verzeihen.*

Er hatte sie uns auch ganz genau so beschrieben, wie jetzt die Umrisse zeigen – winzige Flügelchen, die eigentlich nur als Steuerruder fungieren und einen ganz langen Körper mit einem riesigen gehörnten Echsenkopf. Dass sie sterben müssen, wenn sie an die Oberfläche kommen, hat er uns auch erzählt."

Mario speicherte die Zeichnung ab, je ein Mal mit und ohne Hintergrundbild. „Wie lang wird er wohl sein?"

„Wie lang dieser hier ist, kann ich dir beim besten Willen nicht sagen. Aber die, die ich mit eigenen Augen gesehen habe, waren etwas länger als ein Pottwalmännchen", erzählte Kami noch ganz im Bann des Videos.

„Das ist sicher schon sehr lange her", vermutete Sina.

„Sehr, sehr, sehr, sehr lange", seufzte Kami. „Es können durchaus drei bis vier Menschenalter sein."

„Hmm." Martin kratzte sich am Kinn. „Also über 20 Meter. Damals waren die Wale ja auch noch größer, bevor sie intensiv bejagt wurden und kaum noch Zeit hatten, überhaupt voll auszuwachsen."

„Beeindruckend." Sina schloss die Augen. „Ich glaube, ich sollte ein neues Buch schreiben. Darin könnten die Lóng und die Nuoni den Part der Bedrohung aus der Tiefe übernehmen. Die Rakaa und wir Heutigen müssen sie in die Schranken weisen."

Tiku, Siria und Liana begannen schallend zu lachen, als sie die völlig perplexen Gesichter der anderen Meerwesen gewahrten. Die konnten es ja gar nicht wissen, dass Sina als *Torry Spelling* mit riesigem Erfolg reale Geschichten aus dem Ozean als Fantasy auf den Markt brachte.

„Wir nennst du uns Heutige in deinem Buch?", bohrte Liana.

„Wir sind der Wilson-Clan und werden es auch bleiben", forderte Tiku. „Dieses Andenken sind wir Adaia schuldig. Ohne sie wären wir heute alle nicht in diesem Raum. Und ohne sie hätte ich niemals eine so wundervolle Tochter." Er schaute Siria liebevoll lächelnd an.

„So sollte es sein", stimmte auch Kami zu. „Die Rakaa und die Wilsons, wobei ich Meervolk und Menschen meine, sind gemeinsam findig genug, gegen Nuoni und Lóng zu bestehen."

„Mutter würde den Drachen jetzt sicher auf Leinwand bringen, mitsamt Smokers, Geisterkrabben, Würmern und anderem Getier", flüsterte Siria. „Ich hätte sie so gern kennengelernt."

Kami hatte die Informationen um Sirias ungewöhnliche Geburt beim telepathischen Transfer bekommen.

„Seitdem sind wir davon überzeugt, dass wir in Familienverbänden oder wenigstens festen Clanstrukturen mehr gegen unser Aussterben tun können", verriet Tiku. „Es war eine bahnbrechende Erfahrung für mich, um das Leben eines Winzlings zu kämpfen, der im Meer nicht den geringsten Funken einer Chance gehabt hätte. Wobei wir das ohne menschliche Technik auch nicht hinbekommen hätten. Ich habe die offene Hand, die Hilfe versprach, sofort ergriffen. Und wir sind überaus stolz, dass wir dazu gehören und uns Wilson nennen dürfen."

„Ich bekomme mit jedem Tag mehr ein heimatliches Gefühl", flüsterte Lynn Nicki zu.

„Das darfst du gerne laut sagen", schmunzelte Tessa. „Mir geht es inzwischen ganz genau so. Es ist erheblich angenehmer, als Gruppe zu agieren, statt sich allein durchzuschlagen. Und nicht nur, wenn man keinen anderen Ausweg mehr sieht, wie bei uns im alten Zuhause, wenn der Winter kam. Instinkte sind ja was Feines, aber aktiv nachzudenken, bringt wesentlich mehr Vorteile."

„Na endlich taut sie richtig auf!", rief Ilka begeistert, worauf alle in fröhliches Lachen ausbrachen.

Nach dem Mittagessen zeigte Mario die versprochenen Videos zum Raumfahrtprogramm, welche die Meerwesen staunend verfolgten.

Kami lächelte still vor sich. „Dann war es ja gar nicht so ganz falsch, dass ich die Sterne für Millionen winzige Sonnen gehalten habe. Dass sie so riesig und so heiß sind, kann ich mir auch jetzt nur sehr schwer vorstellen."

Martin hob den Kopf. „Sag mal, hast du je etwas von Atlantis gehört und menschenähnliche Wesen, die irgendwo auf dem Meeresgrund leben sollen?"

Kami überlegte angestrengt. „Nein", sagte er schließlich. „Ich habe viele Inseln untergehen sehen, aber das hat kein Landbewohner überlebt. Das heißt aber nicht, dass es diese Wesen nicht gibt."

„Wie kommst du gerade jetzt darauf?", staunte Sina.

„Du weißt doch, dass ich öfter mal vom Pabst auf den Eierkuchen umschwenke", lachte Martin. „Der Weltraum ist für uns sicher genau so lebensfeindlich wie die Tiefsee, und trotzdem spazieren wir überall herum. Und wer sagt denn, dass es nur Meervölker mit fischähnlichem Schwanz geben muss? Vielleicht konnten die Atlanter ja wie die Nixenwesen an Land und im Wasser atmen? Seit ich dich kenne, halte ich nichts mehr für unmöglich, weder den Yeti, noch den Sasquatch oder andere Sagengestalten. Sogar einen echten Wasserdrachen habe wir vorhin im Video zu sehen bekommen!"

„Deine Gedanken haben was Reizvolles", murmelte Mario. „Mit der Variante der kombinierten Atmung sollte man bei den Atlantern wirklich rechnen."

„Klärst du uns auf?", bat Tiku.

„Natürlich, sofort!" Mario begann über das geheimnisvolle Volk zu erzählen, das Platon im 4. Jahrhundert vor Christus beschrieben hatte, und das seitdem immer wieder Forscher, Schriftsteller und Verschwörungstheoretiker beschäftigte.

„Eines kann ich euch versichern", sprach Kami darauf, „hier in diesem Ozean hat es keine Landbewohner gegeben, die solch eine hohe Kultur hatten. Hier tauchten zwar immer mal Inseln auf und wieder unter, aber keine, die solch gigantische Bauwerke getragen hätte. Woher hätte auch das viele Baumaterial kommen sollen? Wir hatten ja schon Mühe, die Steinbrocken für unsere Wälle zusammenzusuchen." Er hielt inne. „Na ja, wenn sie die Technik hatten, Steine aus den Vulkanen zu schneiden, wäre es nicht völlig unmöglich gewesen. Aber es hat solche Völker definitiv hier nicht gegeben, Steine hin oder her. Oder es war lange vor meiner Zeit."

„Das ist noch unwahrscheinlicher, als die Idee, dass es das Volk gegeben haben könnte", schmunzelte Mario. „Denn du bist mit Sicherheit Tausende von Jahren älter als Methusalem."

„Wer ist denn das nun wieder?", rief Tiku.

Peter lachte: „Er soll mit 969 Jahren der älteste Mensch gewesen sein, der jemals lebte, sagt ein Buch namens Bibel. Wenn wir jetzt noch rechnen, dass seitdem mindestens 3000 Jahre vergangen sind, dann stellt Kami alle anderen weit in den Schatten. Nur ein antarktischer Riesenschwamm soll ähnlich alt sein, nämlich weit über 10000 Jahre. Aber, wenn ihr mich fragt, dann ist Kami noch ganz erheblich älter."

„Haben das Marios Analysen ergeben?" Tiku schaute ihn neugierig an.

„Ja", lautete die kurze Antwort. „Seine Analysen und Kamis Erinnerungen passen perfekt zusammen. Ich habe mir die Mühe gemacht und geologische Daten gesichtet. Alles genau so, wie Kami sagte – Vulkane brachen aus, Inseln hoben und senkten sich, verschiedene Atolle entstanden und vergingen ..."

„Kami hat tatsächlich Gene, die unglaublich langes Leben garantieren", ließ sich Mario vernehmen. „Also das, was auch Tiku mit fast unsterblich erklärte. Ich werde alles daran setzen, dass dieses Wissen niemals Fremden in die Hände fällt. Vielleicht kann ich die Informationen ja zu unser aller Gunsten entschlüsseln."

„Das wäre toll!", murmelte Sina, denn Kirk, Peter und Martin waren schon sehr in die Jahre gekommen. Dass Kirk noch lebte, verdankte er Sirias Energiespende. Peter profitierte von Sina und Liana verhalf, ohne dass es jemand wusste, Siria aber ahnte, Martin zu Kräften, die in seinem Alter höchst erstaunlich waren.

WILSONIA

Kirk kam am nächsten Morgen im schwarzen Anzug, wie zu Zeiten, als er die rechte Hand Adaias oder Sirias gewesen war.

„Ist heute was Besonderes?", staunten alle.

„Ich glaube schon", sagte er geheimnisvoll lächelnd. „Zumindest erscheint mir der teure Zwirn der Situation angemessen."

„Welcher?", überlegte Siria angestrengt.

Auch die anderen kramten im Gedächtnis, was wohl so besonders an diesem Tag sein mochte.

Kirk lächelte still und ließ sie weiterrätseln. Erst als Liana zum Frühstück erschien, lüftete er das Geheimnis. „Miss Liana", sagte er förmlich, „ich überreiche Ihnen hiermit die neue Geburtsurkunde. Einem Studium steht nichts mehr im Wege." Er blinzelte mehrmals mit einem Auge.

Liana fiel Kirk einfach um den Hals, nachdem sie ihm bedeutet hatte, sich zu ihr herunterzubeugen.

Siria drückte ganz fest seine Hand und Mario klopfte ihm dankbar auf die Schulter.

„Die Gelegenheit war einfach günstig und da die Rede davon gewesen war, das offizielle Alter menschlichen Maßstäben anzupassen, dachte ich mir, ich packe sie fest am Schopf", erklärte Kirk schmunzelnd. „Ich habe den Beamten schlichtweg dabei erwischt, wie er eine Schnapsflasche im Schrank verschwinden lassen wollte, aus der er soeben getrunken hatte. Ich habe völlig arglos nach den Papieren gefragt und sie ohne Worte bekommen. Ich musste nicht einmal mit Blicken nachhelfen", amüsierte er sich.

„Du bist der Allergrößte!", jubelte Liana. „Dafür darfst du auch als Allererster sehen, woran ich seit Monaten gearbeitet habe! Kleinen Moment, ich hole es sofort!"

„So viel zum Thema Frühstück", witzelte Peter.

„Wir werden schon nicht verhungern", erklärte Sina lachend. „Ich bin viel zu neugierig, auf das, was jetzt kommt."

„Oha!", murmelte Tiku und es schien, als sei er ein wenig nervös.

Da ging die Saaltür auf und Liana kam mit ihrem Laptop zurück. Sie koppelte ihn mit der kleinen Videowand zusammen und löschte das Licht. „Achtung! Ich präsentiere den Entwurf zur WILSONIA, der ersten gemeinsamen Kunstausstellung des Wilson-Clans."

„Wow!", war alles, was Sina bei den ersten Sequenzen einfiel.

Zwischen filigranen Plastiken von Meerestieren aus Metall und Keramik standen Sinas, alias Torry Spellings, Bücher, die Wände zierten Werke von Adaia. An den Säulen hingen kleinformatige Bilder eines anderen Künstlers, die das Meer in seiner Schönheit, aber auch Wildheit zeigten, und die denen der Nixe nicht unähnlich waren. Nur dass sie völlig andere Landschaften unter Wasser zum Inhalt hatten. Liana zoomte eines der Bilder so weit auf, dass die Signatur deutlich zu erkennen war.

„Tiku", hauchte Siria ergriffen. „Dass du malst, hatte uns ja Amar versehentlich verraten. Aber ich habe nicht geahnt, wie meisterlich du dies betreibst."

„Wunderschön", bestätigte auch Sina, die den Blick nicht von der Präsentation wenden konnte. „Wie seid ihr auf die Idee mit der Ausstellung gekommen?"

„Durch meinen Lehrer", verriet Liana. „Er hatte gemeint, meine Plastiken seien viel zu schön, um irgendwo zu verstauben, die müsse man ausstellen. Und da fiel mir ein, dass Adaias Bilder auch schon viel zu lange auf keiner öffentlichen Schau mehr zu sehen waren. Als ich dann noch Tiku beim Malen überrascht habe, und er das angefangene Bild nicht mehr verstecken konnte, war die Idee in meinem Kopf, gleich alle vier

Wilson-Künstler zu vereinen und eine richtig große Show zu inszenieren."

„Und du musst dir keine Sorgen um die Vorfinanzierung machen", versprach Siria. „Dafür miete ich in New York die beste Halle an, die ich für Geld bekommen kann. Diese Show werden wir alle genießen!"

Kirk atmete tief durch. „Dann werde ich für Tiku Papiere besorgen müssen. Ohne die kann er nicht an die Öffentlichkeit gehen."

„Stimmt!" Mario nickte heftig. „Aber das ist es uns wert. Dann müssen wir auch nicht mühsam die Finanzen schönrechnen, sondern er kann die Einnahmen direkt auf ein Konto bekommen."

„Bei den Ausgaben helfe ich dir", wandte sich Siria an ihn. „Man wird ja dann Steuern von dir verlangen, wie von jedem Menschen."

„Ich habe befürchtet, dass das einen Wirbel gibt", stöhnte Tiku.

„Nur Mut!", stärkte ihm Kami den Rücken. „Ich bin unglaublich stolz auf dich!"

„Ach Kami", rief Liana über den Tisch. „Du kommst mir auch nicht ungeschoren davon! Dein Schmuck ist fantastisch! Du wirst der Fünfte im Bunde sein. Wir werden deine Kollektion *Nature Art* nennen."

„Huch!" Kami machte Augen, groß wie Teller. „M ... meinst du das ernst?"

„Natürlich. Aber du hast noch ein paar Wochen Zeit", gab Liana kichernd zurück.

„Wir helfen dir alle, geeignetes Material zu finden", versprach Tamik.

Tessa nickte heftig. Für Kami werde sie sogar den Meeresboden umpflügen, sollten dort die besten Mollusken zu finden sein.

„Du kannst natürlich königliches Veto einlegen", sagte Martin trocken.

Kami schaute ihn fest an, schüttelte entschieden den Kopf und erklärte: „Das schlag dir ganz schnell aus dem Kopf. Es müsste schon um Leben und Tod gehen, wenn ich ein Veto überhaupt in Betracht ziehen würde. Wenn ich mir die Freude in den Augen von Liana, Sina und Tiku anschaue, dann müsste ich mich in die finsterste Höhle verkriechen, vergällte ich ihnen den Spaß durch alberne Ziererei. Ich beiße mich da durch! Ein Rakaa-Wilson kneift nicht vor Unbekanntem!"

Beifall von allen Seiten.

„Ich habe ganz fest damit gerechnet, dass du so reagieren wirst", schmunzelte Martin. „Was haltet ihr davon, wenn wir erst mal essen?", fragte er gleich noch breit grinsend. „Mit vollem Magen denkt es sich bestimmt besser."

„Hmm, zum Bespiel daran, dass ich auch für Kami Geburtsurkunde und Pässe besorgen muss", merkte Kirk an, sich am Kinn kratzend.

„Das machen wir gemeinsam", legte Sina fest.

Kirk atmete erleichtert auf. Wenn Sina in die Gedanken der Menschen eindrang, bekämen sie die nötigen Papiere ohne Probleme. So lehnte er sich entspannt zurück und ließ sich das Frühstück schmecken.

Natürlich drehte sich in den Tischgesprächen alles trotzdem um die Galerie, die Liana schon fast komplett durchgeplant hatte. Der neue Punkt Schmuck bereitete ihr wenig Sorgen. Sie erklärte sehr detailliert, wie sie sich die Vitrinen für den herrlichen Perlmuttzierrat vorstellte. „Ich möchte Nautilusschalen und Tritonshörner ins Zentrum haben und darum herum werden sich Bartperlen, Amulette, Ketten und Armreifen gruppieren. Vielleicht sogar nach Farben getrennt. Sanftes Licht wird die besonders wertvollen Stücke anstrahlen, damit sie geheimnisvoll schimmern."

Tessa hatte nach Kamis Hand gefasst, der mit halb geschlossenen Augen Lianas Worte in seinem Kopf zu Bildern werden ließ. Sie freute sich für ihn.

„Und zu feierlichen Eröffnung werden wir alle anwesend sein – die Damen in wundervollen langen Abendkleidern und die Herren in schwarzen Anzügen", vollendete Siria Lianas Weissagung.

Lynn und Nicki klatschten sich ab.

Nicki erklärte völlig hektisch, dass ihr Lynn erst am Abend vorher erzählt hatte, wie sie vor langer, langer Zeit auf einem hölzernen Schiff, Damen beim Tanz beobachtet hatte, die unglaublich schöne lange Kleider getragen hätten.

„Meine Damen und Kami", ließ sich Tiku vernehmen, das heißt, dass ihr in den nächsten Wochen verstärkt menschliche Benimm-Regeln pauken müsst. Kirks Worte sind dabei Gesetz."

„Ich schließe mich der Gruppe an!", rief Tamik. „Hab Angst, mich sonst zu blamieren."

„Ich weiß zwar, dass ihr es formvollendet drauf habt", wandte sich Siria an Tiku, Auan und Amar, „ich möchte euch trotzdem bitten, mitzumachen. Ich habe nämlich vor, einen Lehrer für Rollstuhltanz zu engagieren, damit wir mit den vielen fremden Menschen feiern können, und nicht nur zuschauen müssen, wenn sich alle zur Musik bewegen."

„Aber gern doch!", rief Tiku begeistert.

„Manchmal möchte ich auch Beine haben", seufzte Lynn.

„Lieber nicht", blinzelte Sina. „Ich hatte als junge Nixe immer Angst, dann so zu enden, wie die kleine Meerjungfrau in einem Märchen der Menschen."

„Erzählst du es uns!", bat Lynn.

„Wir schauen es uns nach dem Frühstück an", versprach Sina. „Es gibt darüber wunderschöne Filme."

Lynn stutzte, dann ging ein Lächeln über ihr Gesicht. „Ach ja, ich erinnere mich, solche, wo Menschen etwas spielen, was andere aufgeschrieben haben."

„Sehr gut!", lobte Mario. „Du hast dir schon viel gemerkt und kannst es zur richtigen Zeit anwenden."

„Danke!", freute sich Lynn, das vergnügte Blinzeln von Tiku genießend.

Der war in der Tat mächtig stolz auf seine ungewöhnliche Eroberung.

Den Film sahen sich alle gemeinsam an. Kami griff die Geschichte wohl am meisten ans Herz. Er hatte sich in den vielen einsamen Jahren auch oft gewünscht, Beine zu haben, und hätte dafür alles Mögliche gegeben. „Ich wäre am Ende aber sicher auch Meerschaum geworden", erklärte er mit kratziger Stimme. „Für meinen eigenen Fehler jemanden zu töten, das brächte ich auch nicht fertig."

Tessa legte ihren Kopf an seine Schulter und Kami streichelte ihre Wange. Es brauchte keine Worte, um zu zeigen, dass beide glücklich waren.

Liana presste die Lippen aufeinander. „Ich habe da noch was, wo ich nicht weiß, ob ich es auf der Ausstellung zeigen darf oder nicht", sagte sie leise. „Ich möchte ja auch niemandem zu nahe treten ..."

„Zeig es uns und wir entscheiden gemeinsam", forderte Siria.

„Das ist ziemlich groß", überlegte Liana laut. „Ach was! Kommt einfach alle mit!"

Sie führte alle Anwesenden zu ihrem Atelier, wo ein Vorhang rund ein Drittel des Raumes abtrennte.

„Bereit?", fragte sie und zog den Stoff beiseite.

Das „Ahhhhhhh" und „Ohhhhhh" der Betrachter kam aus tiefstem Herzen. In Überlebensgröße wiegten sich ein Meermann und eine Nixe eng umschlungen im Paarungstanz.

„Es ist Kunststein mit Mosaiksteinchen beklebt", erklärte Liana zögernd.

Wen das Paar darstellte, war allen sofort klar – Tiku und Adaia.

„Es ist wundervoll!", schwärmte Lynn. „Das darfst du nicht verstecken. Wenn uns die Menschen sowieso für Fabelwesen halten, dann werden sie beim Anblick dieser Skulptur träumen."

„Lynn hat recht", pflichtete Kami bei.

Tiku umrundete mehrmals das Kunstwerk, wobei er immer wieder ungläubig den Kopf schüttelte. „Das ist das Grandioseste, was ich je gesehen habe!"

Sina und Siria wischten ein paar Tränen weg.

„Ist jemand dagegen, dass diese wundervolle Plastik ausgestellt wird?", fragte Peter.

Heftiges Kopfschütteln bei allen Anwesenden, gab eine deutliche Antwort.

„Dann ist es beschlossen!" Siria ließ ihre Fingerspitzen ganz sacht über die Flosse der Mosaiknixe gleiten. „Ich weiß, ich wiederhole mich wohl schon zum hundertsten Mal: Ich hätte sie so gern gekannt." Sie fuhr hinüber zu Sina, um ihre ungleiche Schwester ganz fest zu umarmen.

Kirk hatte ebenfalls einen verräterischen Glanz in den Augen, den er zu kaschieren versuchte.

„Lass es raus", flüsterte Martin. „Jeder weiß, wie sehr du sie verehrt hast und es noch tust." Er drückte ihm kurzerhand ein Taschentuch in die Hand.

Liana saß da und lächelte glücklich. „Ich glaube, ich habe alles richtig gemacht, wenn es solche Emotionen hervorruft."

„Alles mein Schatz!", sagten Mario und Auan zugleich. Sie stutzten kurz, begannen zu lachen und die anderen fielen mit ein.

„Ich glaube, der Spruch klingt besser, wenn du ihn sagst", kicherte Mario, Auan auf die Schulter klopfend. „Ich habe doch glatt vergessen, dass sie schon lange nicht mehr das kleine schutzbedürftige Nixlein ist, sondern eine selbstbewusste Nixe, die genau weiß, was sie will. Und das bist du. Kleine Nixen werden nun mal schneller erwachsen als kleine Menschenkinder."

Auan blinzelte Mario vergnügt zu und hakelte sich mit Liana mit den kleinen Fingern zusammen, weil ihre Hand auf dem Tisch genau neben seiner lag.

„Hat es schon mal Partnerschaften gegeben, die nicht funktionierten?", fragte Kami bei diesem Anblick.

„Noch nicht", erklärte Tiku. „Bei uns Meerwesen ist das dauerhafte Zusammenleben Neuland und bei den Nixen mit Menschenmännern gab es im Clan nie Probleme, weil da auch ohne Nixenzauber alles perfekt gepasst hat."

„Wenn sich eine Nixe so offenbart, dann nur, wenn sie weiß, dass sich der betreffende Mann jederzeit für sie opfern würde." Sina hakte sich lächelnd bei Peter unter. „Allerdings soll es, wenn die Aufzeichnungen der Menschen nicht nur Sagen und Märchen sind, viele Männer gegeben haben, die die Nixe nur ausnutzen wollten, um mehr Macht zu bekommen. Aber an jedem Märchen ist immer ein Körnchen Wahrheit und so möchte ich das auch nicht komplett anzweifeln. Meine Erfahrungen, die meiner Mutter und meiner Schwester sind jedenfalls ausschließlich positiv."

„Dann lassen wir uns also überraschen", fasste Kami zusammen. „Dass es bösartige Exemplare aus den eigenen Reihen geben kann, haben wir ja alle selbst erst kürzlich miterlebt."

„Was haltet ihr davon, wenn euch die Frauen schon jetzt ins Meer folgen?", fragte Siria.

„Viel!", rief Tiku, während die Nixen genauso freudig überrascht aufschauten.

„Dürfen wir wirklich?", hauchte Tessa.

„Wer sollte es euch ernsthaft verbieten?", schmunzelte Mario. „Mit Problemen kann man jederzeit zu uns kommen, selbst wenn es mitten in der Nacht ist."

„Und wenn es keine gibt, dann treffen wir uns, wie es auch jetzt mit den Männern schon immer war, am Tag nach der Vollmondnacht bei uns zum Mittagessen und zur Geselligkeit", fügte Siria hinzu.

Die Einzigen, die nicht ganz so glücklich aussahen, waren Liana und Auan. Es war das erste Mal, dass sie das Landleben in einen Konflikt stürzte.

„Das sind jetzt eure Entscheidungen." Peter hob die Hände.

Auans Gestalt straffte sich. „Dann habe ich einen Vorschlag: Liana, du musst dein jetziges Leben weiterführen. Du musst Medizin studieren. Wer soll uns Meerwesen helfen, wenn eines Tages Peter und Mario nicht mehr da sind? Ich werde jetzt wieder ins Meer gehen, aber jeden zweiten Tag für volle 24 Stunden bei dir sein."

Liana nickte kaum merklich. „Ich werde auf deinen Rat hören. Die Medizinandroiden der Menschen dürfen uns niemals in die Hände bekommen. Es gibt keine andere Wahl, wenn wir unseren jetzigen Standard behalten und ausbauen wollen. Eines Tages gibt es vielleicht Nixen-Nachwuchs, den ich ausbilden kann."

Dann strahlte sie über das ganze Gesicht. „Aber unsere Wilsonia machen wir trotzdem, Studium hin und her!"

„Versprochen!", bekam sie im Chor zur Antwort.

Am späten Nachmittag brachte die Yacht die Meerwesen in die Nähe ihrer Grotten. Sina reichte den Damen die versprochenen Tauchermesser.

„Passt gut auf einander auf!", bat sie.

Sie schaute der Gruppe nach, bis alle zwischen den Korallen verschwunden waren. Nun begann wirklich ein neues Kapitel im Zusammenleben. Sie hoffte inständig, dass es auf Dauer gut gehen möge.

Da schnellten ein paar Meter weiter zwei Körper aus dem Wasser, vollführten einen völlig deckungsgleichen Salto und tauchten wieder ein, ohne einen Spritzer zu hinterlassen – Lynn und Tiku, die sich in allem einig zu sein schienen.

Jetzt kommt Leben in die Grotten, dachte Sina vergnügt. *Hier gibt es plötzlich so viele Meerwesen im Riff, wie andernorts Haie.*

Der große Augenblick

In den Grotten begann wenig später eine fieberhafte Tätigkeit. Zwar hatten die Männer schon Steine herangeschleppt, um die größeren Schlafplätze strömungssicher zu machen, nun mussten sie diese den Wünschen der Frauen anpassen. Dass es dabei zu kleinen und großen Missgeschicken kam, war vorherzusehen gewesen. Allerdings endeten diese ausnahmslos in fröhlichem Gelächter und dem nächsten Versuch, den weichen Sand, der als Schlafunterlage dienen sollte, an seinem vorbestimmten Fleck zu halten.

Tessa hatte von allen die wenigsten Wünsche. Sie betrachtete mit großen Augen all die Dinge, die sich Kami mit wenigen Mitteln geschaffen hatte. Besonders sein Vorratsregal gefiel ihr ausnehmend gut.

„Ich werde es anbauen müssen", erklärte Kami. „Ich muss ja irgendwo das Material unterbringen, aus dem ich bis zur großen Schau, Schmuck fertigen will."

„Sag uns, was du brauchst, dann werden wir dir beim Zusammensuchen helfen!", riefen auch Tamik und Ilka sofort.

„Ich weiß noch gar nicht, was ich alles machen werde", überlegte Kami laut. „Die Menschen tragen ja auch Schmuck aus totem Korallenmaterial."

„Sina hat eine Feuerkorallenkette", ließ sich Tiku vom Eingang vernehmen, der schauen wollte, ob alle zufriedenstellend Platz gefunden hatten. „Die ist blutrot und sieht wunderschön aus. Leider wachsen solch rote Korallen nicht in unseren Gewässern."

Er beschrieb detailliert die roten Perlen und glänzenden kurzen Aststückchen, die sich abwechselten, wobei die Stücke von der Mitte aus immer kürzer und die Perlen immer kleiner wurden.

Kami kratzte sich am Kopf. „Hmmm. Es hat ja keiner gesagt, dass ich ausschließlich Naturmaterial verwenden darf. Ich könnte Metall und Kunstfäden für haltbare Stränge benutzen."

„Du kannst ja auch Perlenschmuck aus Muschelperlen fertigen. Auf den fliegen die Menschen regelrecht", verriet Tiku. „Wir haben, weil wir es selber nicht konnten, einen Juwelier beauftragen lassen, ihn zu machen."

„Ich muss es lernen", murmelte Kami. „Es gibt bestimmt Werkzeug dafür, welches unter Wasser funktioniert."

So kam es dann, dass er alle zwei Tage mit Auan an Land ging, um von Liana und Mario den Umgang mit mechanischen und Akkubohrern zu üben, mit denen er winzige Löcher in die unterschiedlichsten Materialien treiben konnte. Auch transparente Klebstoffe testete er und war nach vier Wochen rundum zufrieden.

Siria bestellte für ihn Ringschienen, Zubehör aus Gold und Platin, Mario spendierte das Werkzeug. Kirk laminierte Anleitungen und Skizzen, die Tiku gezeichnet hatte und die immer kunstvoller wurden.

Oft waren die Meerwesen nun im Schwarm unterwegs, suchten gemeinsam nach Essen und Dingen, aus denen sich irgendetwas basteln ließ.

Tessa grub zwei große Haifischzähne aus dem Grund. Erschreckt wollte sie sie wegwerfen, dann siegte der Mut. Am Ende saß sie in der Grotte, schliff und polierte sie auf Hochglanz und präsentierte Kami schließlich zwei fertige Ketten, die sie selbst kreiert hatte. In der Mitte ein Zahn, rechts und links kleine Muschelschalen und Schneckenhäuser, die ebenfalls auf Hochglanz gebracht waren. Die schönere Kette gab sie Kami für die Ausstellung, die andere hängte sie sich, zurecht stolz auf ihr Werk, um.

Acht Wochen später verkündete Siria den Termin für die große Schau.

„Seid ihr alle bereit?", fragte Mario und schaute auch Kirk an.

„Aber sicher sind sie das!", schmunzelte Kirk. Sie waren ja zwei Mal pro Woche hier und haben mehrere Stunden den alten Knigge hoch und runter exerziert. Bei Kami hatte ich schon den Verdacht, dass er komplett zum Landleben übergeht, weil er ja auch noch im Atelier werkelte, als ginge es um sein Leben", witzelte er.

Siria blinzelte amüsiert. Kirk, der sonst immer nur völlig korrekt auftrat, tat es sichtbar gut, so viel Gesellschaft um sich zu haben.

„Die Anzüge und Kleider sind schon geliefert, ihr könnt sie probetragen", erzählte sie den aufgeregten Damen.

„Oha", lachte Tiku, weil plötzlich alle durcheinander wuselten wie ein wildgewordener Fischschwarm. „Wir gehen lieber in Deckung, sonst werden wir glatt überrollt."

Zwei Frauen vom Personal halfen den Nixen, die teuren Abendkleider anzulegen. Mario assistierte bei Kami und Tamik. Die anderen kannten das Prozedere inzwischen gut genug, um sich sogar den Krawattenknoten selber binden zu können. Nach und nach fanden sich alle, die das Umziehen hinter sich gebracht hatten, im großen Saal ein.

Lynn war die Erste, die erschien und Tiku fuhr ihr ein paar Meter entgegen.

„Wow!", hauchte er, denn seine Traumfrau sah umwerfend aus. Sie punktete mit einem hauteng geschnittenen Kleid aus blutroter Seide, die ihrer natürlichen Farbe nachempfunden war. Statt in einem Schlupfsack zu stecken, wie die Herren, endete das Kleid in einer breiten, unten geschlossenen Rüsche, welche die Flosse verdeckte, ohne sie über Gebühr einzuengen, auch wenn die Spitzen vorsichtig eingerollt werden mussten.

Das lockige Haar trug sie kunstvoll hochgesteckt. Filigraner Goldschmuck als Ohrclips, Collier und Armband komplettierten das Ganze.

„Du siehst umwerfend aus!", schwärmte Tiku, sie mit einem galanten Handkuss in Empfang nehmend und zu ihrem Platz geleitend.

Die anderen Damen unterschieden sich nur in der Farbe der Kleider von ihr, wobei jedes der ärmellosen Kleider unterschiedlich mit Pailetten am Oberteil bestickt war.

Ilka trug zum rotblonden Haar ein dunkelgrünes Kleid in der Farbe ihrer Augen. Tessa präsentierte Seide, die genau wie die Originalschuppen von Kamis Fischschwanz aussah, worüber sich der Meermann ganz besonders freute. Zu den geheimnisvollen Farbwechseln bei unterschiedlichem Lichteinfall passend, hatte Siria der Nixe Schmuck in dreifarbigem Gold zugeteilt.

Nicki erschien in Königsblau mit silberfarbener Stickerei und Weißgoldgeschmeiden. Nun warteten alle gespannt auf Liana. Die erschien mit einem strahlenden Lächeln, einem goldschimmernden Kleid zur braunen Haut und hatte den teuersten Brillantschmuck angelegt, den ihr Schmuckkästchen hergab. Auch im rabenschwarzen Haar steckten goldene Spangen mit den funkelnden Edelsteinen.

Siria schmunzelte. „Ich glaube nicht, dass das noch jemand toppen kann. Ich werde versuchen, in einem silberfarbenen Kleid eine gute Figur zu machen."

„Und Sina?", fragte Lynn.

„Ich vermute, sie wird strahlendes Himmelblau tragen", erklärte Siria. „Das ist ihre Lieblingsfarbe. Und dazu ist sie meist mit Bernsteinschmuck zu sehen."

„Siria, du hättest wetten sollen", lachte Mario, als Sina per Internet ihr Outfit vorstellte, das tatsächlich Bernstein mit hellem, aber kräftigem Blau kombinierte.

Die beste Figur bei den Herren machte, wie sollte es auch anders sein, wieder Tiku. Kami fühlte sich unwohl in Hemd, Schlips und Jacket.

„Was tut man nicht alles, um nicht aufzufallen", seufzte er mit theatralisch verdrehten Augen. „Obwohl das eigentlich unmöglich ist." Dabei strich er über seine kurzen Haare und den langen Bart.

„Lass dich nicht irre machen!", lachte Martin. „Nach der Schau wirst du ganz anders darüber denken. Auffallen ist die Devise und dadurch im Gedächtnis bleiben. Je mehr Extravaganz umso besser."

„Wirklich?" Kami schaute verunsichert Siria an, die das allerdings bestätigte.

„Künstler müssen auffallen. In den Kreisen ist es auch ganz hilfreich, wenn man eine gewisse Verrücktheit an den Tag legt."

„Auch das noch!" Kami legte die Hände an die Wangen.

Mario winkte blinzelnd ab. „Wir fallen doch sowieso schon auf. Ein ganzer Clan von Künstlern mit dem gleichen Gendefekt – wenn das nicht ins Auge sticht und in den grauen Zellen hängen bleibt, dann weiß ich auch nicht weiter!"

„Der teure Zwirn ist ja auch nur für den Eröffnungsabend", tröstete ihn Liana. „Ab dem zweiten Tag kann sich doch jeder kleiden, wie er möchte. Da kommen dann deine wundervollen Bartperlen auch wieder richtig zur Geltung, besonders, wenn du das anziehst …" Sie winkte Kirk zu.

Der brachte einen großen Karton, welchen er vor Kami auf den Tisch stellte.

„Schau rein!", schmunzelte Siria.

Der Meermann hob ganz vorsichtig eine Ecke des Deckels an, spähte darunter, schloss den Karton wieder und sagte zweifelnd: „Ihr meint das offenbar ernst."

„Todernst." Siria öffnete Kistchen und Verpackungen. „Als Rocker mit einem gewissen Wikingertouch, bleibst du jedem im Hinterkopf." Sie entfaltete einen dünnen grauen Schlupfsack, auf den eine nachtschwarze Harley so aufgedruckt war, dass es aussah, als säße Kami auf ihr, statt in einem Hover-craftstuhl. „Komm, zieh die Lederjacke an!"

„Ist das irre!", schwärmte Liana. „Du siehst großartig aus!"

Tessa nickte nur sacht. Kami sah nicht nur großartig, sondern respekteinflößend aus.

„Was sagst du?", wandte sich Kami an Tiku.

„Absolut perfekt. Da könnte bei mir glatt ein bisschen Neid aufkommen."

Mario hatte inzwischen einige Fotos gemacht, die er jetzt groß auf den Monitor an der Wand schickte."

Kami betrachtete jedes Detail. „Überzeugt. So werde ich sicher eine Menge Spaß haben."

„Und hier kommt deine Rocker-Lady!" Siria bat die anderen, etwas beiseite zu fahren.

Tessa steckte ebenfalls in einer Lederkluft, die durch den riesigen Haifischzahn an ihrem Hals brandheiß aussah. Auf ihrem hellen Schlupfsack war ein menschliches Paar Beine in hautengen Lederjeans und mit spitzen Cowboystiefeln zu sehen, welches sich scheinbar nahtlos an den Oberkörper anschloss und beinahe lebensecht aussah.

„Die Könige der Landstraße!", staunte Martin. „Meine Güte! Seht ihr geil aus!"

Tiku hatte sich, wie immer, für die Variante *Gefährlicher Muskelmann* entschieden. Die abenteuerlustige Lynn passte sich sportlich elegant an, indem sie den passenden geflochtenen Lederschmuck trug.

„Moment", rief Liana, als die Bilder groß zu betrachten waren. Sie flocht aus Lynns Wallemähne einen herrlichen Zopf, der ihre Ausdauer und Willensstärke optisch zur Geltung brachte.

„Jaaaa, das hat was", lobte Tiku. Lynn hob den Daumen.

„Dürfen wir uns ein bisschen im Hintergrund halten?", fragte Auan.

„Alle anderen, aber du nicht!", lachte Siria. „Du bist der Partner der Initiatorin der Schau. Du wirst zu Frack und Zylinder verdonnert."

„Oh nein! Bitte nicht!"

„Quatsch, das war ein Witz!" Siria lachte Tränen über das verzweifelte Gesicht des Meermanns. „Du darfst gern deine geliebten langen Shirts tragen, wie alle anderen auch."

„Musst du mich so erschrecken?!" Auan blies theatralisch die Luft aus den Lungenflügeln.

Das breite Grinsen der anderen sprach Bände.

Die Nacht vor der Abreise verbrachten alle im Pool der Villa. Abends saßen auch noch die Landbewohner ein paar Stunden mit hier und man redete über dies und das.

„Wenigstens muss heute keiner Angst haben, dass jemand versucht, anderen den Erfolg zu sabotieren", sagte Nicki irgendwann mit tief zufriedener Stimme.

„Goldene Worte", seufzte Tessa.

Jeder aus dem Clan hatte denen ganz selbstlos geholfen, die das Glück hatten, kreativ zu sein und ausstellen zu dürfen. Tessa und Kami hatten für alle Schmuck als Dankeschön gefertigt, auch im Namen von Tiku. Und es gab tatsächlich keinen Neid. Allerdings hatte es bei der Beschaffung der Schmuckbestandteile eine Art harmlosen Wettbewerb geben, der mit einer gewissen Leidenschaft geführt wurde. Jeder versuchte, den anderen mit ungewöhnlichen Funden zu übertreffen. Aber man hielt auch die Vereinbarung ein, sich nicht in Gefahr zu begeben, nur um für einen Tag Sieger zu sein.

„Ich bin glücklich", erklärte Tessa, als sie sich zum Schlafen an Kami kuschelte.

„Frag mal, wer noch", antwortete er, seinen Arm um sie legend.

Das Lächeln der anderen konnten die beiden zwar nicht sehen, aber fühlen.

Zeitig genug, um ganz in Ruhe gemeinsam frühstücken zu können, weckte Mario die Meerwesen. Am aufgeregtesten war Kami, auch wenn man es ihm nicht anmerkte. Er war der Einzige, der noch nie in einem Flugzeug gesessen hatte, und nun dem Aufbruch regelrecht entgegenfieberte.

Sein verzückt gehauchtes: „Ich fliege", als die Maschine abhob, konnten die anderen bestens verstehen, besonders die nordischen Nixen, die heute auch erst ihren zweiten Flug erlebten.

Mario hatte extra für die Meerwesen auf einen superschnellen Direktflug verzichtet. Er ließ den Flugkapitän über die alte Route Suva, Nadi, San Francisco navigieren, obwohl sie so fast anderthalb Tage unterwegs waren. Die Meerwesen klebten buchstäblich an den Scheiben und spülten im Akkord ihre Kiemen, weil die vor lauter Aufregung stärker austrockneten als normal.

Kami ließ sich zu Mittag Shrimps und Tintenfischringe schmecken. „Ich dachte immer, ich bin so wahnsinnig alt, mich kann nichts mehr erstaunen. Aber seit ich Teil des Clans sein darf, ist jeder Tag ein Abenteuer, das ich so nicht kannte und niemals vermutet hätte. Im Meer konnten wir uns wohl nicht so entwickeln wie die Menschen, weil sich Feuer und Strom nicht mit Wasser vertragen."

„Ein interessanter Gedanke, der möglicherweise gar nicht so falsch ist", sinnierte Mario. „Die menschliche Entwicklung hat mit Beginn der Nutzung des Feuers nachweislich einen riesengroßen Sprung gemacht. Aber ihr habt wenigstens nicht den ganzen Planeten an den Rand eines Kollapses gebracht, wie wir."

„Aber auch nur, weil uns eindeutig die Mittel dazu fehlten", witzelte Kami, sich wieder dem Fenster zuwendend.

Als man sich dem Flughafen von New York näherte, wurden die Meerwesen andächtig still. Sie hatten so viele Bilder und Filme von Wolkenkratzern gesehen, aber die Realität schlug dem Fass trotzdem den Boden aus.

„Das ist wie Tauchen in der Tiefsee", schwärmte Kami, „da verliert sich der Blick auch an schwindelerregend hohen Bergen oder in schier bodenlosen Tälern. Mich schleicht gerade wieder die Ehrfurcht vor dem an, was die Landbewohner zu schaffen vermögen."

„Und Menschenmassen gibt es hier!", rief Lynn.

„Die sind übrigens alle wegen uns hier", erklärte Siria. „Sie wollen uns mit eigenen Augen und in Lebensgröße sehen, statt nur auf den Monitoren in ihren Wohnungen."

„Wenn die wüssten, wen sie wirklich vor sich haben!", lachte Tiku.

„Seid deshalb bei Interviews vorsichtig", bat Mario.

Da ging der Silbervogel auch schon zum Landeanflug über.

John Benton, ein alter Studienkollege von Mario, und zudem einer der reichsten Männer des Landes, erwartete den Wilson-Clan.

„Willkommen, meine liebe Mistress Siria! Immer noch so wunderschön wie beim letzten Besuch vor sieben Jahren, und wie es scheint, um keinen Tag gealtert."

„Immer noch der gleiche Schmeichler, mein lieber John", erwiderte Siria amüsiert. „Sie wissen doch: gute Gene. Ich bezweifle aber ernsthaft, dass viele Frauen ihre beiden gesunden Füße gegen ein umwerfend jugendliches Aussehen tauschen würden, wenn sie sicher sein müssen, dann niemals mehr laufen zu können."

„Verzeihen Sie, meine Liebe, ich genieße den Anblick Ihres zeitlos schönen Gesichts." Er schleuste den Clan an den Geräten der Körperkontrollen vorbei. Er wusste, wie sehr es die Wilsons hassten, ihre *inoperablen fußlosen Beine* präsentieren zu müssen.

In einem der teuersten Hotels hatten die Wilsons zwei komplette Etagen gemietet und Benton stellte die gesamte Sicherheitstechnik zur Verfügung, mit der er auch die Galerieräume ausstatten ließ.

Ihm gehörte praktisch auch der Abend vor der Eröffnung, an dem er sich glänzend mit den Damen und Herren des Clans unterhielt, die er noch nicht kannte. Ganz besonders hofierte er natürlich Liana, die Tochter seines Freundes, die in Punkto Schönheit der wundervollen Mama in nichts nachstand. Hin und wieder glomm sogar der Gedanke auf, das blutjunge Mädchen als Ehefrau Nummer fünf in Betracht zu ziehen – Gendefekt hin oder her. Dabei konnte er ja nicht wissen, dass beinahe jeder diese Gedanken lesen konnte.

„Deine Beherrschung ist unglaublich", wandte sich Amar irgendwann an Auan.

Der grinste breit. „Solange er nur darüber nachdenkt und ihn dann immer wieder die Nachteile der fehlenden Füße dabei ausbremsen, richtet er ja keinen Schaden an. Warum soll ich also eifersüchtig sein, wo es nichts zu eifersüchteln gibt? Lass ihn doch ein bisschen träumen. Ich habe ja, was er gern hätte."

Im Morgengrauen kamen dann auch Peter und Sina an, die Benton geradezu vergötterte. Andere Frauen hätten ihn wohl nicht wiedererkannt, denn für die Damen aus dem Wilson-Clan, und speziell Sina, drechselte er die wundervollsten Komplimente. Er holte die beiden auch mit einer Strechlimousine ab, obwohl er für diese Umweltsünde eine horrende Strafe zahlen musste. Und wie er immer wieder erstaunt feststellte, schien auch Sina nicht einen Tag gealtert zu sein. Als er sie in den noch geschlossenen Ausstellungssaal geleitete, fiel ihm das erste Mal auf, dass auch die Männer ewig jung zu sein schienen.

Na logisch, wenn sie denselben Gendefekt haben, dachte er, über sich selber belustigt, und schaute noch einmal persönlich nach, ob alles im Raum seine vereinbarte Ordnung hatte. Im Augenblick waren noch alle Skulpturen und Vitrinen mit silbern glänzenden Tüchern verhängt, ein Streichquintett hatte Platz genommen und stimmte die Instrumente. Auch sie, genau wie der Wilson-Clan, waren durch Stoffbahnen vor den Augen der Ehrengäste verborgen, die nun in den Sitzreihen des Saales Platz nahmen. Presse- und Fernsehleute drängte sich auf der letzten Reihe.

Als sich die Saaltüren schlossen, begannen die Musiker zu spielen, die Tücher um sie und die Wilson-Künstler senkten sich. In der ersten Reihe saßen die Clanmitglieder, die nicht direkt an der Ausstellung beteiligt waren und genossen die Eröffnungsshow aus Licht und Melodien.

Liana, als Initiatorin, begrüßte das Publikum und stellte die Künstler der Galerie namentlich, nebst dem Genre, vor, wobei die Tücher vor den entsprechenden Kunstwerken an Fäden gezogen zur Decke des Raumes entschwebten. Zuletzt sprach sie über sich und die Skulptur *Nixentanz* erglänzte in einem Blitzlichtgewitter.

Die Musiker beendeten ihre Darbietung, eine Wand wurde zur Seite geschoben, welche das reichhaltige Buffet freigab. Champagner floss in Strömen und es gab kein Wilson-Mitglied, das nicht im Zentrum des Interesses gestanden hätte. Die Meerwesen schafften es trotzdem, immer wieder hinaus zu fahren, um ihre Kiemen zu spülen, die im heißen Scheinwerferlicht und vor Aufregung schneller austrockneten als normal.

Zu später Stunde spielten die Musiker zum Tanz auf.

„Wo stecken eigentlich Tiku, Auan, Lynn und Liana?", fragte Kirk nachdenklich.

„Keine Ahnung", gab Mario zurück. „Ich glaube aber, das hängt mit den vier merkwürdigen Kisten zusammen, von denen sie uns partout nicht den Inhalt verraten wollten."

Er sollte recht behalten. Die vier Vermissten kamen plötzlich mit Rollstühlen herein, die wohl auf der Basis von Segways entwickelt worden waren. Sie lehnten mit dem Rücken aufrecht angeschnallt an den Geräten, die eigenständig das Gleichgewicht hielten und durch geringfügige Verlagerung in Bewegung gesetzt wurden und sie legten einen Tanz auf das Parkett, der die Zuschauer staunen ließ. Es begann mit einem Walzer im Dreivierteltakt, der immer rasanter wurde und ständig Partnerwechsel beinhaltete.

„So viel zum Thema Leben mit Behinderung", hörte Peter einen Reporter mit voller Begeisterung rufen.

Allerdings fuhren die vier Tänzer rasch wieder hinaus, um in ihre Hovercrafts umzusteigen.

„Es ist äußerst anstrengend und sehr schmerzhaft", gab Liana zu. „Aber es hat Riesenspaß gemacht."

Natürlich scheuten sich auch die anderen nicht, mit ihren breiteren Hovercrafts ein Rollstuhltänzchen zu versuchen. Schmunzelnd ließen es Peter und Mario zu, dass ihnen auch andere Herren, ihre Damen entführten. Es war ein seltsames Bild, aber alle hatten Spaß. Tiku stellte sein Hubeinrichtung vom Sitz höher und konnte sich kaum vor Damen retten, die alle mit ihm eine Runde übers Tanzparkett drehen wollten. Er war und blieb der Herzensbrecher des Clans. Lynn schwebte mit dem Bürgermeister über den Tanzboden und Benton lauerte auf eine Gelegenheit, sich Liana zu schnappen. Und die Bilder der beiden füllten am nächsten Morgen die Klatschspalten im Internet.

Und irgendein findiges Kerlchen hatte irgendwelche imaginären Zahlen hinzugezaubert, was denn der Schmuck der hübschen Bildhauerin wert sei.

„Wie kommen die denn auf den Schwachsinn?", wunderte sich Liana nach dem Frühstück, als man den ersten Abend auszuwerten begann, denn für die angegebenen Beträge hätte sie sich den Schmuck locker dreifach anfertigen lassen können.

Siria winkte ab. „Wir werden jedenfalls keine Gegendarstellung dazu bringen. Lass sie doch ein bisschen Verklärung um deine Person spinnen."

„Mir gefällt es trotzdem nicht", erwiderte Liana.

Auan hob den Kopf. Es war jedem bekannt, dass seine Partnerin mitunter hellseherische Fähigkeiten an den Tag legte.

„Ein Diebstahl im Hotel ist zu 99 Prozent unmöglich und würde zu viel Aufsehen erregen. Hier im Raum bist du nie allein. Auan ist ständig in deiner Nähe", zählte Mario auf. „Zudem ist der Schmuck mit Sicherheitsketten versehen, man könnte ihn dir auch nicht völlig unbemerkt abnehmen."

„Mir missfällt der Artikel. Punkt." Liana hakte das Thema ab und ließ sich noch eine Tasse Kaffee einschenken.

Tiku nahm mit unergründlichem Lächeln die liebevollen Sticheleien wegen seines Status als Herzensbrecher hin. Nicht einmal von Lynn ließ er sich aus der Reserve locken. „In Fachkreisen nennt man es Neid", sagte er trocken und lachte sich eins.

„Wir sollten langsam aufbrechen", mahnte Sina und hob die Tafel auf.

Die Entführung

Eine halbe Stunde später öffneten sich zum ersten Mal die Pforten für das zahlende Publikum. Der Andrang war gigantisch. Der Clan beobachtete das an den Monitoren der Überwachungsanlagen. Die ersten Kaufangebote waren bereits in der Nacht ins Haus geflattert und immer wieder versuchten Interessenten, per Videophonie Sofortzusagen zu bekommen. Sogar Adaias Bilder, die im Katalog als unverkäuflich markiert waren, wurden angefragt.

Sina wiederholte stereotyp. „Nein, ich verkaufe nicht. Und wenn Sie mir 100 Millionen bieten. Diese Bilder sind nicht zu haben!"

Tiku war dankbar für diese Hartnäckigkeit. Alles was von seiner ersten große Liebe Adaia geblieben war, waren Sina, Siria, wundervolle Erinnerungen und diese Bilder. Sinas vehemente Absagen bewirkten aber, dass Tikus Werke plötzlich Werte erreichten, die beinahe außerhalb seiner Vorstellungskraft lagen.

Die Schlangen an den Kassen nahmen auch nach vier Tagen nicht ab. Die Menschen strömten in Scharen in die Ausstellung der Künstler von Tuvalu. Tamik und Amar werteten jeden Abend aus, vor welchen Exponaten sich die meisten Schaulustigen getummelt hatten. Nummer eins war die Nixentanz-Skulptur, gefolgt von zwei Bildern Adaias und Tikus. Die anderen Exponate erhielten in etwa die gleiche Aufmerksamkeit.

„Schaut mal da!", rief Amar plötzlich. „Der Mann dort in der Ecke war bis heute an allen Tagen in der Galerie."

Mario spielte die Aufnahmen im Zeitraffer ab. „Sein Blick geht ständig zu den beiden Türen und den Nischen, in denen die kleineren Skulpturen stehen! Der plant doch irgendwas!"

„Hmmm", brummte Peter. „Bewegt er die Keramiken oder Bilderrahmen, löst sofort der Alarm aus und die Saaltüren verriegeln sich. Diebstahl eigentlich unmöglich."

„Eigentlich", paraphrasierte Tamik. „Aber was ist, wenn er uneigentlich doch einen Weg weiß?"

„Dann haben wir womöglich ein Problem. Oder vielmehr der Versicherer unserer Werke", warf Liana ein. „Fahren wir lieber rüber zum Hotel und machen uns für den Abend fertig."

„Wieder Schlips und Kragen", stöhnte Kami. „Aber als Entschädigung sehen unsere Frauen wunderschön aus, in ihren herrlichen Abendkleidern."

„Hör auf, zu klagen. Sei froh, dass du kein Menschen-König des Mittelalters warst", lachte Liana. „Dann hättest du dich immer in deine Prunkrüstung werfen und zig Kilo Blech herumtragen müssen."

„Grauenhafte Vorstellung", schmunzelte Kami. „Da nehme ich doch mit der Krawatte vorlieb."

Als der Clan in die Galerie zurückkehrte, hatten die Pforten für die Besucher bereits geschlossen. Die VIP-Gäste waren aber schon eingetroffen und die Party konnte beginnen. Ilka suchte sich einen Platz in der Nähe der Musiker. Klavier, Geige und Harfe hatten es ihr besonders angetan. Mit halb geschlossenen Augen lauschte sie den zarten Tönen.

„Möchten Sie es auch einmal probieren?", hörte sie eine Frauenstimme direkt neben sich und schreckte hoch.

Es dauerte einen Augenblick, bis Ilka ihre Gedanken sortiert hatte. „Sie meinen, ich dürfte ein paar Töne auf Ihrer Harfe zupfen?"

Nicken. „Versuchen Sie es! Ich halte das Instrument auch fest."

Ilka fuhr langsam an die Harfe heran und ließ zuerst einmal ganz vorsichtig die Fingerspitzen über die Saiten huschen, ehe sie nacheinander zwei einzelne Saiten anzupfte.

„Haben Sie schon einmal gespielt?", fragte die Musikerin erstaunt.

Ilka schüttelte den Kopf. „Nein. Nur davon geträumt." Sie entlockte dem Instrument eine melodische Folge zarter Töne.

Tiku und Lynn hatten, wie auch die anderen, staunend zur Kenntnis genommen, dass Ilka ein Naturtalent sein musste. Nun unterhielten sie sich intensiv telepathisch. Mit einem zufriedenen, ja fast behaglichen, Lächeln nahmen sie gleich wieder an den allgemeinen Gesprächen teil.

Ilka bedankte sich herzlich für den lehrreichen Versuch und lauschte wieder der Musik, die den ganzen Abend untermalte.

Mario hatte mehrmals mit John Benton telefoniert, der es zutiefst bedauerte, nicht an der Veranstaltung teilnehmen zu können. „Hauptsache, mir kauft keiner den Nixentanz vor der Nase weg", sagte Benton zum Abschied. „Ich hoffe, morgen wieder in der Stadt zu sein, und euch besuchen zu können."

Die Party endete nach Mitternacht. Der Clan begab sich in kleinen Grüppchen ins Hotel. Tiku und Liana unterhielten sich noch über zwei Bilder, die einen festen Käufer gefunden hatten. Mario, Auan und Kami warteten bereits seit zehn Minuten vor der großen Saaltür auf die beiden.

Ein splitterndes Geräusch ließ die Männer herumzucken. Mario rannte los, weil er glaubte, eine der wertvollen Skulpturen sei umgestürzt, obwohl es gar keinen Alarm gab. Stattdessen stand die kleine Saaltür weit offen und Tiku arbeitete sich unter seinem umgestürzten Hovercraft-Stuhl hervor.

„Tiku! Was ist passiert?!" Mario beeilte sich, Tiku zu helfen.

„Sie haben Liana!" In Tikus Augen glomm Panik. „Drei bewaffnete Männer. Einer hat sie mit einem Messer verletzt, ihr ein Tuch auf Mund und Nase gedrückt, und sie einfach mitgenommen! Ich ... ich konnte ihr nicht helfen!"

„Verdammt!" Mario zückte den Kommunikator, unterrichtete den Clan und John Benton von der Entführung.

„Was sollen wir tun?", hauchte Auan mit Tränen in den Augen.

Tiku knirschte mit den Zähnen. „Ich hole sie zurück und wenn es mein Leben kostet!"

„Ich bin dabei!", rief Kami.

Ehe die anderen auch nur einen Ton sagen konnten, rasten die beiden mit ihren Rollstühlen aus dem Saal.

„Ich glaube, nun haben wir ein wirklich großes Problem", murmelte Mario resigniert.

Unterdessen hatten die beiden Meermänner die Straße erreicht und Kami fuhr einfach hinter Tiku her, der ziemlich genau zu wissen schien, wohin er wollte.

Nach zwei Stunden stoppte Tiku und Kami nutzte die Gelegenheit, zu fragen, was er vorhabe.

„Ich habe Lianas Position auf meinem Display. Ich bin ja nicht ganz blöd", flüsterte Tiku. „Ich habe mir die Aura-Daten aller Clanmitglieder auf meinem Kommunikator gespeichert. Ich kann also genau verfolgen, wo sich jeder gerade befindet. Schau her! Das grüne Pünktchen ist Liana. Sie sind also ganz in der Nähe und haben angehalten. Mario weiß nicht, dass ich so ein Gerät habe. Wir werden jetzt herausfinden, was es taugt."

„Er scheint auch nicht zu wissen, dass du die Navigationsfunktion deines Hovercrafts nutzen kann", wisperte Kami.

„So ist es!" Tiku grinste breit. „Liana hat mir verdammt viel beigebracht und ich werde sie jetzt nicht hängen lassen."

„Da!" Kami zeigte auf ein halb blindes Fenster einer alten Lagerhalle aus dem 21. Jahrhundert.

Tiku schwebte fast lautlos näher heran und spähte in den Raum, den ein kleines Licht zwar nicht wirklich erhellte, aber für sie interessant machte. Sie hatten Liana tatsächlich gefunden. Die junge Nixe lag, wie ein Paket in ihrem Abendkleid verschnürt, auf einem Stapel alter Pappen und rührte sich nicht.

„Zu viel Blut!" Kami hielt sich rasch den Mund zu. Es war nicht seine Absicht gewesen, so laut zu sprechen, zumal er ja hätte telepathieren können.

Die Tür öffnete sich einen Spalt, ein Mann steckte seinen Kopf heraus, um die Lage zu sondieren. Tiku fasste zu, zerrte ihn an den Haaren heraus und brach ihm mühelos das Genick.

„Da waren's nur noch zwei", kommentierte er völlig emotionslos, den Toten fallen lassend.

Die beiden anderen stürmten mit vorgehaltener Waffe heraus.

„Dilettanten", brummte Tiku, einem der Männer das Gewehr aus der Hand windend und es als Knüppel benutzend, indem es ihm über den Schädel schlug.

Kami rammte es seinem Gegner in den Solarplexus, worauf der Mann röchelnd zu Boden ging.

Tiku warf sich auf ihn und fesselte ihn mit seinem eigenen Gürtel. Kami half Tiku, so gut es ging, wieder in den Hovercraft-Stuhl zurück. Der reichte ihm eines der Gewehre. „Halt den betäubten Kerl in Schach. Am besten ziehst du ihm gleich noch eins drüber, wenn er auch nur Anstalten macht, aufzuwachen." Mit den Worten: „Ich schaue nach Liana und kontaktiere den Clan!", verschwand er in der Halle.

Kami machte einen langen Hals, um ihn beobachten zu können, ohne den Verbrecher vor seinem Hovercraft aus den Augen zu verlieren.

Sie hat wirklich zu viel Blut verloren, hörte er Tiku sagen. Aber auch, wie Tiku gleich darauf telepathisch mit Sina und Siria Kontakt aufnahm.

Sekunden später kam er heraus, fesselte den letzten Kidnapper und nahm Kami mit hinein. „Du musst mir helfen! Vielleicht kannst du ja zu ihr vordringen, um ihr zu sagen, dass sie durchhalten muss! Meine Fähigkeiten reichen nicht aus."

Kami umschloss Lianas linke Hand mit seinen beiden Händen und stimmte einen kehligen Singsang in einer Sprache an, die Tiku nicht kannte. Er glaubte aber, hin und wieder den Namen Auan zu hören. Nach einigen Minuten schlug Liana die Augen auf. Gleichzeitig erklang von oben das Knattern eines Helikopters.

Es gab hier nicht viele, die im Privatbesitz solcher Fluggeräte aus dem 21. Jahrhundert waren. Der Heli landete, Mario sprang heraus, verband notdürftig Lianas Wunde und bettete sie auf den Boden des Fluggerätes.

„Ich werde mich im Hotel um Liana kümmern. Findet ihr den Weg zurück?"

„Kein Problem", erklärte Tiku. „Pass gut auf sie auf."

„Verschwindet besser sofort!", schlug Mario noch vor, ehe er einstieg und der Heli zwischen den Häusern seine Bahn zog.

„Gib mir eine Minute", flüsterte Tiku Kami zu und glitt aus dem Hovercraft-Stuhl. Fieberhaft begann er, die Taschen der Ganoven zu durchwühlen. Mit einem zufriedenen Lächeln steckte er etwas in das Fach der Armlehne seines Hovercrafts, legte das Display frei und rief: „Weg hier, mit Höchstgeschwindigkeit!"

Kami folgte ihm aufs Wort.

Im Hotel kämpfte Mario inzwischen verzweifelt um das Leben seiner Tochter. Sie brauchte sofort Blut. Menschliches passte gar nicht und das der anwesenden Meerwesen barg zu viele Risikofaktoren. Am ehesten, und nur für den äußersten Notfall, kam Siria als Spenderin infrage, was Mario den Verdacht bestätigte, dass beide auch biologisch sehr eng verwandt sein mussten.

Also warteten alle ungeduldig auf das Auftauchen der beiden letzten Meerwesen, deren Blut noch auf Verträglichkeit getestet werden musste. Sina hielt die beiden fortlaufend auf dem neuesten Stand und so düsten sie, schmutzig, wie sie waren, direkt zum Krankenbett der Verletzten, das in diesem Fall die gefüllte Badewanne war.

Tiku krempelte sofort einen Ärmel hoch und setzte sich zur Blutentnahme. Mario zog eine kleine Spritze voll auf und setzte 20 einzelne Tropfen auf die Felder des Spektrometers, dann drückte er die Starttaste.

„99,4 Prozent Übereinstimmung", sagte die Computerstimme, was auch groß und grün auf dem Display des Gerätes abzulesen war.

„Perfekt!", jubelte Siria.

„Dann los!", forderte Tiku.

„Gemach, gemach", blinzelte Mario, Lianas Venenzugang von der Kochsalzlösung abstöpselnd, die sie bisher notdürftig an Leben gehalten hatte. „Setz dich bitte hierher. Ich muss versuchen, mit einer kleinen Tropfkammer direkt eine Verbindung herzustellen."

Ein paar Handgriffe genügten, dann floss Tikus Blut in das winzige Reservoir, von wo aus es tropfenweise in Lianas Ader geleitet wurde. Siria versorgte ihren Vater inzwischen mit ausreichend Getränken. Etwas mehr als einen halben Liter nahm Mario Tiku ab, der die Prozedur problemlos verkraftete. Die Übertragung an Liana dauerte natürlich ein Vielfaches länger und alle beobachteten gespannt, wie die letzten Tropfen in der Kanüle verschwanden. Mario presste die Stelle ab und legte einen leichten Druckverband an. Jetzt erst wandte er sich dem Display des Überwachungsgerätes aller Vitalfunktionen zu.

„Sieht gut aus", flüsterte er erfreut. „Die Herzschläge sind viel kräftiger und gleichmäßiger, es ist wieder richtig viel Sauerstoff im Blut. Nun muss sie ein paar Stunden schlafen." Er kontrollierte noch einmal den Kleber an der tiefen Halswunde, welcher zuverlässig das Hautgewebe zusammenhielt. Dann dirigierte er alle hinaus, löschte das Licht, ließ aber die Tür offen, um sofort reagieren zu können, gäbe die Überwachung Alarm oder riefe Liana nach ihnen.

„Wie ist es denn überhaupt passiert?", fragten alle durcheinander.

Tiku schloss einen Moment die Augen, um sich alles noch einmal genau ins Gedächtnis zu rufen. „Ihr hattet schon eine Weile den Saal verlassen, als es am Hintereingang des Galerieraumes klopfte. Liana und ich standen noch vor der großen Plastik. Auf die Frage, wer da sei, hieß es: *Der Putzdienst!* Und weil der ja wirklich zu dieser Zeit kommen sollte, hat Liana die Tür geöffnet.

Dann ging alles wahnsinnig schnell. Einer hielt ihr ein Messer an die Kehle, während ich in zwei Gewehrläufe schaute. Ich fühlte sofort, dass Liana versuchte, in die Gedanken des Mannes einzudringen, der sie bedrohte. Es gelang auch, nur war das Ergebnis ein anderes, als sie beabsichtigt hatte. Er knickte benommen auf die Knie und schnitt ihr dabei die Haut auf. Der Zweite stieß meinen Hovercraft um und riss mit dem Dritten zusammen Liana aus ihrem Stuhl. Das Poltern der Tür und der umstürzende Stuhl haben euch zurückgelockt."

„Und weiter?", fragte Siria.

„Dann bin ich mit Kami losgezogen, um Liana zurückzuholen", sagte Tiku bescheiden, als sei es völlig selbstverständlich, sich mit bewaffneten Verbrechern anzulegen.

„Woher hast du gewusst, wohin sie fahren?", präzisierte Mario.

Tiku warf Kami einen hilfesuchenden Blick zu, was natürlich auch den anderen nicht entging.

Kami lächelte Tiku beinahe väterlich an und verriet: „Weil er Lianas Aura-Daten mit dem Navigations-Trekker des Hovercrafts verbunden hat. Er hat von uns allen die Daten in seinem Kommunikator."

„Wie jetzt?", murmelte Peter. „Du hast tatsächlich die volle Technik, ein Clanmitglied zu orten und beherrschst sie auch?"

Tiku nickte. „Liana hat es mich gelehrt und mir auch den Kommunikator besorgt."

Siria nahm ihres Vaters Arm. „Du hättest dich heute für sie geopfert?!" Wobei der Tonfall eher Feststellung als Frage war.

„Ja, das hätte ich", gab Tiku zu. „Es ist ein Gefühl, wie damals bei dir, als ich begriff, was es heißt, Vater zu sein. Kami hielt sie, nachdem wir sie gefunden hatten, mit einem seltsamen Ritual am Leben. Ich habe die Worte nicht verstanden, nur den Namen Auan. Auan ist ihr wirkliches Lebenslicht." Tiku hoffte, von sich abzulenken.

Stattdessen hakte Mario ein: „Das Gefühl ist durchaus angebracht. Nach der heutigen Blutanalyse ist zu 99,9 Prozent sicher, dass du auch der Vater von Liana bist. Es sei denn, du hättest einen eineiigen Zwillingsbruder."

„Damit wäre dann auch bewiesen, dass sich nach den alten Riten die Stärksten durchgesetzt haben", schmunzelte Kami. „Gratuliere zu zwei wundervollen Töchtern!"

Tiku lächelte befreit. „Und ich habe die Gewissheit, dass beide in den besten Händen sind, die man sich wünschen kann. Wo steckt Auan überhaupt?"

„Na wo wohl? An der Badewanne!", tönte es amüsiert von nebenan.

Siria streichelte Tikus Arm. „Schön, dass ich endlich Gewissheit habe, dass Liana mein kleines Schwesterchen ist."

„Was wird sich jetzt ändern?", fragte Martin besorgt.

„Nichts!", erwiderten Siria, Mario, Sina, Peter, Tiku und Kirk wie aus einem Mund.

„Außer uns weiß es keiner. Die Menschen geht es nichts an", fügte Kirk noch hinzu. „Es hätte bestenfalls erbrechtliche Konsequenzen. Aber selbst das hat nur den Clan zu interessieren. Man muss nur brav Steuern zahlen, um nicht ins falsche Licht der Öffentlichkeit zu geraten."

Leises Plätschern ließ alle verstummen. Tiku fuhr sofort ins Bad, wo Auan soeben das Licht anschaltete. Die anderen drängten ihm nach.

„Ich habe gelauscht", flüsterte Liana, Tiku warmherzig anlächelnd. „Ich hab es die ganze Zeit schon gefühlt, dass da mehr ist. Es wird sich wirklich nichts ändern, nur dass ich nun noch stolzer auf meine Abstammung bin und ich es genießen werde, zwei Väter zu haben."

Entkräftet ließ sie sich wieder ins Wasser sinken, denn die wenigen Worte hatten sie sehr angestrengt.

„Ich bin glücklich, dass wir dich noch zur rechten Zeit gefunden haben", seufzte Tiku. „Nun musste du ganz schnell gesund werden."

„Es ist trotzdem rätselhaft, warum sie ausgerechnet Liana verschleppt haben", überlegte Martin laut.

„Ist es nicht", hörten sie die Nixe aus dem Wasser wispern. „Sie waren ausschließlich auf die Brillanten scharf, weil das andere zu gut geschützt war. Leider haben sie die am Ende auch bekommen."

„Haben sie nicht", erklärte Tiku in gleicher Weise. „Die stecken alle in meiner Tasche am Hovercraft. So viel Zeit musste sein, ehe wir verschwanden. Ob ich alle gefunden habe, weiß ich nicht. Das musst du überprüfen, wenn es dir wieder besser geht. Und nun schlafe noch ein bisschen."

„Mit diesem Wissen werde ich besonders gut schlafen", hauchte Liana, die Finger bewegend, als wolle sie nach etwas greifen.

Auan legte sich ein zusammengerolltes Handtuch auf den Wannenrand, denn steckte er den Arm ins Wasser, wo Liana sofort seine Finger umklammerte.

Tiku blinzelte Mario zu. „Irgendwie kommt mir die Situation bekannt vor."

„Mir auch. Ich kann mich bestens an ein winziges Nixlein erinnern, das so festgeklammert am liebsten schlief."

„Ich weiß gar nicht, wovon ihr sprecht", schmunzelte Siria, die sich noch heute über die Videos von damals amüsierte, als Tiku zum ersten Mal Verantwortung für eine Tochter, nämlich sie, übernahm.

„Mario, kannst du mir mal helfen", bat Tiku. „Nicht, dass ich noch Teile von Lianas Schmuck verliere."

Mario half Tiku, die Innentasche abzunehmen, die er anschließend vorsichtig auf dem Tisch ausschüttete. „Zwei Ohrclips, ein Collier, ein Armband, eine Uhr, zwei, vier, sechs ... nein ... sieben Haarspangen", zählte er auf.

„Fehlt eine", erklärte Siria. „Den Verlust kann man verschmerzen, glaube ich. Das Wichtigste ist doch, dass Liana lebt und dies haben wir nur euch beiden zu verdanken!" Sie drückte Kami und Tiku die Hände.

„Und Kami muss uns jetzt ganz genau erzählen, wie die Befreiungsaktion abgelaufen ist. Tiku ist nämlich viel zu bescheiden, uns wirklich alles zu verraten", bat Sina.

Kami holte tief Luft und meinte: „Ja, das ist er wirklich. Was er aus dem Stegreif ausgeheckt hat, war einfach nur genial, aber auch von einigem Glück begleitet." Dann berichtete er detailliert, wie sie die Verbrecher verfolgt, gestellt und zur Strecke gebracht hatten.

Staunend hörten alle zu. Lynn und Tessa blickten stolz zu ihren Helden auf, die in der Welt der Menschen Unglaubliches geleistet hatten.

„Ein würdiger König mit einem schier unbesiegbaren Krieger an seiner Seite", überlegte Sina laut. „Ich glaube, ich sollte endlich das neue Buch schreiben."

„Es ist mein Job, als Anführer der Wache", blinzelte Tiku, „die Clan-Mitglieder zu beschützen, so gut ich es vermag."

„Jetzt stapelt er schon wieder tief", rief sie kopfschüttelnd.

„Eins kann ich dir verraten", schmunzelte Kami, „ihm vertraue ich in jeder Lage mein Leben an, ohne eine einzige Sekunde zu zögern. Glaub mir, ich weiß wovon ich rede – er ist der beste Krieger, den ich je in Aktion erlebt habe!"

Tiku winkte ab. „Ich kenne da zwei Meermänner, die nicht viel schlechter sind. Der eine hat sich mit einem Korallenast auf einen riesigen Hai gestürzt und der andere gleich mit bloßen Händen! Nixen gibt es, die sich nicht scheuen, die allergrößten Fleischfresser des Meeres um den Finger zu wickeln, wenn sie Hilfe brauchen. Und dann ist da noch eine, die mit der Rettung eines ganzes Volkes begonnen hat. Ich bin nur ein Körnchen im Sand am Grund eines ganzen Ozeans."

„Mag sein", schmunzelte Sina, „aber eben ein besonders glänzendes."

Das Klingeln des Zimmertelefons ließ alle erschreckt verstummen. Mario hob ab.

Ein paar Sekunden später erklärte er: „John Benton ist in wenigen Augenblicken hier."

Während die einen alle Spuren von Meerwesen verschwinden ließen, verbarrikadierte die anderen Auan bei Liana im Badezimmer, mit allem ausgestattet, was für den Notfall wichtig war. Da klopfte es auch schon und einer der reichsten Männer der Welt trat ein.

„Wie geht es ihr?", war die Frage, noch bevor er die Anwesenden herzlich begrüßte.

„Sie wird es überleben, wenn keine Infektion in die Wunde kommt", erklärte Mario. „Sie braucht jetzt sehr viel Ruhe. Ihr Verlobter wacht darüber, dass es ihr an nichts fehlt."

„Das höre ich gern!" Benton atmete auf. Erst dann stutze er kurz. Hatte er doch nicht geahnt, dass das Objekt seiner heimlichen Begierde schon in festen Händen war. Allerdings fing er sich auch sofort wieder. „Ich habe die Verbrecher einsammeln lassen, so möchte ich es bezeichnen. Sie sind der Polizei ja wie auf einem Tablett präsentiert worden."

Er fasste in die Jackettasche. „Bei einem hat man dies hier gefunden!"

„Lianas Haarspange!", rief Siria erfreut.

Benton reichte sie ihr. „Ich habe alle Untersuchungen abgewürgt und es wohl auch geschafft, die Presse auf eine falsche Fährte zu locken."

„Wie das?", staunte Peter.

„Ihr kennt doch das wundervolle Porzellan-Fischlein, das ich vor der Eröffnung der Schau von Liana gekauft habe? Ich habe es am Fundort der Verbrecher platzieren lassen. Es ist quasi das Diebesgut aus der Galerie, um das sich die Diebe gerangelt haben, weil sie nicht mehr entwenden konnten. Einer hat dabei halt den Kürzeren gezogen und betrachtet nun die Radieschen von unten."

„Für deine riesige Hilfe damit und mit dem Heli, kannst du dir von den Exponaten ein Stück aussuchen, was immer du möchtest!", rief Mario dankbar.

„Dir ist aber klar, was ich dann nehme?", fragte John Benton mit genüsslichem Grinsen.

„Die zentrale Skulptur mit den Meerwesen", vermutete Siria.

„Richtig!"

„Die sollst du haben. Dieser Preis ist angemessen."

Der gesamte Clan atmete auf, denn eine Befragung durch die Behörden wäre das Letzte gewesen, was sie gebraucht hätten.

Benton ließ sich den Whiskey schmecken, den Mario immer für ihn parat hatte. „Ich habe zudem erklären lassen, dass die Verbrecher durch meine Sicherheitstechnik am Großdiebstahl gehindert worden sind. Aber wie erklären wir, dass Liana plötzlich von der Bildfläche verschwunden ist? Man wird sie schließlich auf den Abendpartys vermissen."

„Da können wir gern bei der Wahrheit bleiben. Ihr wurde bei dem Überfall der Hals aufgeschnitten, Tiku und Kami haben erste Hilfe geleistet und ihr somit das Leben gerettet", erklärte Mario. „Es wäre schwerer, irgendwann die große Narbe zu erklären, die ich möglicherweise operativ nicht ganz verschwinden lassen kann. Dann hat die Presse doch noch ihre Sensationsstory und darauf können wir recht gut reagieren."

„Auch wahr", murmelte Benton. „Bloß gut, dass ich so oft mit meinem alten Hubschrauber herumfliege, da musste ich mir dazu wenigstens keine Geschichte aus den Fingern saugen. Ich werde mich noch heute darum kümmern, dass alle Meldungen in die richtigen Bahnen gelenkt werden. Das ist mir die fürstliche Bezahlung mehr als wert."

Er erhob sich, wandte sich Tiku und Kami zu: „Wenn Sie irgendwann einen neuen Job suchen – ich stelle Sie jederzeit als meine persönlichen Bodyguards ein."

„Ach wie gut, dass er nicht weiß ...“, lachte Tiku, als sich die Tür hinter Benton geschlossen hatte, wobei er in seinem Rollstuhl Bewegungen vollführte, die an das ums Feuer hüpfende Rumpelstilzchen erinnerten.

Alle Insider fielen in das Gelächter ein, den anderen erzählte Sina schließlich die Geschichte des wundersamen Männleins.

Am selben Abend flimmerte auf allen Sendern die Nachricht über die Bildschirme, dass die Bildhauerin Liana Neuberg aus Tuvalu, bei einem versuchten Raub in den Räumen ihrer New Yorker Galerie schwer verletzt worden sei.

Sehnsucht nach dem Meer

So schnellten am nächsten öffentlichen Tag der Schau die Besucherzahlen auf Rekordhöhe. Wo immer sich die ausstellenden Künstler Sina, Tessa, Tiku und Kami blicken ließen, gab es Massenaufläufe und die bange Frage, wie es Liana gerade gehe. Und irgendwie hatte man es besonders auf Sina und Tiku abgesehen, die man beide auf der großen zentralen Skulptur zu erkennen glaubte.

Den Einwand, die Ähnlichkeit sei nur zufällig, ignorierten die Kunstliebhaber und dichteten sich lieber einen Mythos um die fischschwänzigen Wesen. Der Clan zuckte geschlossen mit den Schultern und ließ die Fans der Fabelwesen reden.

Dann geschah etwas, womit niemand gerechnet hatte …

Ein arabischer Scheich bot einen dreistelligen Millionenbetrag für die zentrale Skulptur.

„Sie gehört dir, John", sagte Mario. „Das weiß auch jeder. Du musst selbst entscheiden, ob du sie verkaufst. Die Summe ist jedenfalls verlockend und ich wüsste nicht, ob ich in so einer Situation nein sagen würde."

Benton wischte sich über das Gesicht. „Darüber möchte ich erst entscheiden, wenn ich mit Liana gesprochen habe."

„Das darfst du gern tun. Ihr geht es wieder so gut, dass sie aufstehen kann. Komm, ich bringe dich zu ihr." Mario deutete mit dem Kopf auf den Ausgang.

Siria telepathierte mit Liana und Auan, dass Besuch im Anmarsch sei und auch warum.

Liana empfing John Benton mit einem strahlenden Lächeln und einem farbenfrohen Seidenschal, der den dicken Verband etwas freundlicher aussehen ließ. Als sich Auan entfernen wollte, hielt sie ihn an der Hand fest.

„Bleib! Du gehörst nicht nur zum Clan, sondern schon fast zur Familie. Vielleicht brauche ich deinen Rat."

Benton war es recht. Fiel es ihm doch so etwas leichter, sein Problem anzusprechen. Er druckste auch nicht lange herum.

Liana lächelte. „Wenn ich das jetzt richtig verstehe, dann möchten Sie weder auf das Geld noch auf die Skulptur verzichten."

„Äh … ja … darauf läuft es wohl hinaus", stammelte Benton.

„Und was erwarten Sie nun von mir?" In Lianas Augen blitzten Fünkchen, die der Milliardär nicht zu deuten wusste.

So entschied er sich, es kurz und bündig zu machen. „Ich möchte eine Statue in Auftrag geben, die der jetzigen etwa gleichkommt, auch wenn sie anders aussehen muss. Ich biete 20 Millionen, was etwas höher liegen dürfte, als der Versicherungswert des Ausstellungsstücks."

„Wenn Sie mir genügend Zeit lassen, sollen Sie haben, was Sie sich wünschen", erklärte Liana. „Ich brauche, wenn es gut werden soll, etwa acht Monate, um den Auftrag auszuführen. Beginn der Arbeiten in einem halben Jahr, wenn die Ausstellung zu Ende ist."

„Wirklich???"

„Versprochen." Sie reichte ihm die Hand.

Benton wusste, dass ein schriftlicher Vertrag nicht nötig war. Die Neubergs aus dem Wilson-Clan standen fest zu jedem Wort. Sie waren, wenn er es recht bedachte, auch die Einzigen, mit denen er Geschäfte mit Handschlag besiegelte, wie es seine Vorfahren zu Zeiten der Besiedlung des wilden Westens getan hatten. „Wenn Sie irgendetwas brauchen oder einfach haben möchten … Sie wissen, wie und wo Sie mich finden." Er verabschiedete sich von beiden mit festem Händedruck.

„Wow", flüsterte Auan, als sie wieder allein waren. „Das sind Summen, die ich kaum fassen kann. Ich werde dir helfen, so gut ich vermag, und wenn es nur ist, dich in Ruhe zu lassen, damit du arbeiten kannst."

Liana streichelte seinen Arm. „Ich werde dich für ganz andere Sachen anlernen und einspannen. Wenn du den Ton knetest, bleibt mir nämlich mehr Zeit zum Modellieren. Ich mag es nicht, ihn von Maschinen bearbeiten zu lassen. So kann doch keine Seele hineinkommen!"

Zwei Tage später ließ sich Liana wieder in der Öffentlichkeit sehen und genoss den Hype, den sie als Künstler aus Tuvalu ausgelöst hatten. Es amüsierte sie, wie die Mädchen bei Tikus Anblick in hysterisches Kreischen ausbrachen und sogar in Ohnmacht fielen, wenn er ihnen Autogramme gab. Kein Wunder, denn der muskulöse gutaussehende Meermann hatte ja auch sie inspiriert. *Pa, du bist es wert, dass sie so ausflippen,* dachte sie mit tiefem Stolz und langsam formte sich in ihrem Kopf das neue Kunstwerk.

Kami und Tessa agierten als Paar. Auf den stämmigen Meermann wurden die Fotografen erst wirklich aufmerksam, als er am zweiten Tag der Schau seine Bartperlen und martialisch aussehende Oberarmreifen aus Korallenstücken zu einem Shirt trug, welches nicht unbedeutende Muskeln entblößte. Tessa glänzte im wahrsten Sinn des Wortes mit filigranem Perlmutt, Muschelperlen und polierten Korallenstücken.

Siria gönnte sich und allen anderen den Spaß, für Tessa eine Art zweite Haut, also einen künstlichen Fischschwanz anfertigen zu lassen, in welchem sie dann den Meerschmuck als Nixe, in Kamis kräftigen Armen liegend, präsentierte und bei den Herren Begeisterungsstürme hervorrief.

„Ist das irre!", rief sie am ersten Abend ihres neuen Outfits. „Da verkleidet sich eine Nixe als Nixe, um nicht als Nixe erkannt zu werden."

Nach drei Monaten, also in der Hälfte der Ausstellungszeit, begann Tiku, immer nachdenklicher zu wirken, wenn abends die Showlichter ausgingen.

„Hast du Probleme?", fragte Sina schließlich, die sich auf das Ganze keinen wirklichen Reim machen konnte.

„Ja und nein", erwiderte Tiku. „Wären wir Menschen, wäre alles super, alles toll, wie es jetzt gerade ist. Aber als Meerwesen ... ich weiß nicht, ob volle Auftragsbücher das sind, was wir wirklich brauchen. Wir haben sogar die Paarungssaison verpasst, weil wir auf dem Land leben und nur in Badewannen schlafen. Haben wir dafür gekämpft und so viele Mühen auf uns genommen?"

„Tiku hat recht", ließ sich Kami vernehmen. „Das war nicht unser Ziel. Aber wir können aus Fehlern lernen und es besser machen. Die Meerwesen im Wasser bleiben da, wo sie hingehören. Keine monatelangen Landgänge mehr. Die, die pendeln müssen, sollen es auch weiter in gewohnter Weise tun. Alles andere besprechen wir, wie sich die Situationen ergeben. Fest steht aber, dass wir unsere Aufträge akribisch abarbeiten werden."

„Wir fliegen schon übermorgen zurück", legte Siria fest. „Die Show kann auch ohne uns weitergehen. Zum Abbau kommen wir wieder her, damit nichts in falsche Kanäle gelangt."

Lynn hatte schon lange Sehnsucht nach dem Meer, sich aber nicht getraut, mit Tiku darüber zu sprechen, der gerade ganz oben auf der Erfolgswelle schwamm. Seine offenen Worte vernahm sie mit riesiger Freude und auch die anderen machten kein Geheimnis daraus, wie sehr sie sich nach Hause wünschten.

Und diesmal wurde wieder eine geheimnisvolle große Kiste ins Flugzeug geladen, deren Inhalt wohl nur Tiku zu kennen schien. Und der schwieg wie ein Indianergrab. Über die Flugdauer hingegen einigten sich alle untereinander und wählten den Mittelweg. 12 Stunden in einer Höhe, von wo aus man gerade noch den Boden sehen und die großen Wale im Meer betrachten konnte. Mario gab den Wunsch genau so an seinen Flugkapitän weiter.

Das heimische Meer wurde aus der Luft schließlich mit einem Applaus begrüßt, der Sina und Peter schmunzeln ließ. Die nordischen Nixen waren allesamt auch innerlich schon lange hier angekommen. Und sie verschwanden auch alle sofort im Salzwasser. Siria, Liana und die Menschenmänner nahmen es ihnen nicht übel. Sofern es sich nicht um den Sitz des Clans in Tuvalu oder das Häuschen von Sina und Peter in Dranske handelte, war das Landleben für die Meerwesen eine regelrechte Tortur. Die Millionenmetropole New York mit ihren vielen Zwängen war da das Folterinstrument schlechthin.

Die abgetauchten Meerwesen suchten sich ein ruhiges Plätzchen inmitten der Korallen und ließen sich stundenlang von der Dünung schaukeln, bis die Gezeiten dem Spiel ein Ende setzten. Kami bat sie, mit ihm ein altes Ritual durchzuführen, das den Raaka immer sehr am Herzen gelegen hatte, um eins mit der Natur zu werden.

Sie fassten sich an den Händen, bildeten einen Kreis und schwebten wenige Zentimeter über dem Grund rücklings im Wasser, die Flossen zur Mitte gewandte, wo diese sich berührten. Kami übermittelte ihnen telepathische Bilder und Melodien, die die kleine Gruppe in euphorische Stimmung versetzten. Sie fühlten gemeinsam wie ein einziges Wesen.

Am nächsten Morgen tauchte Auan als Einziger am Strand der Villa auf, nachdem Kami Bescheid gegeben hatte, dass man ihnen kein Schiff hinaus schicken solle.

„Was ist geschehen?", fragte Mario beunruhigt, denn Auans Anwesenheit war nur durch die Haisensoren gemeldet worden, die ein großes Lebewesen in den Zäunen geortet hatten.

„Etwas Wundervolles", erklärte Auan mit einem beruhigenden Lächeln. „Kami hat mit uns gestern ein geheimes Ritual durchgeführt und heute morgen sind alle als Schwarm zu den uralten Paarungsplätzen aufgebrochen. Ich muss ja noch eine Saison warten, da habe ich es vorgezogen, aufs Trockene zu kommen, wo sich die Hormonproduktion schnell reduziert."

„Du wartest wirklich meinetwegen?", fragte Liana mit großen Augen.

„Wegen wem sonst?", blinzelte Auan, sich im Haus ein T-Shirt überstreifend. „Wenn ich mich hier irgendwie nützlich machen kann, dann sagt es mir."

„Du kannst mir ein bisschen bei den Entwürfen für Bentons Skulptur helfen", bot Liana an. „Je eher sie fertig ist, umso ruhiger kann ich schlafen. Ich möchte ja auch irgendwann meine Ausbildung als Ärztin vorantreiben."

„Und da willst du wirklich mit einem zusammenleben, der nichts Besonderes kann?"

Liana nahm Auans Hände, schüttelte missbilligend den Kopf und sagte: „Behaupte so etwas nie wieder! Du bist immer für mich da, wenn ich Hilfe brauche. Du fühlst, wenn es mir nicht gut geht oder mich Sorgen drücken. Das ist etwas Besonderes. Vom Hai, der mich fressen wollte, muss ich wohl nicht erst erzählen. Den führt sogar Tiku immer als Paradebeispiel an. Es tut mir gut, wenn du in meiner Nähe bist."

Sie zog ihn mit zu ihrem Atelier. „Ich habe da nämlich so eine Idee, die ich zu Papier bringen muss, damit ich einen kleinen Entwurf fertigen kann. Dann erst überlege ich, wie es sich in Überlebensgröße bewerkstelligen lässt. Schau mal, ich denke mir das so …" Liana ließ den Bleistift über das Papier tanzen.

„Warum hast du keine Bilder ausgestellt?", fragte Auan verständnislos.

Liana lachte. „Das überlasse ich lieber Leuten, die richtig was drauf haben."

„Ich finde es genial, zu sehen, wie aus einem platten Bild eine dreidimensionale Figur wird. Hebst du dir wenigstens die Entwürfe auf?"

„Ja, natürlich."

Liana malte um das tanzende Paar einen Strudel, dessen oberes Ende in einer gischtenden Welle gipfelte, die die beiden umschlungenen Meerwesen wie eine Haube gegen Einflüsse außerhalb des Wassers zu schützen schien.

„Das ist es!", rief Auan begeistert.

„Das Problem ist nur, dass der Strudel die Figuren nicht verdecken darf. Ich werde ihn unten andeuten, rechts seitlich ansetzen und hinten in einem Schwung nach oben ziehen. Etwa so." Sie zeichnete mit wenigen Strichen die Hinteransicht.

„Wow." Mehr bekam Auan nicht heraus. Es beeindruckte ihn zutiefst, wie Liana ihre Gedanken zu Papier brachte. Etwas später dann: „Eindeutig Vaters Tochter."

Die Nixe lachte übermütig. „Weißt du, was Papa Mario letztens gesagt hat? Dass er darüber nachdenkt, hier richtige Hobbyräume für alle Meerwesen zu schaffen. Dann könnte Tiku auch großformatige Bilder in anderen Techniken malen und Kami mit Tessa Schmuck fertigen, der kein Wasser verträgt. Und wir könnten dabei unsere Nixenlieder singen, ohne bei den Menschen Schaden anzurichten, weil diese sie von der Arbeit ablenken."

„Hmm. Kami hat ja nicht gesagt, dass keiner mehr aufs Trockene darf."

„Jeder muss sein Leben selber wählen. Kami wird der Letzte sein, der jemandem böse ist, wenn er dauerhaft aufs Land wechselt. Nur ist das ja wirklich nicht, was wir alle wollen." Liana öffnete einen Eimer mit feuchtem Ton und kratzte mit einer kleinen Schaufel einen ansehnlichen Brocken zusammen. „Du bist dran! Kneten, kneten, kneten und noch mehr kneten."

Auan machte sich ans Werk.

Draußen im Meer kochte inzwischen fast das Wasser von den rasanten Tänzen der Meerwesen, die sich auf dem Weg zum Paarungsplatz an den Händen gehalten hatten und sich auch nun nicht losließen.

Statt sich, wie früher, um die Frauen zu raufen, hielt jeder Meermann seine Partnerin fest, die er im täglichen Leben erobert hatte und setzte alles daran, sie nicht im wirbelnden Wasser wieder zu verlieren. Besonders Kami war auf der Hut. Und statt sich, wie in alten Zeiten, nach vollzogenem Liebesakt im rasenden Wirbel zu trennen und auf Nimmerwiedersehen in verschiedene Richtungen zu verschwinden, trudelten die Paare noch lange umschlungen mit der Strömung.

Als sich Kami langsam von Tessa löste, ohne ihre Hand freizugeben, schien es für die anderen wie ein Zeichen zu sein, das Gleiche zu tun. So kam es, dass der ganze hungrige Schwarm gemeinsam auf Muschelsuche schwamm und auch nicht vergaß, für Auan einen seiner Lieblingsseeigel mitzunehmen. Kami steckte ihn in sein Sammelsäckchen, damit der Igel nicht ungesehen verschwinden konnte und absolut frisch war, wenn Auan ins Meer zurückkehrte.

Der Meermann kam nach Hause, als der Mond schon aufgegangen war. Die anderen hockten noch beisammen und freuten sich, als er in ihrem Kreis Platz nahm und ein bisschen erzählte, was er mit Liana in deren Atelier erlebt hatte. Er sprach natürlich auch über die Hobbyräume, die den landbewohnenden Clanmitgliedern durch die Köpfe spukten. Ilka seufzte. Und noch einmal, als es um die Nixenlieder ging. Tamik streichelte ihre Hand. Tiku und Tessa tauschten ein verstecktes Lächeln.

Siria und Liana empfingen die Gedanken der anderen Meerwesen. Sie sprachen am Morgen mit Mario darüber, und der hatte gleich noch eine geniale Idee, wie alle die Räume erreichen konnten, ohne jedes Mal mühsam an Land robben, und sich in die Hovercrafts ziehen zu müssen. Ihm schwebte ein wassergefüllter Tunnel vor, der vom Meer direkt ins Haus führen sollte. Man konnte ja genügend Sicherungen einbauen, dass keine Fremden Zugang erhielten, so sie ihn zufällig entdeckten.

Damit wollte er seinen alten Freund John beauftragen. Da konnte er sicher sein, dass alle Sonderwünsche akkurat und ohne Murren bearbeitet wurden.

Erschreckende Erkenntnis

Eigentlich sollten gleich heute alle Meerwesen von den Plänen unterrichtet werden. Eigentlich. Gerade hatten sich die Letzten am runden Tisch eingefunden und sich über die vergangenen Wochen ausgetauscht, als Marios Kommunikator wie wild SOS zu blinken begann.

Mit besorgtem Blick nahm er das Gespräch an und hörte Martins aufgeregte Stimme: „Kannst du dich an den Käpt'n erinnern, der damals schwarz mit den Schleppnetzen gefischt hat? Der ist wieder da und hat unangenehme Neuigkeiten für uns!"

„Und die wären?", fragte Mario ungehalten, weil es Martin mehr als nur spannend machte, indem er eine Kunstpause einlegte.

„Er hat angeblich, weit draußen, eine Nixe gefangen, die er jetzt versteigern will. Nur der Höchstbietende wird sie zu sehen und übereignet bekommen."

Mario setzte sich im Zeitlupentempo auf seinen Stuhl. „Sag das noch Mal!"

„Er versteigert sie."

„Wo???"

„Na, das gibt er nicht preis. Er meint, sie sei an einem geheimen Ort gut verwahrt."

Mario knirschte mit den Zähnen. „Halt Augen und Ohren offen. Ich informiere den Clan. Ciao."

Augenblicke später herrschte lähmendes Entsetzen.

Tiku fing sich als Erster. „Wir müssen sie finden und befreien!"

„Darüber gibt es keinen Zweifel", pflichtete Mario bei. „Nur, wo könnte er sie versteckt halten?"

„Bestimmt nicht auf dem Festland", überlegte Liana laut.

Siria nickt. „Das denke ich auch. Hat Martin gesagt, wo sein Kahn ankert?"

Mario zückte den Kommunikator und gab die Frage direkt an Martin weiter, der versprach, sich darum zu kümmern.

Ein paar Minuten später war klar, dass der schlitzohrige Kapitän ohne Schiff im Hafen sein Unwesen trieb. Er war gesehen worden, wie er aus einem Motorboot stieg.

„Dann müssen wir also das Schiff finden", erklärte Mario. „Ich könnte wetten, dass unten dran ein Haikäfig hängt, in dem die Gefangene steckt."

„Falls er ihr überhaupt so viel Komfort zugesteht", fügte Siria trocken hinzu.

„Ach, ich denke schon. Immerhin will er sie bei bester Gesundheit verkaufen. Da kann er sie nicht einfach in einem Netz verschnüren", erwiderte Mario.

Auan lief ein Schauer über den Rücken. Er schüttelte sich so deutlich, dass Tiku aufmerksam wurde.

„Was haltet ihr von der Idee, in der Passage des Korallenrings nachzuschauen, wo wir damals Auan halbtot inmitten verreckter Seekreaturen gefunden haben?", fragte Tiku. „In den Kriminalromanen heißt es doch auch immer, dass der Täter an den Ort des Verbrechens zurückkehrt."

„Du liest Krimis?", fragte Kirk erstaunt.

„Habt ihr eine Ahnung! Ich habe mir die halbe gedruckte Bibliothek hier im Haus reingezogen!"

Liana brach trotz der ernsten Lage in schallendes Lachen aus. Die großen erstaunten Augen des ganzen Clans hätte man eigentlich auf Film bannen müssen. Tiku war, neben Kami und Lynn, einer der Wenigen, die dauerhaft im Meer lebten, die sich ständig weiterbildeten und Gefallen daran hatten, Neues zu entdecken und Wissen zu erwerben. Er hatte wirklich schon unglaublich viele Bücher gelesen.

„Deinen Vorschlag sollten wir noch heute in die Tat umsetzen", erklärte Mario, als es wieder ruhiger wurde. „Ich wüsste sonst hier auch keinen Ort, wo man etwas so Großes verbergen könnte."

„Wir werden diesmal allerdings ohne die Hilfe der Pottwale auskommen müssen", meinte Tiku. „Die sind schon lange wieder auf Wanderung."

„Und wir werden die Frauen hierlassen", setzte Kami hinzu.

Diese wollten allerdings gleich aufbegehren.

Kami lächelte milde. „Meine Damen, ich versuche es im Guten, ehe ich das erste Mal gezwungen bin, einen Befehl als König auszusprechen. Ich möchte nicht, dass der sehnsüchtig erwartete Nachwuchs durch irgendetwas in Gefahr gebracht wird."

Lynn senkte den Blick. „Kami hat recht. Heben wir unsere Kraft für unsere Kleinen auf, auch wenn noch keine von uns sicher weiß, dass sie eines in sich trägt. Es wäre fatal, alles aufs Spiel zu setzen, wofür unsere Männer jahrelang gekämpft haben."

„Einverstanden", sprachen die Nixen im Chor und die Meermänner atmeten auf.

Liana bedachte Lynn mit einem dankbaren Blick. Aus Tikus Augen leuchtete der Stolz auf seine Partnerin. Lynns Worte hatten bei den Frauen stets Gewicht. Man vertraute ihr.

„Wir nehmen volle Bewaffnung mit", legte Mario fest. „Von Tauchermesser, über Harpune, bis Laserpistole wird jeder ausgerüstet werden. Schusssichere Westen und Helme lasse ich auch austeilen. Sind alle bereit?"

Die Männer gaben geschlossen Handzeichen.

„Passt bitte auf euch auf!" Siria versuchte, ihre Angst zu verstecken.

„Mario wird ausschließlich die Koordination auf der Yacht übernehmen", versprach Kami. „Er wäre unter Wasser nicht schnell und wendig genug. Er sollte trotzdem die volle Ausrüstung tragen. Wer weiß, was den Schuften alles einfällt?"

Das veranlasste Mario auch, der Crew auf dem Schiff ein martialisches Aussehen zu verpassen, indem er ausnahmslos an alle Schutzkleidung austeilen ließ.

„Ziehen wir in den Krieg?", fragte der Kapitän erstaunt.

„Ja. Gegen ein paar Gauner, die, Gerüchten zufolge, eine aus unserem Volk gefangen halten", antwortete Tiku, seinen Helm probeweise überstülpend.

Beobachtungssatelliten zeigten drei Schiffe im Zielgebiet an, davon eins direkt im Ring des Atolls. Zwei bewegten sich, das besonders Verdächtige lag offenbar vor Anker. Mario gelang es, dank seiner Sonderrechte, die Bilder so aufzuzoomen, dass er die einzelnen Gesichter an Bord erkennen konnte.

„Sie sind es!", gab er bekannt. „Ich kann nur nirgends einen Käfig entdecken. Am besten fahren wir bis auf eine Seemeile ran, dann lassen wir den kleinen Tauchroboter flitzen. Vielleicht findet der, was wir nicht sehen."

„Hoffentlich lebt sie noch", murmelte Auan.

Tiku legte ihm die Hand auf den Arm. „Ja, ich weiß, dass es nur ein schwacher Trost ist, zu sagen, die Hoffnung stirbt zuletzt."

„Tauchroboter klarmachen!", ertönte Marios Befehl und zwei Männer der Besatzung schwenkten Sekunden später das Gerät am Kran über Bord.

Kami und Tiku rollten sofort zum Kommandostand, um den Weg des Roboters am Monitor mit zu verfolgen.

Fast eine halbe Stunde pflügte der Späher mit hoher Geschwindigkeit durch das Wasser, ehe er sich dem gesuchten Schiff näherte.

Tiku verglich die Zahlen mit dem, was Mario als seine Höchstgeschwindigkeit im Ernstfallmodus gespeichert hatte. „Ich könnte mithalten", murmelte er, während einer aus der Crew anerkennend durch die Zähne pfiff. „Ich könnte sogar zur gleichen Zeit am Ziel anlagen", stellte Tiku erstaunt fest.

„Deshalb bist du auch unsere Geheimwaffe", gab Mario zu. „Wenn gar nichts mehr geht, dann brauchen wir dich und dein messerscharfes Denken, mit dem du blitzschnelle Entscheidungen triffst."

Inzwischen umkreiste der elektronische Kundschafter das Schiff in immer enger werdenden Spiralen.

„Da!" Tamik hatte zuerst das lange Gebilde backbord neben dem Bug des Schiffes erspäht, das sich farblich kaum abhob, aber immer wieder von mehreren kleinen Haien attackiert wurde.

„Seltsam. Sieht fast wie ein Torpedorohr aus." Mario verengte die Augen zu Schlitzen. „Die werden doch nicht etwa …"

„Ich fürchte auch, Sirias Vermutungen treffen zu", ließ sich Amar vernehmen. „Diese Dreckskerle haben ihre Gefangene da hinein gesteckt!"

„Und nun?", sagte Kami mehr zu sich, als zu den anderen.

„Gehe ich runter!", erwiderte Tiku. „Ich habe nichts entdeckt, das wie eine Überwachung aussieht. Vielleicht kann ich ja durch diese merkwürdigen Schlitze ins Innere der Röhre schauen. Wenn die Haie so durchdrehen, dann muss dort etwas sein, das sie anlockt. Blut zum Beispiel."

„Sie hat sich sicher gewehrt, als man sie da hinein zwängte. Oder sie hat sich verletzt, als sie aus diesem Ding zu entkommen versuchte", überlegte Amar laut.

„So lange die Haie solches Interesse zeigen, hat sie sich noch nicht in Schaum aufgelöst, was erst mal ein gutes Zeichen ist", fasste Mario zusammen, Tiku noch einen Werkzeuggurt umlegend. „Sei vorsichtig!"

„Versprochen!" Der Meermann ließ sich über Bord fallen.

Sehr besonnen näherte er sich dem Objekt der allgemeinen Begierde. Er musste niemandem etwas beweisen. Wichtig war ausschließlich, Marios Plan abzuarbeiten und, ohne sich selbst zu gefährden, einen ersten Versuch zu wagen, die Gefangene zu befreien.

Kami war kurz nach Tiku ins Wasser geglitten. Aber nicht, um diesem zu folgen, sondern um telepathisch die Haie zu vertreiben, wie es sonst nur noch Sina und Siria vermochten.

Tiku erreichte unangefochten den Behälter, aus welchem ihm böse Gedanken entgegenschlugen. Wohl nicht verwunderlich. Er mochte sich gar nicht ausmalen, welch finstere Pläne er schmieden würde, sperrte man ihn derart ein. Zumindest war jetzt sicher, dass da jemand drin steckte, dem das gar nicht gefiel.

Verhalte dich still, ich versuche, dich zu befreien, teilte er der eingesperrten Nixe mit, die auch sofort etwas ruhiger wurde.

Wobei das relativ zu betrachten war. Egal, wohin sich Tiku bewegte, er konnte durch die Schlitze deutlich zwei Augen leuchten sehen, die jede seiner Bewegungen beobachteten.

Die Aura der Fremden fühlt sich seltsam an, fast unheimlich, weder Fisch noch Fleisch, meldete er an den Clan auf der Yacht, womit er alle verblüffte. Tiku war sicher der Letzte, der sich von unbestimmten Ängsten beeinflussen ließ.

Mario fragte: *Bist du sicher, dass kein Tier in der Röhre steckt?*

Ich kann Finger mit langen Nägeln sehen, die hin und wieder aus den Schlitzen ragen und ich glaube, eine große Flosse zu erkennen. Ich versuche jetzt, mit dem kleinen Plasmabrenner das Schloss der Klappe zu öffnen. Auf dem Schiff ist alles ruhig

Ein paar Minuten herrschte Stille, weil Tiku konzentriert arbeitete. Dann völlig entsetzt: *Es greift mich an!*

Im Bruchteil eines Wimpernschlags waren die Meermänner im Wasser und eilten Tiku zu Hilfe. Beim Näherkommen konnten sie ihn kaum erkennen, er schien mit zwei großen Fischen zu ringen, deren lange biegsame Körper ihn vollständig umschlangen.

„Bleibt zurück!", keuchte Kami, der Mühe gehabt hatte, ihnen zu folgen. „Das sind keine Fische!" Er fasste mit beiden Händen seine Harpune und drosch sie dem fremdartigen Wesen, das erheblich größer war als Tiku, um die Ohren. Beim dritten Treffer lockerte es die Umschlingung und ließ beim vierten völlig benommen Tiku los, der aus unzähligen Wunden blutete.

Während sich die Freunde um den Meermann kümmerten, schlug Kami den Fremden bewusstlos und meldete: *Mario, wir haben ein gigantisches Problem! Das ist keine Nixe, sondern ein Nuoni!*

Bringt ihn mit, lautete der kurze Befehl.

Kami schluckte alle Einwände hinunter. Keiner würde ihm glauben, welch Bestie man sich damit praktisch ins Haus holte. Er bedauerte, seinen Freunden nicht alles über die Nuoni erzählt zu haben. Er war der felsenfesten Überzeugung gewesen, dass keiner von denen überlebt hatte.

Zumindest konnte er die Meermänner überreden, die den im Blutrausch rasenden Nuoni mit eigenen Augen gesehen hatten, diesen so in drei Schutzwesten einzuknöpfen, dass er weder Arme noch fischschwänzige Beine bewegen konnte.

„Haltet euch von seinem Kopf fern!", bat er, den erneut Gefangenen eigenhändig zur Yacht ziehend.

„Holt zuerst unsere Leute hoch! Ich folge später mit dem Nuoni!", rief er.

Mario schüttelte mit zusammengezogenen Augenbrauen und sehr unwillig den Kopf. Das änderte sich allerdings schlagartig, als er den schwer verletzten Tiku gewahrte. Er ließ ihn sofort in die Wanne betten, die eigentlich für die Nixe vorgesehen war und träufelte ein desinfizierendes, schmerzlinderndes Mittel ins Wasser. Die Freunde leisteten ihm Gesellschaft, beobachteten aber sehr genau, was auf der Taucherplattform passierte.

Mario hatte sich soeben Kami und dem Nuoni zugewandt. Kami hielt noch immer die Harpune so, dass er jederzeit kräftig zuschlagen konnte, während Mario die frei sichtbaren Wunden untersuchte.

„Wir müssen ihn in mein Labor bringen. Das kann ich nicht hier behandeln. Ich sollte ihn vorsichtshalber in den Tomografen schieben", seufzte er und forderte den Helikopter an.

„Wenn du ihn unbedingt heilen willst, dann tu es. Aber schließe seine Wanne in einem ausbruchsicheren Käfig ein und halte die Frauen von ihm fern", bat Kami zutiefst beunruhigt.

„Er ist unbewaffnet", versuchte Mario irritiert, Kami zu beruhigen.

Der lachte bitter auf. „Nuoni sind nie unbewaffnet." Er ließ sich zwei Metallkettenhandschuhe geben, wie sie auch Fleischer verwendeten, schob die Oberlippe des Bewusstlosen hoch und öffnete dessen Mund.

„Oh, mein Gott!" Mario trat entsetzt einen Schritt zurück. Was da zum Vorschein gekommen war, sprengte seine Vorstellungskraft. Ein Haifischgebiss mit mehreren Zahnreihen und ein Kiefergelenkmechanismus, der das Maul, denn nichts anderes war das hier, auf das Vierfache erweitern konnte.

„Willst du ihn immer noch wie einen von uns behandeln?", fragte Kami kurz.

Mario schüttelte stumm den Kopf.

Tiku hatte sich aufgesetzt, um die gigantischen Zähne zu betrachten, womit ihn der Nuoni so zugerichtet hatte. „Untersuche ihn, solange er im Traumland ist, gib ihm die Medikamente, die er braucht, und dann sieh zu, dass du ihn schnell los wirst. Und bitte, bitte nimm ihm nicht die Fesseln ab. Bleib niemals allein mit ihm! Wenn du möchtest, werde ich dein Schatten sein und mit einem Elektroschocker in der Hand sofort eingreifen, sollte er es auch nur versuchen, nach dir zu schnappen."

Kami hatte ordentlich zugeschlagen und der Nuoni machte keine Anstalten, aufzuwachen. Er konnte problemlos verladen und aufs Festland geflogen werden. Kami und Auan, die beiden stärksten Männer nach Tiku, begleiteten Mario mit Waffen in den Händen. Tiku, dessen Wunden noch immer nachbluteten, kontaktierte Siria und Liana. Die beiden mussten Bescheid wissen, was Mario ins Haus brachte. Natürlich stapelte er wieder tief und verriet nicht, wie übel ihm der Fremde mitgespielt hatte. So waren die Frauen ganz einfach auf einen wehrhaften Fremdling gefasst, statt auf das Monster, das sich hinter der gut aussehenden Fassade verbarg.

Kami sah es als glücklichen Umstand an, dass die Frauen der Ankunft des Nuoni nicht beiwohnen konnten. Er bat Mario noch einmal, äußerste Vorsicht walten zu lassen.

„Ich werde tun, was ihr sagt. Bleibt bitte beide hier, ich brauche sicher euern Rat." Er schnallte den Nuoni auf der Liege fest und schob ihn in den Tomografen. Ein paar Minuten später nahm er ein Röhrchen Blut ab, eine Schuppe aus einem der Flossenbeine und eine Haarsträhne. Mit einem Tupfer fuhr er noch die äußere Zahnreihe entlang. Nach kurzem Überlegen stellte er Kontakt mit der Crew des Wasserflugzeugs her.

Die beiden Meermänner schauten ihn fragend an.

„Er hat keine Verletzungen, die tödlich sein könnten. Ich versiegele die sichtbaren Wunden, dann sollte er so weit wie möglich dahin gebracht werden, wo sie ihn wahrscheinlich aus dem Wasser gezogen haben."

„Achtung! Er regt sich!" Kami zog Mario beiseite.

Der griff in seine Tasche. „Ich spritze ihm jetzt ein Schlafmittel, damit es keine Katastrophe gibt."

„Hoffentlich wirkt es", murmelte Kami besorgt.

„Ich hoffe es auch", murmelte Mario. „Es ist auf euch vom Meervolk berechnet. Keine Ahnung, ob ein Wesen wie dieser Nuoni darauf anspricht."

Bis das Flugzeug bereit stand, begann Mario, die Tomografenbilder auszuwerten. Immer wieder schüttelte er stumm mit dem Kopf und spähte zu seinen ungewöhnlichen Patienten hinüber, den er vorsichtshalber mit Meerwasser berieselte.

„Was hast du?", flüsterte Kami.

„Ich kann einfach nicht glauben, was ich hier sehe", erwiderte Mario. „Wie habt ihr euch denn mit ihnen verständigt, als sie euer Volk immer wieder angriffen?"

„Nur mit Gedanken", erklärte Kami. „Zu etwas anderem sind sie mit diesem Maul ja nicht fähig. Sie können zudem keine komplexen Vorgänge erfassen. Am besten kamen wir mit der Ja-Nein-Methode zurecht, wenn wir Fragen stellten. Und selbst da bekamen wir nicht wirklich sinnergebende Reaktionen."

„Das wundert mich nicht. Mit ihnen kann man sich nicht anders verständigen, obwohl sie über ein gewisses Lautrepertoire verfügen müssten. Wie ihr ja seht, bin ich zutiefst schockiert. Ich haben nicht erwartet, dass es Geschöpfe gibt, die menschengleiche Oberkörper haben, sich aber vom Gehirnaufbau und Wesen kaum von Haien unterscheiden. Und ich kann Kami verstehen, der keinen von denen wiedersehen wollte. Ich möchte es auch nicht. Weder im Guten noch im Bösen.

Das menschenähnliche Aussehen verbirgt ein wildes, gefährliches Raubtier, das wahrscheinlich sogar dem Kannibalismus frönt. Sonst würde es sicher mehr von ihnen geben.

Warum hast du es uns nicht erzählt, wie sie wirklich sind?"

Kami, an den die Frage gerichtet war, hob bedauernd die Hände. „Hättet ihr es geglaubt?"

„Wahrscheinlich nicht", gab Mario zu. „Darf ich mir deine Narbe am Hals noch einmal anschauen?"

Kami lächelte. „Natürlich. Ich weiß ja, worauf du hinaus willst. Und du hast recht. Sie haben versucht, mir die Kehle durchzubeißen. Tut mir leid, dass ich geschwiegen habe. Wird nicht wieder vorkommen."

„Ist schon okay." Mario konnte deutlich die Narben erkennen, die die einzelnen Reißzähne in Kamis Hals hinterlassen hatten."

„Wenigstens ist ihr Biss nicht giftig", bemerkte der Meermann trocken.

Der Türsummer ließ alle drei erschreckt zusammenzucken. Liana kam herein und wurde von Auan direkt an der Schwelle abgefangen.

„Ich wollte Bescheid geben, dass das Flugzeug startbereit ist", sagte sie. „Wie geht es dem Verletzten?"

„Das erklären dir Kami und Auan", blockte Mario ab. „Es ist besser für ihn und für uns, wenn er sofort wieder ins Meer gebracht wird."

Sechs Männer trugen die durchsichtige Kunststoffwanne samt Wasser und Nuoni hinaus, verzurrten sie im Laderaum, dann stieg Mario mit ein.

„Drückt mir die Daumen, dass alles gut geht", sagte er, schloss die Tür und schon begannen die Propeller zu arbeiten.

„Wollt ihr etwa einen Bewusstlosen ins Meer werfen?", fragte Liana aufgebracht.

„Genau das ist der Plan", antwortete Auan und begann, zu erzählen. „Schau dir bitte die Daten an, die Mario gespeichert hat."

Die Nixe rief am Computer die Untersuchungsdaten auf, weil die Worte der Männer zu unglaublich klangen, dabei konnte sie ein leichtes Lächeln nicht ganz unterdrücken. Seit dem Tag, an dem Mario Tiku als biologischen Vater identifiziert hatte, sprachen alle, ohne sich darüber abgestimmt zu haben, ihn ihr gegenüber mit dem Namen an.

Vater eins und zwei klingt ja auch doof, hatte Liana gewitzelt und war ihrerseits genau so eingestiegen.

Das Lächeln gefror ihr allerdings recht schnell. „Tatsächlich nichts Menschliches", flüsterte sie. Man hatte sich nämlich untereinander ebenfalls geeinigt, wenn es um deckungsgleiche Eigenschaften von Menschen und Meerwesen ging, diese als menschlich zu bezeichnen. „Ich würde sie für kleine Haie halten, zeigte man mir nur das Gehirn. Nun kann ich es auch nachvollziehen, dass Kami sie einmal Raubfische genannt hat."

„Mario hat sie vorhin auch mit Haien verglichen", pflichtete Kami bei.

Liana lachte auf. „Da kann man wieder mal sehen, wie das Äußere täuschen kann. Solange sie nicht den Mund aufmachen, sind sie elegant und wunderschön. Aber dann …"

Auan begann zu lachen.

Liana stutze, dann fiel sie in das Gelächter ein. Sie hatte im selben Augenblick eine Szene vor sich, die sie vor ein paar Monaten im Hafen beobachtet hatten: Auf der Yacht neben ihnen, hatte der milliardenschwere ältere Eigner eine junge Dame an Bord geholt. Die Optik eines Engels, aber dann …

Als sie die ersten Worte sagte, mussten Auan und Liana vom Heck zum Bug verschwinden, sonst wären sie in wieherndes Lachen ausgebrochen. Dem älteren Herrn schien es nicht anders gegangen zu sein. Er hatte die Bikini-Schönheit recht schnell wieder weggeschickt. Die beiden Meerwesen sahen sie nämlich nicht einmal zehn Minuten später mit langem Gesicht zwischen den Badenden am Strand verschwinden.

„Wie kann man nur solch dummes Zeug daherreden", hatte sich Liana gewundert.

„Dem geht es doch um etwas völlig anderes", hatte Auan noch erklärt und sich dann erstaunt am Kopf gekratzt, dass die Akustik die Optik besiegt hatte.

„Ja, die Mogelpackungen …", witzelte Auan nun, mit der Hand über seinen Schlupfsack streichend. Dann schaltete er sofort wieder auf den Ernst des Lebens um. „Was meint ihr? Würde der Nuoni unseren Strand wiederfinden?"

„Ich möchte nein sagen, weil er zu kurz hier war", sagte Liana sofort.

Kami stimmte zu. „Ich halte es auch für ausgeschlossen."

„Das beruhigt mich ein bisschen", seufzte Auan. „Nicht auszudenken, fiele so eine Kampfmaschine über unsere Leute her. Gegen ein Rudel hätte keiner eine Chance. Ein Wunder, dass

Tiku den Angriff überlebt hat." Er hielt sich erschreckt den Mund zu, als er begriff, dass er sich soeben verplappert hatte.

Liana fuhr herum. „Was ist mit Tiku?! Er hat mich doch vorhin noch kontaktiert!"

„Es wird ihm in ein paar Tagen wieder gut gehen. Er hat die unschöne Bekanntschaft mit den Reißzahnen und Krallen des Nuoni gemacht. Das Biest ist kräftig und wendig wie eine Muräne", erzählte Auan, um Liana ein bisschen zu beruhigen.

Ein Piepton ließ ihn verstummen. Auf dem Monitor erschien Marios Gesicht. „Wir sind jetzt etwa 200 Seemeilen von unserem Atoll entfernt und werden den Nuoni hier freilassen. Wir legen ihn auf ein Drahtnetz zwischen den Kufen, warten, bis er aufwacht und sich hoffentlich problemlos davon macht."

„Viel Glück!", wünschten die drei im Chor.

Nuoni machen immer Probleme, dachte Kami, und vergaß, seine Gedanken abzuschirmen.

„Sie schaffen es!" Auan legte ihm eine Hand auf den Arm.

„Oh, wieder mal zu laut gedacht", murmelte Kami, dabei ahnte er nicht einmal, was sich soeben weit draußen auf dem Meer abspielte.

Der Nuoni war praktisch von einem Wimpernschlag zum anderen hellwach geworden und hatte sich im Bein eines der völlig entsetzten Männer verbissen. Mario erklärte ihm telepathisch, ihn zu töten, ließe er nicht augenblicklich los, wobei er ihm ein Tauchermesser vor die Augen hielt. Als der Nuoni blitzschnell danach schlug, schnitt er sich böse den Arm auf. Der rasende Schmerz veranlasste ihn, sein Maul lieber doch zu öffnen, die sicher geglaubte Beute freizulassen und mit einem Satz in den Fluten zu verschwinden.

„Wir haben versucht, ihn zu retten", sagte Mario schulterzuckend. „Wenn ihn jetzt die Orcas fassen, hat es das Schicksal ganz einfach so gewollt." Er beeilte sich lieber, seinem schwerverletzten Mitarbeiter Bein- und Leben zu bewahren, indem er einen der besten Gefäßchirurgen der Welt einfliegen ließ.

Der identifizierte die Bissmale als Angriff eines aggressiven kleinen Hais und der Clan atmete geschlossen auf. Das Schmerzensgeld, welches Mario seinem Crewmitglied zahlte, hätte dieses in jedem Fall schwören lassen, es sei ein Hai gewesen, selbst wenn ihn ein Hamster gebissen hätte.

Der gute Mann wollte auch nichts davon hören, nach seiner Genesung in den gut bezahlten Ruhestand zu treten. Die Ehre, für den Clan auf höchster Sicherheits- und Verschwiegenheitsstufe arbeiten zu dürfen, wollte er um nichts in der Welt auf einen anderen abgeben, solange er selber noch bestens dazu in der Lage war.

Freude & Leid

Ein paar Tage nach dem Unfall bemerkten die Männer, dass sich die Frauen immer öfter als Gruppe absonderten. Kami begriff als Erster, welche Ursache das hatte.

„Sie bereiten sich instinktiv auf die Geburt der Kleinen vor", beruhigte er die anderen. „Vergesst nicht, dass sie nordische Nixen sind, die ein völlig anderes Verhalten an den Tag legen, als ihr oder ich es kennen, weil bei ihnen Kinder so selten sind, wie uns Sina erklärt hat. Lassen wir ihnen ganz einfach den Freiraum, den sie jetzt brauchen und passen aus der Ferne gut auf sie auf."

„Richtig. Zumal sich ja früher überhaupt keiner für den anderen interessiert hat", schmunzelte Tiku. „Wir haben schon erschreckend viele Denkmuster von den Menschen übernommen. Aber manchmal, wie gerade im Augenblick bei den Frauen, kommen eben doch die alten Überlebensinstinkte zum Vorschein. Wir müssen nur lernen, eins mit dem anderen zu kombinieren."

„Darin sind wir, glaube ich, inzwischen recht gut", warf Amar ein. „Wir haben unsere Eigenständigkeit erhalten und setzen alles daran, nicht zu bequem zu werden."

„Aber die Hobbyräume werden wir rege nutzen", sagte Tamik im Tonfall einer Frage.

„Das tun wir", versprach Kami. „Ich habe ja selber schon wieder unzählige Ideen, die ich austesten möchte."

Mario hatte auch schon einen Kanal graben lassen, über welchem das Nebengebäude mit mehreren Räumen errichtet werden sollte.

Weil die Sturmsaison bereits begonnen hatte, fanden sich die Meerwesen wieder sehr regelmäßig bei den Neubergs ein und arbeiteten ihre kunsthandwerklichen Aufträge ab. Ilka sortierte für Kami Perlen nach Größe, Farbe und Qualität, wobei sie eine Melodie vor sich hinsummte.

Tiku legte den Pinsel aus der Hand und schlug sich an die Stirn. „Dass ich das vergessen konnte!" Er nahm rasch mit Mario telepathischen Kontakt auf, der wenig später die große geheimnisvolle Kiste hereinrollte, die Tiku aus New York mitgenommen hatte. Ihm folgten zwei Handwerker, die nun vorsichtig die Schrauben lösten, Luftpolstermaterial entfernten und einen lederbezogenen riesigen schwarzen, unregelmäßig geformten Koffer heraushoben.

„Was ist das?", fragten alle durcheinander.

Tiku grinste breit. „Ein Geschenk für Ilka."

„Was? Für mich?", hauchte die Nixe mit großen Augen.

„Ja. Zwar haben fast alle bemerkt, wie traurig du manchmal schaust. Aber keiner weiß, dass das ganz und gar nichts mit Heimweh nach dem Norden zu tun hat." Tiku öffnete das Zahlenschloss. „Nun brauche ich noch einmal Hilfe."

Die Handwerker klappten den Koffer auf und Ilka stieß einen Freudenschrei aus, der dem Ton einer Feuersirene glich. Auf blutrotem Samt kam eine Harfe zum Vorschein. „Tiku du bist der Größte!", jubelte sie.

Der lachte. „Lass das bloß nicht Lynn und Tamik hören, die fressen mich ungesalzen."

Ilka verstummte erschreckt, worauf Lynn zu kichern anfing: „Mach dir keine Sorgen, ich war von Anfang an eingeweiht. Wir haben uns die ganze Zeit auf dein Gesicht gefreut. Komm, spiel ein paar Töne!"

„Oh je! Ich weiß doch gar nicht, wie man das Instrument stimmt!"

„Das wirst du sicher recht schnell begreifen, hier im Seitenfach steckt Lehrmaterial", verriet Tiku.

„Ich lese es dir vor", versprach Tamik, der Ilkas verzweifelten Blick richtig deutete.

Sie nickte. „Jetzt weiß ich, dass es dumm war, zu denken, es müsste reichen, wenn ich meinen Namen schreiben kann. Ich verspreche, ich werde mich bemühen, richtig lesen und schreiben zu lernen."

„Ein guter Plan!", lobte Tiku. „Aber alles im Augenblick halb so schlimm. Es sind Videos mit ganz genauen Anleitungen."

Er wandte sich, tief zufrieden lächelnd, wieder seinem angefangenen Gemälde zu, wohl wissend, dass ihn die anderen fast ehrfürchtig beobachteten. Mit dem gleichen Interesse schauten sie immer wieder zu Ilka, die ein paar Töne auf dem ungestimmten Instrument anzupfte.

„Es ist übrigens eine einfache Harfe. Pedale kann du ja als Nixe nicht bedienen", warf Tiku ein. „Ich hoffe, dass du auch so Spaß haben wirst."

„Den werde ich haben", strahlte Ilka. „Ich muss ja schließlich weder Konzerte geben, noch nach Noten spielen.

Tamik hielt das Instrument fest, damit sie sich ganz in Ruhe damit befassen konnte.

Siria steckte den Kopf zu Tür herein. „Hat heute schon jemand Kirk gesehen?"

Kopfschütteln und allgemeine Ratlosigkeit.

„Vielleicht ist er ja mit Martin unterwegs? Den habe ich heute auch noch nicht entdeckt!", meinte Auan.

„Seltsam. Die würden nicht weggehen, ohne Bescheid zu sagen", murmelte Siria und fuhr mit dem Lift zur Wohnung der beiden.

Erst beim dritten Klingeln wurde die Tür geöffnet, ohne dass jemand nachschaute, wer hereinkam.

„Hallo?!", rief Siria, langsam den Flur entlangfahrend. Sie lugte in mehrere Zimmer, ohne einen der Männer zu entdecken. „Es wird doch wohl keiner krank geworden sein", flüsterte sie, auf das Schlafzimmer am Ende des Ganges zusteuernd, schob die Tür auf und prallte entsetzt zurück. Ihr bot sich ein Anblick, den sie ihr Leben lang nicht mehr vergessen würde.

Kirk lag leblos auf dem Bett. Martin kniete auf dem Boden, hielt die Hand seines Lebensgefährten und weinte in stummer Verzweiflung. Siria schossen ebenfalls Tränen in die Augen. Sie hatte in den letzten Jahren völlig ausgeblendet, dass diese Stunde einmal kommen werde. Ihr Nixenzauber hatte Kirk fast 20 Jahre mehr beschert, als andere Menschen lebten und das bei vollen körperlichen und geistigen Kräften.

In den nächsten Minuten versammelten sich alle an Kirks Totenlager, um sich zu verabschieden.

„Wir können mit dem Begräbnis nicht warten, bis Sina und Peter hier sind", erklärte Mario leise.

Martin nickte mechanisch. Mit Kirk war auch ein Teil von ihm gestorben. Er blieb mit leerem Blick auf dem Boden sitzen, als alle anderen die letzte Reise des hoch geschätzten Freundes vorbereiteten. Als vier Meermänner Kirks Sarg auf ihren Schultern mit den Hovercrafts in den Park brachten, dahin, wo Kirk gebeten hatte, einmal begraben zu werden, musste Mario Martin stützen, der sich auf den wenigen Metern kaum auf den Beinen halten konnte.

Statt Blumen, wie die Menschen, warfen die Meerwesen glänzende Molluskenschalen auf den Sarg, ehe das Grab zugeschaufelt wurde. Martin ließ sich willenlos zurück ins Haus führen, wo er sich in einen Sessel setzte und bis in die Abendstunden den Fußboden anstarrte.

„Er hat sich aufgegeben", klagte Siria.

Mario zog die Nase hoch und wischte eine Träne weg. Er, das Kind dem Martin damals in einem Husarenstreich ein Leben bei liebevollen Eltern ermöglichte, hätte alles darum gegeben, diesem irgendwie den Kummer von den Schultern nehmen zu können. „Morgen kommen Sina und Peter", wagte er einen letzten Versuch, mit Martin ins Gespräch zu kommen.

Martin nickte, stemmte sich hoch, schlurfte zur Tür, vor der er sich noch einmal umwandte. „Haltet mir ein Plätzchen an Kirks Seite frei", flüsterte er und verließ den Raum.

Die Tür des Liftes klappte. Mario huschte hinaus, um zu schauen, welche Etagentaste Martin gedrückt hatte. „Er fährt hoch in die Wohnung", verkündete er den anderen aufatmend.

„Mich beruhigt das keineswegs." Liana presste die Lippen aufeinander.

Auan schaute sie prüfend an. „Wieder Vorahnungen?"

„Ja." Die knappe Antwort sprach ganze Bände. Als sie dann noch hinzufügte: „Es muss nicht Martin betreffen", wurde es totenstill.

Mario fuhr sich mit der Hand über die Stirn. „Peter", sagte er mit zitternder Stimme, worauf Liana hilflos mit den Schultern zuckte. „Ich weiß es nicht, ich fühle nur, dass es einem sehr, sehr lieben Menschen sehr, sehr schlecht geht. Und abgesehen davon, ist Sina völlig verzweifelt."

„Du musst in einem anderen Leben die Pythia gewesen sein", stellte Siria ratlos fest. „Deine Orakel treffen immer zu, aber auch immer anders, als wir es vermuten."

„Ich habe keine Ruhe", erklärte Mario. „Ich rufe jetzt Sina an." Er stellte auch sofort die Verbindung her.

Sina meldete sich beim vierten Kontaktton und die Videowand übertrug das Gespräch für alle. „Hallo", sagte die Nixe lächelnd, wobei das wenig echt wirkte. „Wie geht es Martin?"

„Sehr schlecht", gab Mario zu. „Er hat uns bereits vor einer Stunde verlassen. Er will heute nur seine Ruhe haben, keinen hören, keinen sehen. Wie geht es Vater?" Mario hatte das Wort mit Bedacht gewählt.

Sina drehte wortlos die kleine Kamera. Peter lag schlafend in einem der Flugzeugsessel. Er hatte eine Decke bis an das Kinn hinauf gezogen. Trotzdem sah man deutlich die eingefallenen Wangen. „Ihm geht es schon seit vier Tagen nicht besonders. Kirks plötzlicher Tod hat ihn heute völlig aus der Bahn geworfen."

„Wäre es nicht besser für euch gewesen, zu Hause zu bleiben?", überlegte Siria laut.

„Ach Schwesterchen, das hätte Peter gleich den Rest gegeben", seufzte Sina. „Du weißt doch, was wir Martin verdanken. Peter will ihm jetzt unbedingt zur Seite stehen. Dabei ist uns beiden klar, dass auch unsere Zeit langsam abläuft."

Tiku zuckte zusammen. Der Tag, an dem Adaia gestorben war, tauchte immer wieder in seinen schlimmsten Alpträumen auf. Sina glich ihrer Mutter in beinahe verblüffender Weise. Früher hatte sich keiner Gedanken um das Entstehen und Vergehen gemacht. Jetzt war das anders. Er dachte sogar oft daran, was wohl geschähe, wenn die Menschenmänner eines Tages nicht mehr da wären. Und erst heute wurde ihm bewusst, dass dieser Tag unaufhaltsam näher kam. Aber auch der, wo es eine wundervolle Nixe nicht mehr geben werde, die alles daran gesetzt hatte, dass der Clan vor Tuvalu überleben konnte.

Als ihm Kami die Hand auf den Arm legte, schreckte Tiku noch einmal auf. Er schüttelte die trüben Gedanken ab, die wohl deutlich auf seinem Gesicht abzulesen gewesen waren. „Warum müssen ausgerechnet jetzt, wo wir uns das erste Mal so sehr auf Nachwuchs freuen, andere unsere wundervolle gemeinsame Welt verlassen?", fragte er traurig.

„Vielleicht, weil sie ihre Aufgabe nun erfüllt haben? Ach, Tiku, ich weiß es doch auch nicht." Sinas Haut wirkte in der schwarzen Kleidung wachsartig blass und ihre Augen hatten vor Kummer den wundervollen Glanz verloren, der sie sonst zierte. „Das Leben wird trotzdem irgendwie weitergehen. Versprecht mir, dass ihr alle gut aufeinander aufpassen werdet."

„Wir schwören es", antworteten alle zugleich.

Über Sinas Gesicht huschte ein winziges Lächeln. „Ich glaube, um euch muss ich mir wirklich die wenigsten Sorgen machen. Bis morgen, meine Lieben."

Mario stand auf, schaute jeden einzeln an und meinte: „Sina hat recht. Das Leben wird und muss weitergehen. Ich möchte euch eine Entscheidung mitteilen, die ich mit Siria und Liana getroffen habe. „Der Tunnel wird weniger als Zugang zu den

Hobbyräumen gebaut, als vielmehr zur Villa überhaupt, um das Imperium auch vom Wasser aus aufrecht halten zu können, wenn es keine rein landbewohnenden Clanmitglieder mehr geben wird. Ich lasse ihn bebensicher anlegen, wie auch das Gebäude darüber, damit er euch und euren Nachkommen als Fluchthilfe dienen kann. Das nächste schwere Seebeben ist nur eine Frage der Zeit, wie …"

Mario beendete den Satz nicht und Tiku wurde hellhörig. „Stehen uns etwa schon wieder erhöhte seismische Aktivitäten bevor? Hoffentlich keine konkreten Hinweise auf den Ausbruch des Yellowstone oder der Phlegräischen Felder!"

„Du bist, wie immer, verdammt gut informiert!" Mario pfiff anerkennend durch die Zähne. „In diesem Fall habt ihr zumindest den Hauch einer Chance tief im Meer zu überleben."

„Ja, einen Hauch. Wie du sagst." Tiku verzog das Gesicht. „Glaube mir, meine frühere Unwissenheit war ein Segen. Und trotzdem bin ich dankbar, dass ihr mir den Zugang zu jeglichem Wissen ermöglicht habt. Wenn ich irgendwie könnte, dann würde ich alles daran setzen, dass ihr auch im Meer überleben könntet. Aber ich weiß, dass das völlig unmöglich ist. Selbst die angeblich autarken Tiefseestationen bekommen Nachschub von oben. Die Deckel auf den Magmakesseln sollen ja hübsch geschlossen bleiben!"

„Das hoffe ich inständig. Es wäre das Ende der Menschheit und fast allen Landlebens." Mario schüttelte sich bei dem Gedanken.

„Haben wir eventuell noch ein anderes Thema, als immer nur den Tod?", fragte Liana.

„Ja, haben wir", antwortete Kami. „Die Tatsache, dass wir vielleicht in ein paar Tagen oder Wochen kleine Meerwesen willkommen heißen dürfen."

„Lässt sich eine Schwangerschaft bei Nixen nicht chemisch durch Blutuntersuchung nachweisen?", überlegte Liana laut.

„Das wollen wir uns alle miteinander verkneifen", lachte Lynn. „Es ist doch viel aufregender, zu warten, wen das Glück trifft, als dass vielleicht jemand wegen schlechter Nachrichten leidet."

„Und dann wollen wir ja auch die Meerwesen bleiben, die wir eigentlich sind", gab Tiku zu bedenken. „Wir haben schon viel zu viele Eigenarten der Menschen übernommen."

Liana schaute ihn nachdenklich an. Tiku tat unbefangen, als bemerke er den Blick nicht. Von seiner Zusammenarbeit mit Mario bei dessen Forschungen wusste jeder, aber nur Kami war informiert, um welch brisante Themen es dabei wirklich ging.

Liana gab sich für den Moment zufrieden. Sie wollte in den nächsten Tagen intensiv an der Skulptur für Benton arbeiten und brauchte dafür einen freien Kopf. Auan hatte in den letzten Stunden gefühlte 100 Tonnen Ton geknetet und festgestellt, dass man davon ja nicht einmal eine halbe Figur formen konnte. Liana verriet, dass sie diesen Ton nur für das kleine Modell brauchte. Für das große Original wollte sie ein Drahtgeflecht fertigen, das nur mit Kunststoff verkleidet und mit Mosaiksteinen beklebt werden sollte. Auan atmete auf.

Ilka berührte versehentlich eine Sehne ihrer Harfe.

„Spiel ein Nixenlied", bat Kami. „Und es wäre toll, wenn ihr dazu singt."

Ilka nickte und begann. Wirklich alle Frauen fielen ein, denn Sina hatte sehr darauf geachtet, dass auch Siria und Liana lernten, die nordischen Lieder zu singen. Mario lauschte mit geschlossenen Augen, wobei sich hin und wieder eine Träne unter seinen Wimpern hervor wagte, die er rasch wegwischte. Tiku hatte sein Malzeug beiseite geschoben. Ihm ging es ähnlich wie Mario. Die Erinnerung an Adaia schwang in den Melodien der Nixen mit.

„Wundervoll!", seufzte Kami. „Könntest du es nachspielen, wenn ich dir eine Melodie vorsumme?"

„Ich kann es versuchen", sprach Ilka.

Nach fünf Minuten hatten sich beide aufeinander einge-stimmt und Kami summte einen Refrain, den Ilka ebenfalls rasch fehlerfrei wiedergeben konnte. Dann probierten sie es nacheinander und plötzlich begann Kami, in tiefem Bass zu singen. Die Worte konnten die anderen nicht verstehen, aber es bauten sich telepathisch Bilder in ihren Gedanken auf. Ganze Zeitalter flogen an ihnen vorbei, die Blüte und der Niedergang eines großen Volkes. Am Ende spiele Ilka die Melodie noch einmal allein.

Kami lächelte zufrieden. „Das war das Königslied der Ra-kaa. Ich hätte nie gedacht, es jemals wieder zu singen. Vor lan-ger Zeit erklang es zu jedem vollen Sonnenumlauf."

„Du hast eine unglaublich tiefe Stimme", staunte Mario. „Von ihr vibrierten sogar die Möbel. Es erinnert mich an die Töne der Elefanten, die über viele Kilometer zu hören sind."

„Es war der Sinn des Liedes, allen in weitem Umkreis kund-zutun, dass wieder ein Jahr vergangen ist, und deshalb ein Fest gefeiert wird", erklärte Kami.

Amar atmete tief ein und blies die Luft mit traurigem Ge-sicht wieder aus, worauf Kami zu lachen begann. „Nur, weil bei es euch keine singenden Männer gab, ist es euch doch nicht verboten! Und das Königslied heißt nur so, weil der König zu singen begann, ehe alle anderen, Frauen wie Männer, einfielen. Auf dem Muschelhorn zu blasen, macht euch doch auch Spaß. Vielleicht hat einer von euch Lust, ein Lied für beide Instru-mente zu kreieren. Dann machen wir Musik, wie es die Men-schen tun und sind glücklich dabei."

Lynn hatte inzwischen Tikus Pinsel gereinigt und sich mit dem Kopf an seine Schulter gelehnt. Er legte den Arm um sie und erklärte: „Ich freue mich schon darauf, unserem Baby ein Gutenachtlied vorzusingen."

Tamik schaute ihn groß an. „Und du kennst welche?"

„Aber logisch!", lachte Tiku. „Hab ja oft genug zugehört, wenn Peter und Sina für Siria oder Siria und Mario für Liana gesungen haben. Und fallen mir die Texte nicht ein, dann dichte ich selber ein paar Strophen aus dem Stegreif. Etwa so: Schlafe mein Schätzlein, schlaf ein, wir lassen dich niemals allein. Oder: alle Nixlein schlafen, die frechen und die braven."

Tamiks Augen wurden immer größer, während Mario schallend zu lachen begann. „Nicht frei nach Walther von der Vogelweide, sondern frei nach Tiku vom Korallenriff."

„Ich bin eben der geborene Korallenbänkelsänger", sagte der Meermann trocken, worauf Siria losprustete und glatt ihren Obstsaft verschüttete.

Mario fühlte sich durch die verständnislosen Blicke genötigt, sehr weit ausschweifend vom Sängerkrieg auf der Wartburg zu erzählen und das Wort Bänkelsänger zu erklären, damit die anderen überhaupt Tikus Wortspiel vom Korallenbänkelsänger begriffen.

„Meine Güte! Was Tiku alles weiß!", rief Kami. „Der hätte bestimmt keine Mühe gehabt, den dichterischen Wettstreit für sich zu entscheiden."

„Ich wäre eher genauso in Ungnade gefallen, wie Heinrich von Ofterdingen, weil ich meinem, und nicht dem fremden Herrn, mit einem Fürstenlob gehuldigt hätte", schmunzelte Tiku, Kami fröhlich zublinzelnd.

„Fakt ist", ließ sich Liana vernehmen, „dass Tiku als fahrender Ritter mit seinem Minnesang die Herzen aller Burgfräulein erobert hätte." Sie hielt eine Bleistiftzeichnung hoch, die sie in den letzten Minuten skizziert hatte. Sie zeigte einen wahren Hünen als Ritter, der Tikus Gesichtszüge trug und dem eine Dame aus einem Turmfenster ein Tüchlein herunterwarf.

Lynn nickte heftig.

„Und was macht ein Ritter sonst so?", fragte Tamik.

„Drachen töten", platzte Mario heraus.

„Die armen Viecher", seufzte Kami.

Tiku lachte auf. „Im Meer müsste ein Ritter wohl Nuoni jagen, denn die sind bestimmt schlimmer als Drachen." Er betrachtete seine Arme, die mit noch nicht ganz verheilten Biss-wunden übersät waren.

„Das ist nicht zu übersehen", murmelte Kami. „Und ich mache mir bittere Vorwürfe, dass ich nicht gleich alles über diese furchtbaren Wesen erzählt habe."

„Es wäre trotzdem passiert", wiegelte Tiku ab. „Selbst wenn wir alles über die Nuoni gewusst hätten, wären wir davon ausgegangen, dass wir eine gefangene Nixe befreien. Allerdings muss ich zugeben, dass ich mir die Nuoni nicht derart groß, wendig und kräftig vorgestellt habe. Das sind wahre Giganten, die nur aus Muskeln und riesigen Mäulern bestehen. Dagegen hat unsereiner allein gar keine Chance. Ich bin bestimmt kein Feigling, aber von denen möchten ich auch keinem mehr begegnen."

„Wir sollten langsam schlafen gehen", mahnte Kami. „Morgen wird ein harter Tag, wenn wir versuchen müssen, Sina, Peter und Martin auf angenehmere Gedanken, als den Tod von Kirk zu bringen."

„Da hast du vollkommen recht!", pflichtete Mario bei.

Man musste nicht groß darüber reden, dass alle Meerwesen die Nacht im Pool verbringen wollten, statt den langen Weg in die Grotten anzutreten. Mario schaute sich noch einmal um, löschte als Letzter das Licht und folgte Siria in die Wohnung.

„Ich habe ein bisschen Angst vor morgen", gab Siria zu, kuschelte sich in Marios Arme und schlief schnell ein.

Ihn plagten die ganze Nacht Alpträume und ein paar Mal schreckte er hoch, weil er glaubte, Erdstöße gespürt zu haben. Es war aber nur Siria gewesen, die sich unruhig bewegt hatte.

„Scheiß Spiel", murmelte Mario, stand auf und trat ans Fenster. Von den oberen Stockwerken aus hatte er einen guten Blick über den Pool und fast den ganzen Park. Was er dort sah, bedrückte ihn noch mehr. Martin kniete mit einer Laterne neben Kirks Grab.

Damit dürfte unser Problem größer sein, als wir vermutet haben, dachte er.

Das ist leider wahr, hörte er Kami antworten. *Martin überlegt seit Stunden, ob er und wie er sein Leben sofort beenden sollte. Hoffentlich kommen Sina und Peter bald. Das wären wohl die Einzigen, die ihm ins Gewissen reden könnten, wenn ich seine Überlegungen richtig deute.*

In zwei Stunden landet ihr Flugzeug.

Ach, verdammt, ich fahre zu ihm! Kami unterbrach den Gedankenfluss.

Mario konnte beobachten, wie sich der Meermann aus dem Pool zog und kurz darauf mit seinem Hovercraft zum Grab am Ende des Parks schwebte. Mario wusste auch, dass es Kami zutiefst widerstrebte, mit der Macht der Gedanken Martin zu beeinflussen. Es war ein ungeschriebenes Gesetz, dass keiner, der dieser Technik mächtig war, andere aus dem Clan willenlos machte und so steuerte.

Kami sprach Martin nicht an. Er blieb ganz einfach auf der anderen Seite der letzten Ruhestätte stehen und hing seinen eigenen Gedanken über den Tod nach. *Man sollte wirklich niemals das Wort nie sagen. Ich hätte nie gedacht, jemals um einen Menschen zu trauern und mit anderen Menschen deshalb zu leiden. Ja, ich leide.*

Er merkte nicht, dass er schon seit ein paar Minuten beobachtet wurde.

Erst als Martin flüsterte: „Danke, Kami", schreckte er auf. „Es ist schön, dass es euch gibt, und dass ich euch kennenlernen durfte. Aber mein Entschluss steht fest. Ich werde Kirk folgen."

„Und was ist mit Sina und Peter? Sie werden es nicht verstehen", gab der Meermann zu bedenken.

Martin winkte ab. „Ich denke schon."

Kami wiegte langsam den Kopf. „Sie kommen, um dir beizustehen, obwohl sie selber Beistand bräuchten. Peter ist krank und Sina kann ihm nicht helfen."

Martins trüber Blick füllte sich mit Leben. „Krank? Peter? Was hat er?"

Kami fuhr neben Martin, um nicht so laut reden zu müssen. „Ja, das weiß halt keiner. Sina ist völlig verzweifelt."

Martin schaute zu Boden. *Und dann mache ich auch noch Kummer,* dachte er. *Das würde Kirk ganz und gar nicht wollen. Für ihn haben immer alle Meerwesen an erster Stelle gestanden. Besonders Adaia und Sina. Für sie hätte er sich sogar bei lebendigem Leibe in Stücke hacken lassen. Kirk, ich schwöre dir, ich reiße mich zusammen, bis meine Stunde von ganz alleine kommt.* „Hast du Lust auf einen Tee?", wandte er sich an Kami, nicht ahnend, dass der *gelauscht* hatte.

„Aber gern", erwiderte der Meermann lächelnd. „Es ist ja noch ein Weilchen, bis zum Sonnenaufgang." Er folgte Martin zum Haus, wie Mario deutlich sehen konnte. Als sie die Tür erreichten, hörte er Kami flüstern: *Entwarnung. Hab wohl die richtigen Worte gefunden.*

Heißen Dank! Mario fuhr sich mit beiden Händen durch das Gesicht. Nun musste man alles daran setzen, Peter wieder auf die Beine zu bekommen.

Inzwischen zogen sich die Meerwesen nacheinander aus dem Pool, um die Ankunft des Flugzeugs nicht zu verpassen. Auch Kami und Martin fanden sich ein, was mit äußerster Freude begrüßt wurde.

„Kami hat mir gehörig die Rübe gerade gerückt", erklärte Martin burschikos, wobei seine dunklen Augenringe deutlich von einer durchwachten Nacht sprachen. „Den Rest hat starker grüner Tee hingebogen."

„Da, das Flugzeug!" Lynn zeigte aufgeregt in den Himmel.

Das Personal der Villa eilte herbei, um Sina und Peter willkommen zu heißen. Der Lift des Flugzeugs erreichte den Boden, die Türlamellen glitten zur Seite und Peter stützte sich auf Sinas Schulter, um auf den Beinen bleiben zu können.

Mario war mit einem Satz bei ihm. „Spiel nicht den Helden! Wir wissen, dass es dir nicht gut geht!" Er winkte Tiku und Lynn zu, die auch ohne Worte wussten, was er vorhatte. Vor Peter stoppten beide, Tiku nahm Lynn auf den Schoß und überließ ihren Hovercraft Mario, der seinen Vater behutsam hineinsetzte, ehe er Mutter und Vater begrüßte.

Martin umarmte beide nicht minder herzlich und lang. „Bist weiß geworden", seufzte er, Peters Haar besorgt musternd.

„Das ging ganz schnell", erzählte der. „Praktisch über Nacht war ich schlohweiß. Frag mich aber nicht nach dem Grund. Zumindest hat es nichts mit Kirks Tod zu tun, obwohl der mich unglaublich mitnimmt. Und wie geht es dir?"

„Besch ... eiden", murmelte Martin. „Kannst dich bei Kami bedanken, dass ich noch senkrecht auf zwei Beinen stehe. Eigentlich wollte ich Schluss machen. Aber Kami hat mir gezeigt, dass das der völlig falsche Weg gewesen wäre. So habe ich heute Nacht an Kirks Grab geschworen, ganz brav meine Zeit abzuwarten."

Peter drückte dankbar Kamis Hand und spürte im selben Augenblick, wie ein starker Energiestrom seinen Körper durchzog. Sina schaute sich erstaunt um. „Wow. Das sind Kräfte!"

„Glaubst du es mir, dass Peter der erste Mensch ist, dem das zuteil wird?", schmunzelte der Meermann.

Sina lachte befreit auf. „Unbesehen! Ich bin sogar ziemlich sicher, dass es nicht allzu viele Meerwesen geben wird, die das jemals gespürt haben."

Mario steuerte auf die Villa zu. Sina schüttelte den Kopf. „Nein, lass uns zuerst zu Kirk gehen."

Martins Gestalt straffte sich. Festen Schrittes ging er vor den anderen her. Dann standen alle um das Grab.

Siria sagte leise: „Königslied."

Kami begann zu singen. Alle lauschten ergriffen, besonders aber Sina, Peter und Martin, die keine Ahnung hatten, was am Abend vorher geschehen war. Den Refrain sangen alle Meerwesen gemeinsam, obwohl sie die fremdartigen Worte nicht richtig aussprachen. Aber das war im Augenblick völlig egal.

„Ich glaube, die Frage, ob sich eine der Damen nach ihrem alten Leben sehnt, kann ich mir schenken", staunte Sina. „Ihr seid tatsächlich zu einem festen Volk verschmolzen."

„Sie haben ja auch zwei Anführer, die in jeder Lebenslage Rat wissen", erklärte Martin zufrieden. „Kirk hat immer gesagt, dass unsere Meerwesen alles schaffen werden, wenn sie fest zusammenhalten. Und er hatte recht."

Auf dem Weg zum Haus wurde Tessa unruhig. „Ich muss für einen Moment ins Wasser. Ich weiß auch nicht, aber mir wird auf einmal ganz flau."

„Ich gehe mit!", rief Kami. „Ihr müsst euch keine Sorgen machen." Er folgte auch sofort Tessa, die es sehr eilig hatte, endlich untertauchen zu können. Sie ließ sich auch nicht langsam ins Wasser gleiten, sondern warf sich mit einer halben Drehung rücklings hinein, kaum dass der Hovercraft direkt am Rand in Parkstellung ging. Nicht einmal fünf Minuten später, praktisch noch vor der Haustür, piepte Marios Kommunikator Alarm.

„Oh mein Gott!", hauchte er erbleichend. „Wenn das stimmt, was die Messfühler melden, dann sind Unmengen Blut im Wasser!" Er warf sich auf dem Absatz herum und hetzte zum Pool.

Tiku drückte die Turbotaste und verschwand in einer Staubwolke in derselben Richtung. Auch die anderen beeilten sich, zum Ort des vermeintlichen Unglücks zu kommen. Statt irgendwas zu tun, sahen sie von weitem Mario am Pool hocken und einfach ins Wasser schauen.

„Was ist passiert?", fragte Tiku beunruhigt.

Mario lächelte. „Bei einer Menschenfrau würde ich sagen, eine Sturzgeburt."

„Oder eine Frühgeburt. Es ist so winzig", flüsterte Sina besorgt, über das zarte Wesen, das Tessa im Arm hielt.

Kami hingegen strahlte über das ganze Gesicht. „Es ist zwar winzig, aber gesund und es hat ein Brüderchen." Er zog ein zweites Baby unter seinem langen Bart hervor, das sich dort zu verstecken suchte.

„Das gibt es doch nicht! Ich habe noch nie gehört, dass jemals eine Nixe Zwillinge geboren hätte!", stotterte Sina völlig perplex.

„Bei uns Rakaa hat es vereinzelt Fälle gegeben", erklärte der stolze Papa, Töchterchen und Söhnchen präsentierend und Mama Tessa fest an sich ziehend. „Ihr seid doch hoffentlich nicht böse, wenn wir heute im Pool bleiben?", fragte er vorsichtig.

„In der Situation ist diese Frage strafbar!", rief Tiku lachend. Er hatte sich Erster überhaupt wieder gefangen und gratulierte den frischgebackenen Eltern herzlich. Die anderen taten es gleich im Chor.

Siria schmunzelte. „Wir lassen die Tafel hier draußen aufbauen. Da können wir alle gemeinsam Kirk gedenken, der gegangen ist, und die beiden Winzlinge feiern, die gekommen sind." Sie gab auch sofort ihre Wünsche ans Hauspersonal weiter.

Peter bekam den Platz mit der besten Aussicht auf die Wasserfläche, damit er die Kleinen beobachten konnte, die erste Freischwimmversuche unternahmen. „Dagegen warst du ja fast eine Riesin", sagte er lächelnd zu Siria, die auch kaum die Augen von den Kleinen wenden konnte.

Tiku machte eine erste Analyse. „Das Nixlein hat die gleiche Schuppenfarbe wie die Mama und ist auch genau so filigran. Das Meermännlein schillert in den gleichen Blautönen wie der Papa, hat die gleichen raspelkurzen Haare und wirkt kompakter als sein Schwesterchen. Eine glatte eins zu eins Kopie des jeweiligen Elternteils. Ach, was bin ich neugierig, ob Lynn und ich ein Mädchen oder einen Jungen bekommen werden!"

„Habt ihr Tiku schon mal so aufgeregt gesehen?", lachte Sina.

„Nicht, dass ich wüsste", kicherte Auan.

Tamik murmelte: „Ein paar mehr Frauen als Männer wären günstiger, damit es nicht irgendwann Kämpfe um die Damen gibt."

„Das ist zwar richtig, aber wir müssen es nehmen, wie es kommt", pflichtete Auan bei.

„Wenn wir irgendwann wieder ein zahlreiches Volk sind, dann erübrigen sich solche Überlegungen von allein, weil alle reichlich Auswahl haben." Amar ließ sich einen Apfel schmecken.

Das knackende Geräusch des Abbeißens erschreckte die Babys, die sich beide sofort unter Papas Rauschebart flüchteten, vorher aber aufgeregt ihre Mutter umschwammen.

„Auch ein Verhalten, das ich so nicht kenne", überlegte Sina laut. „Da steckt wohl ziemlich viel Rakaa drin, wenn ich mich nicht irre."

Tiefgreifende Veränderungen

Kami zuckte fröhlich mit den Schultern. Er schwebte heute in ganz anderen Sphären. So viele Menschenleben war er allein gewesen und plötzlich hatte er nicht nur ein neues Volk, sondern auch Nachwuchs. Und dann hatte das Schicksal ihn auch gleich noch als Ersten, der sehnsüchtig Wartenden, reichlich damit beschenkt, als wolle es etwas gutmachen.

Die Filteranlage des Pools leistete hervorragende Arbeit. Innerhalb einer Stunde zeigte die Messfühler wieder ideale Bedingungen an. Die Nixen waren aber schon vorher wieder mit abgetaucht, denn im Meer herrschten beim besten Willen auch keine Reinraumbedingungen. Nun schienen die Botenstoffe, die mit der Geburt der kleinen Meerwesen ins Wasser gelangt waren, eine Kettenreaktion in Gang zu setzen, denn nacheinander kamen die Kinder der anderen Paare zur Welt. Am Ende tummelten sich noch zwei kleine Nixen und ein Meermann mit im Wasser.

„Gratuliere zum Sohn!", rief Kami zu Tiku hinüber, der sein Glück kaum fassen konnte.

„Schade, dass das Kirk nicht mehr erleben konnte", seufzte Martin.

„Du weißt hoffentlich, dass nun du gefragt bist, ihnen gutes Benehmen beizubringen", witzelte Tiku.

„Iiiiiiich?!" Martins Stimme wurde immer höher, was die ganze Gruppe zu Lachsalven rührte.

„Hat jemand etwas dagegen, wenn wir unseren Sohn Kirk nennen?", fragte Kami und schaute dabei Martin an.

Der schüttelte heftig den Kopf. „Dann ist sein Name wenigstens für nächsten Jahrhunderte nicht vergessen", freute er sich.

„Unsere Tochter wird übrigens Martina heißen. Ich hoffe, dass die beiden genau so durch dick und dünn gehen werden, wie ihre Namensvorbilder", fügte Kami noch hinzu.

„Oh mein Gott! Ich glaube, ich muss mich setzen! Mir wird vor Glück ganz schwindlig!" Martin fasste nach der nächstbesten Stuhllehne.

„Wenn wir dürfen, möchten wir unsere Tochter Petra nennen", bat Nicky.

Tiku und Lynn verkündeten den Namen Ammon, abgeleitet von den Ammoniten. Tamik mit Ilka wählten Lina für ihr Nixlein. Der Name Adaia sollte für eine Tochter Sirias oder Tikus vorbehalten bleiben, je nachdem, welches Kind zuerst zur Welt kommen werde. Darüber war sich der Clan einig.

Einig schienen sich auch, die kleinen Meerwesen zu sein. Wenn sie nicht gerade eifrig bei ihren Müttern tranken oder schliefen, jagten sie miteinander durchs Wasser und vollführten deckungsgleiche Wendemanöver wie ein Fischschwarm. Dabei suchten die Zwillinge auffallend ihre gegenseitige Nähe. Verschwand einer aus dem Gesichtsfeld, begann der andere sofort, zu suchen und beruhigte sich erst, wenn er Bruder oder Schwester gefunden hatte. Die telepathische Unterhaltung der Kleinen untereinander klappte genauso perfekt, wie mit den Erwachsenen. Sie begriffen auch schnell, dass man mit Onkel Martin anders kommunizieren musste. Am besten mit Handzeichen, solange man nicht sprechen konnte.

Am Abend schlugen plötzlich ohne jegliche Vorwarnung alle Seismografen aus. Das Epizentrum des Bebens lag so nah, dass die Palmen schwankten und das Wasser im Pool Wellen schlug. Die Meerwesen drängten sich zu einem Kreis zusammen, der Mütter und ihre Babys schützend umschloss. Hier waren sie praktisch gefangen, ohne irgendeine schnelle Ausweichmöglichkeit. Mehrere Hovercrafts stürzten ins Wasser und das Geschirr sammelte sich als Scherbenhaufen auf den Wegplatten der Terrasse. Martin und Peter rappelten sich schreckensbleich vom Rasen auf, der ihren Fall etwas abgemildert hatte.

Mario checkte geistesgegenwärtig auf seinem Kommunikator die Messdaten und schaltete den örtlichen Nachrichtensender ein. „Wir kommen glimpflich davon", meldete er kurz darauf. „Es wird keine Flutwellen geben. Auf unserem Atoll sind viele Verletzte, aber keine Toten zu beklagen."

„Ich hasse das!", knurrte Tiku. „Vor allem, weil man den Naturgewalten völlig hilflos ausgeliefert ist." Er hielt Sohn und Gefährtin fest im Arm.

Kami, der seine Familie genauso zu schützen versuchte, nickte mechanisch. Er hatte schon tausende von Beben er- und überlebt. Aber keines ging ihm so an die Nerven, wie dieses, relativ harmlose, das ihn sofort wieder an die Vernichtung der Rakaa erinnerte und an schier endlose Einsamkeit.

Zwei Stunden später waren die letzten Spuren beseitigt und Mario gab die Nachrichten aus aller Welt bekannt. Es hatte auf allen Kontinenten leichte Erdstöße gegeben, einige Vulkane hatten ihre Tätigkeit intensiviert. Tiku und Mario wechselten besorgte Blicke. Die Meerwesen kehrten noch in der Nacht in ihre Behausungen im Ozean zurück. Nur Auan blieb auf dem Land. Er hätte sich inmitten glücklicher Familien zu einsam gefühlt und wollte angesichts der Gefahren auch lieber in Lianas Nähe bleiben.

Martin und Peter verbrachten in den folgenden Tagen viel Zeit gemeinsam am Strand und sprachen über alte Zeiten. Beide wussten, dass jedes folgende Treffen wie ein Abschiednehmen sein werde. Sina schien sich ebenfalls auf ein Adieu für immer einzurichten. Sie saß oft stundenlang mit Siria zusammen, die danach auffallend schweigsam war.

„Ist deine Zeit denn wirklich schon um?", fragte Siria, als sich Sina und Peter auf den Heimflug vorbereiteten.

„Das Landleben zehrt genau so an meinen Kräften, wie es schon unsere Mutter beschrieben hat. Du wirst dieses Phänomen auch irgendwann spüren, wenn du dauerhaft auf dem Trockenen bleibst." Sina umarmte ihre Halbschwester. „Machs gut, meine Kleine."

„Was wird denn das?", fragte Tiku, als Martin mit zwei Koffern erschien.

„Ich fliege mit. Werde meine letzten Jahre in meinem alten Häuschen auf Rügen verbringen. Kirk kann ich nicht mehr lebendig machen. In meinem Herzen lebt er weiter, egal, wo ich mich befinde. Unsere Wohnung bekommen Auan und Liana. Lebt wohl, meine lieben Freunde. Wir werden uns sicher nicht mehr im direkten Kontakt wiedersehen. Ich werde mich aber hin und wieder im Videoanruf melden." Er reichte zum Abschied allen die Hand. „Passt gut auf alle auf", raunte er Tiku und Kami zu, ehe er in den Lift des Flugzeugs stieg.

Mario stand neben Siria, als der Silbervogel abhob. Seine Hand ruhte auf ihrer Schulter und Siria fasste nun schutzsuchend zu. Auan stand noch immer wie vom Donner gerührt. Nur Sina und Peter hatten gewusst, dass es so kommen werde. Martin hatte am Abend vor der Abreise erstmalig davon gesprochen, gern wieder an die Ostsee zurückkehren zu wollen, und sofort Nägel mit unübersehbar großen Köpfen gemacht.

„Ich richte euch gleich die Türöffner ein", wandte sich Mario an Liana und Auan.

Er ließ den Blick über den Strand gleiten. Es hatte sich in den letzten beiden Jahren viel verändert. Martins Tauchschule war geschlossen worden, weil er sie nicht verkaufen wollte. Die Angst, dass Fremde das Geheimnis des Clans entdecken könnten, war zu groß gewesen. Sogar die kleinen palmblattgedeckten Hütten waren abgerissen worden, um nicht unnötig Urlauber anzulocken. Seufzend begab sich Mario zur Villa zurück.

Dort stellte sich das Lächeln wie von selbst wieder ein. Im Wasser tummelten sich die Kleinen, spielten mit Ringen, Bällen und Poolnudeln. Dabei hatten es ihnen die Nudeln ganz besonders angetan, die sich jedes Mal wegdrehten, kaum dass eines der Babys versuchte, hinaufzukriechen. Das Gekicher der Winzlinge schallte über die ganze Liegewiese. Tiku und Kami fuhren gerade in den Hobbyraum, als sie mit Liana und Auan zusammentrafen, die an der Statue weiterarbeiten wollten, die kurz vor der Fertigstellung stand. Auan beherrschte inzwischen nicht nur die Tonzubereitung, sondern auch, wie man Farben mischen und gleichmäßig auftragen konnte. Liana betraute ihn mit ganzen Flächen, weil sie wusste, dass sie sich fest auf ihn verlassen konnte.

Der Tag, an dem das Kunstwerk den allerletzten Schliff erhielt, artete zu einem kleinen Fest aus. Nun durften auch die anderen erstmalig und wohl auch zum letzten Mal einen Blick auf die Statue werfen, die schon am nächsten Morgen ihre Reise nach New York antreten sollte. Die Schmuckkünstler hatten schon seit Wochen ihre Aufträge abgearbeitet und auch keine neuen Bestellungen mehr angenommen. Tiku verkaufte weiterhin recht fleißig, aber auch nicht im Auftrag, sondern nur, wenn ihm gerade danach war.

„Was wirst du als Nächstes tun?", fragte Auan, als der Gabelstapler die verpackte Skulptur auf einen Lastwagen hob?

„Mich um meine medizinische Ausbildung kümmern", erinnerte sie ihn.

„Ach ja. Stimmt. Das hatte ich völlig verdrängt."

Liana wurde nachdenklich. „Wobei ... ich vorher noch einmal mit Kami reden sollte. Er hat Heilungskräfte, an die menschliches Wissen nie heranreichen wird. Und ich habe Fähigkeiten, die ich noch nicht kontrollieren kann. Möglicherweise ist er der sinnvollere Lehrer für mich. Komm, suchen wir ihn auf!"

„Jetzt sofort?"

„Warum nicht?" Liana schlug den Weg zum Steg ein, von wo aus sie direkt zur Grotte schwammen, die Kamis Familie bewohnte. Sie kam schnell zur Sache. „Kami, ich brauche deinen Rat."

Der Meermann hörte aufmerksam zu, überlegte einen Moment und bat: „Dazu möchte ich gern Tikus Meinung hören."

Ein paar Minuten später tauchte Tiku in die Grotte und ließ sich alles in Kurzform schildern. Hin und wieder nickte er. „Ich halte es, genau wie Liana, für sinnvoller, wenn du ihr dabei hilfst, ihr verborgenen Kräfte zu aktivieren. Das ganze anatomische Zeug über unser Innenleben kann sie von Mario lernen. Welche Medikamente der Menschenwelt für uns gut sind, auch. Aber das wirkliche Heilen, das Sina und du praktizieren, das kann sie nur von euch lernen. Zudem wisst ihr ja, wie ungern ich mich in völlige Abhängigkeit zum Landleben begebe."

Kami hatte Liana unbemerkt beobachtet. „Der plötzliche Sinneswandel kommt doch nicht von ungefähr?"

Liana schüttelte den Kopf. „Ich hatte wieder Visionen."

„Lass mich raten", murmelte Tiku. „Ich wette, es sind die Seebeben, die dich umdenken lassen."

Liana rieb sich mit beiden Händen das Gesicht. „Es ist, wie du selber immer sagst, nur eine Frage der Zeit, bis eines davon diese Inseln zerstört. Auan und ich werden beim ersten Anzeichen einer Katastrophe sofort ins Wasser kommen."

„Wissen es Siria und Mario?", fragte Tiku.

„Noch nicht. Ich will es ihnen heute Abend mitteilen, genau wie meinen Entschluss, mich von Kami ausbilden zu lassen."

Die Gäste blieben bis zum Nachmittag und besuchten mit ihren Freunden auch die zweite Grotte, wo sich die Frauen und Kinder befanden. Schon von weitem hörten sie das fröhliche Lachen der Kleinen und wurden auch sofort von dem ganzen neugierigen Schwarm empfangen, als sie gerade mal den Kopf zum Eingang hineinsteckten. Allen voran natürlich Ammon und Kirk.

„Kann es sein, dass die beiden Jungen erst die Lage checken, ehe sie die Mädchen heranlassen?", fragte Auan erstaunt.

Stolz nickten die beiden Väter. „Richtig. In ihnen steckt jetzt schon eine gehörige Portion Beschützerinstinkt."

„Ammon hat gestern seinen ersten Fisch erlegt", fügte Tiku mit liebevollem Blick auf sein Söhnchen hinzu.

„Wirklich?" Liana schaute Tiku ungläubig an.

„Wir haben es alle gesehen!", rief Ilka. „Es ging blitzschnell. Der kleine Fisch verirrte sich in die Grotte, Ammon schlich sich an ihn heran, fasste plötzlich mit beiden Händen zu und erdrückte ihn einfach. Natürlich durfte er seine Beute auch ganz allein verspeisen."

„Wie groß war denn der Fisch?", wollte Auan wissen.

„Es werden etwa acht Zentimeter gewesen sein", erklärte Tamik.

Auan staunte. „Oha! Eine stolze Beute für solch einen Winzling!"

Kami lächelte breit und überaus zufrieden. „Die Instinkte funktionieren tadellos und sogar besser, als wenn jeder für sich allein lebte. Hier in der Gemeinschaft können sich die Kleinen alles von den Großen abschauen und durch die Gedanken, die sie garantiert lesen können, lernen sie rasend schnell. Immerhin stecken in allen von ihnen nordische Gene, die diese Fähigkeit von klein auf beinhalten."

Liana seufzte. „Ich habe keine nordischen Gene und trotzdem Gaben, die nicht einmal den nordischen Nixen zuteil geworden sind."

Kami nahm ihre Hände. „Denke an das, was ich über unsere Seherin erzählt habe. Sie war auch die einzige Rakaa, die in die Zukunft schauen konnte. Auch bei den Menschen gibt es hellsichtige Exemplare und die sind genau so rar wie bei den Meervölkern. Aber keine Angst, du wirst es lernen, damit umzugehen. Ich verspreche dir, dass ich dir helfen werde, so gut ich kann. Obwohl ich weiß, wie sehr jeder Seher seine Gabe als Last empfindet, besonders dann, wenn er schlechte Nachrichten verkünden muss."

„Ach Kami, ich hoffe inständig, all die finsteren Momente treffen erst ein, wenn es Mario nicht mehr gibt", erwiderte Liana sehr bedrückt.

„Hast du ihn denn in deinen Visionen gesehen?"

„Nein."

„Dann werte das ganz einfach als positives Zeichen", schlug Kami vor. „Sonst machst du dich nur selber verrückt."

Liana strahlte auf. „Gut, dass wir darüber gesprochen haben. Diese Sicht der Dinge hat was."

Wenig später begab sie sich mit Auan auf den Rückweg.

Nach dem Abendbrot erörterte sie ihre Gedanken in Bezug auf ihren weiteren Werdegang. Weder Mario noch Siria unterbrachen sie. Dann herrschte minutenlanges Schweigen.

„Das kommt weder überraschend noch zur Unzeit", begann Mario schließlich zu sprechen. „Der Tag, an dem alle Meerwesen in den Ozean zurückkehren sollten, wenn sie überleben wollen, wird kommen. Hoffentlich ist das erst nach meiner Zeit. Unsere Unterstützung für deine Pläne ist dir gewiss. Es ist in der Tat sinnvoller, alles für jene Zeit vorzubereiten, als dich mit Wissen vollzustopfen, das du dann nicht mehr brauchen kannst."

„Und was wird mit der Firma?", fragte Liana vorsichtig.

„Die wird es dann nicht mehr geben", erwiderte Mario. „Aber bis es soweit ist, wirst du als Nachfolgerin für Siria eingearbeitet. Es kann ja immer noch alles anders kommen, als alle Prophezeiungen sagen. Möglicherweise erfindet ja jemand etwas, womit man die Erde beruhigen kann, wenn sie zu beben beginnen will."

„Wenn du doch nur recht hättest", flüsterte Liana. „Die Natur über Wasser ist wunderschön, es gibt so unglaublich viele Tierarten. Soll das alles zugrunde gehen?" Sie hob die Hand. „Sag jetzt nichts. Ich weiß doch selber, dass es immer wieder Phasen gegeben hat, wo fast alles vernichtet wurde. Lass mich einfach ein bisschen träumen."

Drei Tage nach diesem Gespräch zog sie sich zwei Mal pro Woche für mehrere Stunden mit Kami in einen stillen Winkel des Atolls zurück, um zu lernen. Peter bekam die Fortschritte recht schnell zu spüren. Zwar nicht als Erster am eigenen Leib, aber er schaute zu, wie Liana einen Mitarbeiter der Villa von einem Bandscheibenvorfall heilte, an den sich nicht einmal die Ärzte wagen wollten, weil eine Querschnittslähmung fast nicht vermeidbar sei.

Der Mann hatte völlig verzweifelt erklärt, er werde sich das Leben nehmen, wenn die Schmerzen und Einschränkungen kein Ende fänden. Liana hatte daraufhin angeboten, ihm mit ihren Nixenkräften ein bisschen Linderung zu verschaffen. Es wurde ein Erfolg auf der ganzen Linie. Nach der vierten Behandlung erklärten ihn sogar die Ärzte für geheilt und bestaunten das Wunder.

„Ich habe meine Göttin angefleht und sie hat mich erhört", bekamen sie als einzige Antwort und stuften die unglaubliche Genesung des Kranken als belegbare Wunderheilung ein.

Weil bekannt war, dass er im Dienst des Wilson-Clans stand, wagte man nicht, ihn als Paradebeispiel herumzureichen, munkelte aber, dass Prof. Dr. Mario Neuberg wohl eine neue Heilmethode entdeckt haben müsse, die noch nicht ganz sicher sei.

Mario begann zu lachen, als man ihm die Gerüchte zutrug, und meinte: „Man nennt sie auch die Liana-Neuberg-Meeres-Methode."

Der gesamte Clan war stolz auf Liana, die ihre selbst gewählte Aufgabe als Heilerin sehr ernst nahm. Kami bekräftigte immer wieder: „Es ist deine Bestimmung und es ist gut, wenn du ihr jetzt schon folgst. Wir brauchen dich."

Die Hellsichtigkeit hätte Liana hingegen gern abgegeben, nur stand das nicht in ihrer Macht. Die Kleinen waren gerade zwei Jahre alt geworden, als der befürchtete Anruf aus Deutschland kam – Peter und Martin waren in derselben Nacht gestorben und Sina brauchte Unterstützung, um alle Dinge regeln zu können. Also flogen Siria, Mario, Liana und Auan zu ihr, um zu helfen, und den Toten die letzte Ehre zu erweisen. Tiku fügte sich nach anfänglichem Sträuben, auf Tuvalu zu bleiben. Einer musste Haus und Hof im Auge behalten, wie man landläufig sagte. Und dazu war keiner besser geeignet, als er.

Man begann damit, Martins Haus zu beräumen, ehe man das Gleiche mit Sinas Haus tat. Ein Container mit Mobiliar und Erinnerungsstücken wurde gepackt und an die Villa adressiert. Ein Millionär ersteigerte beide Grundstücke. In Sinas Haus plante er, ein Gedenkmuseum an die Schriftstellerin Torry Spelling einzurichten, während er Martins Haus als Feriendomizil für zahlungskräftige Urlauber vorsah.

Drei Wochen später als veranschlagt, kehrten alle nach Tuvalu zurück. Sina folgte ihnen widerwillig. Sie hatte eigentlich zurück in die Ostsee gehen wollen. Eigentlich. Siria und Liana trugen aber die besseren Argumente vor und so saß sie nun mit im Flugzeug. Auch hier versuchte sie, was sonst gar nicht ihre Art war, zu rebellieren.

Siria schaute ihr fest in die Augen und sagte: „Wenn du dich unbedingt schon auflösen willst, dann tu es! Aber bei uns ist wenigstens das Wasser schön warm, was hübscheren Schaum ergibt."

Während die anderen drei erschreckt die Köpfe einzogen, begann Sina glucksend zu lachen. „Das nenne ich doch mal ein richtig gutes Argument." Sie zog Siria in ihre Arme und drückte sie ganz fest an sich. Das Thema Ostsee, schien vom Tisch zu sein.

Eine Willkommensfeier durch das Meervolk lehnte Sina kategorisch ab. Aber auch hier fand jemand einen Vorwand, das Fest doch zu feiern. Man nannte es einfach Gedenkstunde für Peter, Martin und Kirk. Dem konnte sich Sina nun wirklich nicht widersetzen.

„Ihr seid verdammt kreativ, wenn es darum geht, eigene Interessen durchzuboxen", seufzte sie, worauf der ganze Clan ein zufriedenes Grinsen aufsetzte.

„Ist es nicht genau das, was du gewollt hast, als du uns hierher brachtest?", schmunzelte Lynn. „Also tun wir alles, damit es jedem Mitglied des Clans gut geht und niemand einsam sein muss. Und wenn ich mich nicht irre, dann bist du Teil des Clans. Sogar jener, der es uns erst ermöglicht hat, ein Volk zu werden."

„Gut gesprochen!" Kami bedachte Lynn mit einem dankbaren Blick.

Sina brauchte ein paar Tage, ehe sie sich mit ihrem Schicksal abgefunden hatte. Sie suchte intensiv und fand eine kleine Grotte, die ihr neues Domizil wurde. Sie verließ das Meer nur noch zusammen mit den anderen, wenn die regelmäßigen Treffen in der Villa anstanden. Mario wagte auch nicht, Einspruch zu erheben. Seine Mutter war eine Nixe, die ganz einfach in den Ozean gehörte und den sie sich als Alterssitz auserkoren hatte. Tiku und Kami hielten Mario auf dem Laufenden. Sina hielt sich meist abseits auf, jagte selber und lebte, wie es die Nixen früher getan hatten, allein.

Sie erschien erst dann öfter in Gesellschaft, als Liana und Auan Nachwuchs bekamen. Die kleine Lilly zauberte Sina endlich wieder ein Lächeln ins Gesicht. Der winzige Wirbelwind hatte einen Haufen Unsinn im Kopf, neckte die größeren Kinder und flüchtete zu Sina, wenn die anderen mit gleichen Mitteln zurückschlugen. Sina beruhigte die erhitzten Gemüter und vereinte die ganze wilde Bande, indem sie ihnen wundersame Geschichten aus der Menschenwelt erzählte. Dann waren die Jungspunde mucksmäuschenstill, lauschten und träumten von großen Taten, wie sie die Ritter in den Märchen vollbrachten. Sie malte mit wundervollen Worten Bilder, die die Fantasie der Kleinen anregte und worauf die beiden kleinen Meermänner schworen, immer gut auf die Nixen aufzupassen. Kirk nahm dann stets die Hand seiner Schwester Petra, um sie sofort vor allen Gefahren beschützen zu können. Er fühlte sich mit Ammon auch dazu ausersehen, der Beschützer von Sina zu sein, denn Papa Kami und Tiku machten ja genau das Gleiche, aber so, dass es Sina nicht einmal merkte.

Kirk war auch der Erste, der fühlte, dass es der betagten Nixe nicht gut ging. Aufgeregt eilte er nach Hause und berichtete, dass Sina heute nicht einmal zur Jagd geschwommen sei, worauf Kami sofort mit ihr Kontakt aufnahm. Es dauerte ungewöhnlich lange, ehe die Nixe reagierte und die Energie, die Kami fühlte, versetzte ihn in höchste Alarmbereitschaft. Mario, Siria, Liana und Auan ließen sich sofort mit dem Schiff zu den Grotten bringen, denn Sinas Zeit schien rasch abzulaufen.

Sie kamen gerade noch rechtzeitig. Die anderen waren schon vollzählig in der winzigen Höhle versammelt, wo Sina auf ihrem Lager aus Seetang lag, zu schwach, mit ihnen zu sprechen. Nur ihre telepathische Stimme wisperte Abschiedsworte. Mario setzte sich, um die Hand seiner Mutter während der letzten Augenblicke zu halten.

Die Verwandlung in strahlend weißen Meerschaum geschah von einem Augenblick zum anderen. Die Bläschen lösten sich voneinander und schwebten zur Decke der Grotte, wo sie beim Auftreffen auf den Stein zerplatzten. Zurück blieben nur die Schmuckstücke, die Sina am liebsten und zum Zeitpunkt ihres Ablebens getragen hatte. Kami sammelte sie ein und reichte sie Mario. Tiku hielt Lynn und Ammon fest umschlungen. Er fühlte sich angesichts des Todes der zweiten Nixe, die er über alles verehrt hatte, völlig hilflos und brauchte diesen Halt.

Liana schluchzte, während Siria mit leerem Blick die Höhlendecke anstarrte. Mario hatte das Gesicht in seinen Händen vergraben. *Ich werde der Nächste sein,* war alles, was er denken konnte und Liana überlief ein eiskalter Schauer. Die anderen waren ebenfalls tief erschüttert, hatten die meisten doch noch nie das Ende eines Meerwesens miterlebt.

„Lasst uns gehen", bat Kami, als Erster die Grotte verlassend. Er versuchte, zu verbergen, wie nahe ihm das soeben Erlebte ging.

„Wir werden nie mehr dieselben sein", flüsterte Lynn. „Aber es schweißt uns noch enger zusammen."

Liana nickte mechanisch. Es war wichtig, fest zusammenzuhalten.

Ein neues Beben

Wie wichtig, zeigte sich einen Monat später. Bereits in der Nacht riss ein Grollen aus der Tiefe sowohl das Meervolk als auch die Menschen aus dem Schlaf. Ängstlich drängten sich die Kinder zusammen.

Bei euch alles in Ordnung?

Kami vernahm die telepathische Stimme von Liana und antwortete: *Im Augenblick haben wir keine Probleme. Und bei euch?*

Alles okay. Mario checkt gerade die Messdaten der Bebenbojen.

„Merkwürdig", murmelte Mario. „Die Seismografen zeigen gar keinen Ausschlag. Wir haben doch aber deutlich diesen brummenden Ton aus der Erde gehört! Und das über mehrere Minuten. Ich habe keine Ahnung, was hier vorgeht."

Es war ja allgemein bekannt, dass die Erde Töne von sich gab, aber die hörten sich im Normalfall ganz anders an. Kami war genau so ratlos. Auch er hatte noch nichts Vergleichbares vernommen.

„Ich habe wieder dieses unangenehme Ziehen im Nacken. Hoffentlich fliegt nicht gleich die ganze Kugel auseinander" brummte Tiku in seinen Bart. „Auf den Mars können wir Wasserwesen schlecht auswandern."

„Da möchte ich eigentlich auch nicht hin", gab Mario zu. „Habt ihr in den letzten Tagen irgendwas Ungewöhnliches beobachtet?"

„Nur, dass heute Nacht die Delfine und Wale das Weite gesucht haben. Denen scheint im offenen Meer wohler zu sein", erklärte Tamik. „Die Haie sind auffallend aggressiv. Aber auch erst seit ein paar Stunden."

„Klingt nach größerem Ärger", ließ sich Siria vernehmen. „Hoffentlich gibt es nicht wieder einen Tsunami. Mir wäre es am liebsten, wenn ihr mitsamt der Yacht ein paar Seemeilen von der Küste verschwindet."

„Und ihr?"

„Wir haben hier nicht nur eine Flutwelle überlebt." Sie rollte ans Fenster, um einen Blick auf die trügerisch glatte Wasserfläche des Ozeans zu werfen.

In den nächsten Nächten wiederholte sich das merkwürdige Grollen, die Wale blieben auf hoher See und die Haie gebärdeten sich wie toll. Dann trat der brummende Ton auch am Tag auf. Es gab wohl keinen Winkel auf dieser Welt, wo er nicht zu hören war. Im Wasser verbreiteten sich die Schallwellen und auch die Gebäude der Menschen übertrugen den Ton. Die Natur spielte verrückt, Vögel fielen tot vom Himmel, Fische verendeten in ganzen Schwärmen, Meerwesen und Menschen litten unter fürchterlichsten Kopfschmerzen. Mario mixte aus Pflanzensäften eine Arznei, die den Zustand etwas erträglicher machte. Für die Kleinen wurde in der Eile ein korkverkleidetes Becken gebaut, das die Schallwellen etwas milderte.

Bevor man den Erwachsenen solche Hilfe zukommen lassen konnte, brach der Meeresboden auf und der neu entstandene Vulkan spuckte glühendes Magma aus, zeitgleich verstummte das Brummen. Die Bojen gaben Tsunamialarm und man begann, die Küstenbewohner zu evakuieren. Mario befahl alle auf die Yacht, nachdem das Hauspersonal mitsamt dem Flugzeug auf dem nächstgelegenen Festland in Sicherheit gebracht worden war. Mit voller Kraft durchpflügte das Schiff die Wellen, um das Meervolk vor dem Riff aufzunehmen und dann eilends in ruhigere Gewässer zu verschwinden.

Von der sich aufbauenden Flutwelle bekamen sie hier nicht viel mit, nur die Kameras rund um die Villa zeichneten dramatische Bilder auf, die alle am Monitor der Yacht mitverfolgten. Liana barg ihren Kopf an Auans Brust. Erst jetzt konnte sie sich ein genaues Bild davon machen, unter welchen Umständen er sie damals gerettet hatte. Kami verengte die Augen zu

Schlitzen, als die rückflutende Welle das Grundstück restlos verwüstete. Egal wie gut die Technik war, den entfesselten Naturgewalten hatte man auch in diesem Jahrhundert nicht wirklich viel entgegenzusetzen.

„Weißt du eigentlich, dass du deine hellseherischen Fähigkeiten von Tiku geerbt hast?", platzte Mario scheinbar ohne Zusammenhang heraus, als sich sein Blick zufällig mit dem Lianas kreuzte.

Die schaute ihn verwundert an.

„Glaub es ruhig. Er ist seit vielen Jahren ein zuverlässiger Warner vor Seebeben und sonstigem Ärger. Oder kennst du etwa nicht seinen Spruch: Ich habe wieder dieses unangenehme Ziehen im Nacken?" Mario blickte triumphierend in die Runde.

„Stimmt aufs Wort!", rief Auan. „Das sagt er immer, kurz bevor es handfesten Ärger gibt."

„Ja, natürlich! Dass ich das vergessen konnte!" Siria schlug sich an die Stirn. „Da haben wir doch des Rätsels Lösung!"

„Ist wohl doch nicht zu übersehen, dass sie Vaters Tochter ist", schmunzelte Tiku. „Ich habe doch völlig verdrängt, dass meine Fühligkeit und ihre Visionen auf Dasselbe hinauslaufen."

„Aber warum hat Siria nicht diese Gabe?", fragte Liana. „Ihre Mutter war doch sogar eine nordische Nixe."

„Das werden wir wohl nie ergründen", gab Mario zu. „Es wird immer wieder Dinge geben, die sich jeder Logik entziehen. Kann sein, dass Siria zu menschlich lebt, als dass sie diese Fähigkeiten entwickeln könnte. Du hast dich ja immer zu fast gleichen Teilen an Land und im Wasser aufgehalten."

Sie kamen nicht dazu, den Faden weiterzuspinnen, denn hinter ihnen schrie plötzlich Ilka auf. Lina war beim Spielen mit ihrem mechanischen Rollstühlchen an die Reling geprallt und ins Meer gestürzt. Zwar war das Wasser ihr Element, aber der Sog würde die Kleine unweigerlich in die Schiffsschrauben ziehen, ganz abgesehen davon, dass unversehens Raubfische auftauchen konnten.

Im nächsten Moment sprang Ammon hinterher, um Lina zu retten. Er packte sie und kämpfte wie ein Berserker gegen die stärke Strömung an. Er brachte es tatsächlich fertig, dem tödlichen Strudel auszuweichen, bis endlich die Schrauben zum Stillstand kamen. Tiku fischte von der Tauchplattform herunter die beiden aus dem Wasser, wobei er mächtig stolz auf seinen Sprössling war, der Unglaubliches geleistet hatte.

„Noch jemand, der ganz der Vater ist!", rief Mario in überschwänglicher Freude.

„Bloß gut", stöhnte der Kapitän, sich den Schweiß von der Stirn wischend. Laut einem alten Aberglauben brachte es Unglück über eine Familie, bis ins siebente Glied, den Tod einer Meerjungfrau verschuldet zu haben. Er verehrte diese Wesen zutiefst und hätte es niemals verwunden, wäre unter seinem Kommando solch eine Katastrophe geschehen.

Ammon wich in den folgenden Stunden Lina nicht von der Seite und die Väter warfen sich amüsierte Blicke zu. Die Mütter konnten sich etwas entspannen, weil Ammons scharfen Augen nichts entging. Nicht einmal ein großer Seevogel, der offenbar glaubte, sich einfach Lilly, die Jüngste und damit Kleinste, schnappen zu können. Ammon dirigierte sie zur Gruppe der Erwachsenen und der hungrige Vogel drehte unverrichteter Dinge ab.

„Er wird ein hervorragender Wächter werden", prophezeite Kami.

In der Nacht gab es heftige Nachbeben und eine zweite Flutwelle überrollte das Atoll. Was nicht solide gebaut worden war, brach endgültig in sich zusammen und die Trümmer verteilten sich auf den Inseln. Ein paar Kameras der Villa hatte es erwischt, das Gebäude selber aber den Fluten standgehalten. Die vor Jahren installierten Fensterpanzerungen in den beiden unteren Etagen waren ihr Geld wert gewesen. Nur vom gläsernen Lift an der Vorderfront fehlte jede Spur. Gegen die entfesselten Urgewalten des Wassers hatte selbst das Panzerglas keine Chance gehabt. Und noch etwas suchte man vergeblich – die Bäume. Nicht ein einziger stand mehr. Bestenfalls Stümpfe ragten aus Morast und Trümmern.

Mario blies die Luft aus den aufgeblähten Wangen. „Das wird ein Haufen Arbeit."

Tiku zuckte mit den Schultern. „Wir wissen ja, wie es geht. Auf uns kannst du zählen. Aber erst sollte sich die Lage ein bisschen beruhigen."

Seine Worte kamen nicht von ungefähr, denn in den letzten Minuten ballten sich finstere Wolken zusammen, der Wind frischte auf und die Wellenberge wurden bedrohlich hoch.

„Es kommt wieder mal alles zusammen, was keiner haben muss", murmelte Siria traurig. „Da kann man doch glatt depressiv werden."

Der Kapitän beobachtete nicht nur die Wellen, sondern auch Echolot und den Fischradar. Hin und wieder tauchten Wale auf, atmeten mit gewaltigem Blas aus und verschwanden wieder in der Tiefe. Der Wind blieb konstant. Zwar etwas mehr, als gut gewesen wäre, aber noch lange nicht problematisch für die Yacht, die die Wellenberge perfekt abritt.

„Da unten ist was Seltsames", macht er Mario aufmerksam. „Schauen Sie mal, es zeigt einen Schwarm an, der aus recht großen Tieren besteht, der sich in direkter Linie unter dem Schiff befindet und merkwürdigerweise seine Position recht eigenartig ändert. Schalte ich den Fischradar aus, ist der Pulk da. Arbeitet das Gerät, dann stieben die Tiere sofort auseinander."

Mario winkte Kami und Tiku heran. „Was haltet ihr davon?"

Tiku fasste sich unbewusst in den Nacken, was Mario und Kami allerdings sehr wohl registrierten. „Ich sollte vielleicht runter gehen und ganz vorsichtig nachschauen."

„Hältst du das für eine gute Idee?", fragte Mario zur gleichen Zeit, wie Liana erschien und bat, das Areal möglichst rasch zu verlassen.

„Jetzt werde ich aber auch neugierig", rief Kami. „Wenn beide Seher darauf registrieren, dann ist garantiert nichts Gutes da unten!"

„Was könnten das für Tiere sein?", überlegte Mario laut.

„Müssen es welche sein?", antwortete Liana mit einer Gegenfrage. „Ich weiß nicht, wie ich diese Spezies sonst nennen soll."

„Nuoni?", übersetzte Tiku die Worte ungläubig. „Wenn, dann sind das über 50 Exemplare!"

„Weg hier!", befahl Mario und die Yacht nahm Fahrt auf, begleitet von den unheimlichen Wesen aus der Tiefe.

Nach mehr als zwei Stunden blieb der Schwarm langsam zurück, um nach einer weiteren Stunde endlich ganz zu verschwinden. Vorsichtshalber kreuzten sie noch bis zum Morgen, ehe sie versuchten, den Heimathafen zu erreichen, oder das, was die Monsterwelle davon übrig gelassen hatte.

Tiku war mit Kami am Heck des Schiffes geblieben. „Falls es diese Viecher wirklich auf uns abgesehen haben, werde ich einen Weg finden, ihnen den Garaus zu machen", flüsterte Tiku. „Sag's bitte nicht Mario. Der hält mir dann bloß einen Vortrag über Artenvielfalt, Artenschutz oder Nächstenliebe."

„Keine Sorge, wenn es um die Nuoni geht, bin ich der Letzte, der dich verpfeift", wisperte Kami zurück. „Denn die töten nicht, weil sie Hunger haben, wie die Haie, sondern aus bloßer Lust, etwas zu zerfleischen."

Zum Glück wurden sie nicht beobachtet, weil sich die anderen gerade über das Chaos austauschten, das der Tsunami an der Küste hinterlassen hatte. Das Schiff musste schon weit vor dem Riff ankern, um nicht von herumschwimmenden Trümmern beschädigt zu werden. Diesmal ging Tiku ins Wasser. Er begleitete das kleine Boot, mit dem Mario versuchte, an Land zu kommen.

„Keine Chance!", stellte Mario nach der Hälfte der Strecke fest. „Vielleicht hast du im Wasser mehr Glück."

Tiku tauchte ab, während Mario zur Yacht zurückfuhr. Am Grund kam der Meermann gut voran, obwohl auch hier das Unterste zu oberst gekehrt war. Hundert Meter vor dem Strand wurde das Schwimmen beschwerlich, weil gesunkene Boote und ins Wasser gespülte Landfahrzeuge, vermischt mit Bäumen und Sträuchern, den Weg versperrten. Kopfschüttelnd arbeitete sich Tiku voran. Das beginnende Magenknurren versuchte er zu ignorieren, zumal er nirgends etwas Essbares entdecken konnte. Er gab stattdessen einen Lagebericht an Siria, Liana und Kami weiter, die den Clan und die Crew informierten. Dann machte er eine Pause, weil es wenig sinnvoll war, Kräfte zu vergeuden.

Irgendwie schaffte er es schließlich doch noch bis zum Tunnel des Grundstücks. Der Öffnungsmechanismus funktionierte und der Meermann schlüpfte in das Röhrensystem. Hier schien alles in Ordnung zu sein. Im Inneren des Nebengebäudes schwang er sich aus dem Wasser. Zwar stand ihm hier nur ein mechanischer Rollstuhl zur Verfügung, aber das machte ihm wenig aus. Durch einen, normalerweise, trockenen Gang rollte er hinüber zur Villa. Tiku betrachtete besorgt die Decke. Durch mehrere Risse war Wasser eingedrungen und hatte sich zu großen Pfützen gesammelt. Er beeilte sich, die potenzielle Gefahrenzone zu verlassen. Die Türen der nächsten Schleuse öffneten sich erst beim zweiten Versuch. Offenbach war Feuchtigkeit ins System gelangt.

Endlich stand Tiku in der großen Vorhalle der Villa. Er schlug sofort den Weg zu den technischen Räumen ein. Den Starthebel des großen Notgenerators konnte er vom Rollstuhl aus nicht erreichen. So stemmte er sich auf seine Schwanzflosse. Das Gerät sprang sofort an. Das laute Hämmern klang wie

Musik in den Ohren des zufriedenen Meermanns. Sein nächster Gedanke galt der Wasserentsalzungsanlage. Er war so auf sein Ziel fixiert, dass er sich versehentlich neben des Rollstuhl setzte.

„Bloß gut, dass das keiner gesehen hat!" Mit einem burschikosen Grinsen rappelte er sich auf, obwohl der Sturz auf den gefliesten Boden recht schmerzhaft gewesen war.

Die Entsalzungsanlage war gleich nebenan. Die Riegel der Panzertüren waren auch nur zu erreichen, wenn er aus dem Rollstuhl aufstand. Diesmal bremste er ihn ordentlich an und ließ sich nach vollbrachter Arbeit vorsichtig auf dem Sitz nieder. Der Generator erzeugte bereits genug Strom, um die Anlage starten zu können. Dass sie alle paar Sekunden eine Störung anzeigte, war zu erwarten gewesen, bei dem vielen Unrat, der im Wasser schwamm und die Filter verstopfte. Nun musste die automatische Reinigung zeigen, was sie taugte.

Bleib im Haus und ruh dich aus, hörte er Kami sagen, als er mitteilte, zurückschwimmen zu wollen.

Geht klar, antwortete er kurz, holte sich ein paar Happen aus dem Kühlschrank der Zentralküche und ließ sich in die Notfallwanne von Marios Labor Wasser ein, um sofort in einen tiefen traumlosen Schlaf zu fallen.

Die Meerwesen schlummerten eng zusammengedrängt auf dem Deck der Yacht, wo sie der Kapitän aus Feuerwehrschläuchen berieseln ließ, damit sie nicht austrockneten. Zwei Männer der Crew hielten zuverlässig Nachtwache. Mario schreckte immer wieder hoch und schaute ebenfalls nach, dass es dem Meervolk an nichts fehlte.

Als Tiku am Morgen erwachte, brauchte er ein paar Sekunden, um sich zu orientieren. Ganz langsam begriff er, dass er seinen schwierigen Auftrag tatsächlich in allen Punkten erfüllt hatte. Bevor er sich der Speisekammer widmete, kontrollierte er noch einmal die inganggesetzten Maschinen und fuhr zu seinem Hovercraftstuhl dessen Akkus inzwischen wieder komplett aufgeladen waren. „Hast mir gefehlt", murmelte er, es sich auf dem Sitz bequem machend und Mario kontaktierend. „Was soll ich als Nächstes tun?"

Mario dankte ihm für seine Wahnsinnsleistung und gab ihm den Notfallcode für die Steuerzentrale der Villa, mit den Worten: „Bleib bitte im Haus, bis wir da sind und versuche, die Fensterschilde zu öffnen."

Bis auf drei völlig verbeulte Panzerungen, ließen sich die Schutzschilde tatsächlich öffnen. Tiku gelang es sogar, eine der Überwachungskameras wieder flott zu machen. An ihr waren nur Tangbüschel und Schmutz hängengeblieben. Das Meervolk honorierte es vor dem Monitor, der im Split plötzlich wieder ein neues Bild einspielte, mit Beifall. Tiku ahnte es und winkte grinsend in die frisch geputzte Linse.

„Er hat es einfach drauf", schwärmte Lynn. „Ich habe immer wieder das Gefühl, dass es nichts gibt, womit er nicht klar käme." Sie wurde im nächsten Moment ernst. „Doch, es gibt etwas."

„Du meinst das Ende von Adaia und Sina?", fragte Siria.

„Ja. Das wird er nie verwinden." Lynn war selber nahe daran, zu weinen.

„Wir müssen alle irgendwann gehen", seufzte Siria.

Lynn nickte. „Weiß ich doch. Wir sind halt nur nicht mehr die sorglosen, verspielten Meerwesen, die wir früher einmal waren. Aber das ist gut so." Sie warf einen liebevollen Blick zu den Kleinen hinüber, die miteinander einen Märchenfilm anschauten.

Mario hatte noch in der Nacht einen Hubschrauber angefordert, der das Hauspersonal zurückbringen sollte. Er musste drei Mal fliegen, um alle sicher absetzen zu können. Tiku nahm die Angestellten in Empfang und bat sie, mit den Aufräumarbeiten zu beginnen.

„Ich kann das Strand-Team an den Hainetzen vermutlich erst unterstützen, wenn die Neubergs wieder zu Hause sind", erklärte er. „Passt bis dahin bitte gut auf euch auf. Es hat allerlei Getier über die Absperrungen gespült, das hier normalerweise nichts zu suchen hat."

Aufgaben, die Tiku verteilte, nahm man genau so ernst, wie wenn sie von Mario persönlich gekommen wären. Es schwärmte also eine große Gruppe aus, die Landungsstege zu reparieren und die Fahrwasserrinnen von Trümmern zu befreien. Die Frauen begannen, den meterhohen Müll am Eingangsbereich wegzuräumen. Sie versorgten auch alle mit einer warmen Mahlzeit, die Tiku mit besonderer Freude annahm. Das kühlschrankkalte Essen war ihm nicht sonderlich gut bekommen.

Die Meermänner verließen kurz darauf die Yacht, um ihrerseits das Fahrwasser zu beräumen, worauf sich das Schiff Meter um Meter einen Weg bahnte, bis es direkt an der äußeren Hafenmauer ankern musste, weil im Hafen gar nichts mehr ging.

„Schlimmer als beim letzten großen Beben", stellte der Kapitän fest.

„Bedeutend schlimmer", pflichtete Mario bei. „Vielleicht wäre es besser gewesen, wir hätten euch vorher abgesetzt", wandte er sich an Lynn.

Die schüttelte den Kopf. „Das glaube ich nicht. Kami hätte etwas gesagt, wenn es an dem gewesen wäre. Wir sind bei euch im Augenblick ganz bestimmt sicherer, als da unten."

Mario balancierte auf der wackligen Gangway zur Mauerkrone hinüber und beeilte sich, zur Villa zu kommen. Es musste schnellstens ein Provisorium geschaffen werden, auf dem man die Meerwesen an Land bringen konnte.

„Kannst du unsere Lieben noch ein paar Tage beherbergen?", fragte Kami, als Mario wiederkam, denn ihm war die Unterhaltung mit Lynn nicht entgangen, auch wenn er unter Wasser steckte.

„Was für eine Frage! Natürlich! Tiku hat schon alles dafür vorbereitet." Mario machte Platz für die Handwerker.

Das einzig machbare Provisorium war zu unsicher, um die Rollstuhlfahrer passieren zu lassen. So mussten die kräftigen Männer des Arbeitstrupps die Meerwesen auf den Armen an Land tragen. Und das war etwas, das sie ihr Leben lang nicht mehr vergessen würden. Die Meermänner erklommen den Fuß der Mauer und ließen sich von zwei Arbeitern mit einem Seil hinaufziehen. Bei Kami musste noch ein dritter Mann mit anfassen. Aber das störte weder den einen noch die anderen.

Tiku fungierte als Quartiermeister. Dafür durfte er mit Familie bei Liana zu Gast sein. Kami nahm das Angebot von Mario dankend an und die restlichen beiden Familien teilten sich eine große Ferienwohnung.

Nach dem Mittag nahmen die Meermänner ihre Arbeit an den Haizäunen auf, wo sie von den Bautrupps mit Beifall empfangen wurden. Jedes der fischschwänzigen Muskelpakete ersetzte locker zwei bis drei Taucher. Mario stellte zwei Sicherheitsleute ab, die ausschließlich dafür zu sorgen hatten, dass sich keine Fremden einschleichen und die Meerwesen filmen konnten. Als die ersten Fernsehteams erschienen, saßen alle mitsamt Schlupfsack ganz brav im Rollstuhl. Drei Nixen hüteten in Marios Wohnung alle Kinder, damit ja keiner unliebsame Fragen stellte.

Mario schaffte es, mit dem Hinweis, dass er den Tod seiner Eltern und zweier seiner Freunde noch nicht verwunden, hier das große Chaos und Verantwortung für das Wohlergehen seiner Mitarbeiter habe, das Interview auf ein Minimum zu beschränken. Die Ateliers der anwesenden Künstler könne man erst wieder herrichten, wenn das normale Leben gesichert sei. Filmen in den Räumen sei auf Grund diverser Schäden am Gemäuer nicht möglich, da akute Einsturzgefahr herrsche. Punkt.

John Benton fragte am nächsten Tag nach, ob er mit irgendetwas helfen könne und Mario bat um zwei Spezialisten, die herausfinden sollten, warum es die Wassereinsickerungen im

Trockentunnel gegeben habe. Er wusste, dass es Benton an der Ehre kratzte, wenn ein Bauwerk seiner Firma nicht 100 Prozent das hielt, was versprochen worden war.

Ein paar Wochen später waren die größten Schäden beseitigt. Das Leben normalisierte sich langsam. Die Meermänner waren vier Tage nach der Rückkehr zu ihren Grotten geschwommen und hatten Entwarnung gegeben. Ein paar harmlose Aufräumarbeiten, dann ging alles fast wieder wie gewohnt. Aber eben nur fast. Die meisten Fische hatten das Riff entweder verlassen oder waren von der Welle mitgerissen worden. So mussten die Meerwesen lange Strecken zurücklegen, um an Nahrung zu gelangen.

Die landlebenden Clanmitglieder erfuhren davon nur durch die Gespräche der Kinder, denn keiner beklagte sich. Kami winkte ab, als Mario fast aus allen Wolken fiel, wo sie nun auf Fischfang und Muschelsuche zogen.

„Irgendwann wandern sicher auch in unserem Areal wieder Tiere zu", bemerkte er. „Wir melden uns schon, bevor wir Hunger leiden."

Not schien beim Meervolk wirklich nicht zu herrschen. Die Kleinen entwickelten sich prächtig und während der nächsten Paarungssaison fanden sich alle wieder ein. Ammon und Kirk wachten in diesen Stunden darüber, dass weder Mensch noch Tier den kleinen Nixen Böses antun konnten, obwohl es Siria und Mario lieber gehabt hätten, wären die Kleinen in dieser Zeit bei ihnen gewesen.

Dass es diesmal keinen Nachwuchs gab, schien die Natur daran festzumachen, dass die vorher Geborenen noch in den Familien umsorgt wurden. In früheren Zeiten mussten die Zöglinge mit dem Fang ihrer ersten Beute die Mutter verlassen und schauen, dass sie nicht selbst zu einer wurden. Geblieben war, dass das Jungvolk auch jetzt schon selbstständig das Riff durchstreifte, wobei die beiden jungen Meermänner selten einem Scharmützel mit den Haien aus dem Wege gingen. Einmal schleppten sie sogar einen erbeuteten Riffhai in die Grotte, der die ganze Gemeinschaft satt machte.

„Oha", hatte Tiku völlig verdattert gesagt, Kami sich am Bart gezupft und die anderen waren aus dem Staunen gar nicht mehr herausgekommen.

Ammon verriet schließlich, wie sie das Tier mit einem selbstgebastelten Speer erlegt hatten. Aber auch, dass ihnen der Hai zuvor einen mühsam gefangenen Zackenbarsch weggefressen hatte und sie nicht mit leeren Händen nach Hause kommen wollten. Eine der Nixen fand dann die schwere Metallröhre im Sand, welche die kühnen Jäger kurzerhand als tödliche Waffe nutzten, indem sie vorn einen spitzen toten Korallenast hineinklemmten. Weil die Haut des Hais zu dick gewesen wäre, hatten sie sich darauf geeinigt, auf die Kiemenspalten zu zielen. Der Plan ging auf und der Hai musste dran glauben.

„Pech für ihn", erklärte Kirk. „Hätte er unseren Barsch in Ruhe gelassen, würde er noch leben."

Prinzessin Lilly, wie die Kinder am Anfang manchmal die Tochter von Auan und Liana genannt hatten, war inzwischen zu einem festen Mitglied des Jungschwarms geworden. Ammon hatte ihr das verwöhnte Landleben-Getue recht schnell ausgetrieben. Er achtete zwar besonders auf sie, weil sie jünger und unerfahrener war, ließ sich aber nicht auf der Nase herumtanzen. Wenn es hieß: Alle sammeln jetzt Muscheln für das Mittagessen, dann hatte das Prinzesschen die gleiche Aufgabe. Und spielte sie lieber herum, statt zu helfen, dann musste sie zusehen, wie sich die anderen die Bäuche vollschlugen und mit dem vorlieb nehmen, was übrig blieb. Beim dritten Mal hatte sie begriffen, dass sie keine Extrawürste bekam und fügte sich.

Wenn sie wirklich Hilfe brauchte, dann war auch sofort jemand aus dem Schwarm für sie da. Liana und Auan merkten rasch, wie gern Lilly bei ihren Freunden im Wasser war und hatten nichts dagegen, als Tiku und Lynn ein Schlafplätzchen anboten, damit nicht zwei Mal täglich ein Motorboot rausfahren musste, um Lilly zu bringen und abzuholen. Lilly bemühte sich auch sehr, Ammon nicht auf die Nerven zu gehen. Denn ein Wort von ihm hätte genügt, sie heim zu schicken.

Tiku versammelte das Jungvolk alle zwei Tage, um mit ihnen Lesen und Schreiben zu üben. Hierin war Lilly den anderen voraus und konnte ihnen helfen. Kami nahm die schreibfreien Tage zum Anlass, mit ihnen telepathische Kommunikation zu üben. Natürlich erzählte Lilly zu Hause vom Unterricht bei den Meermännern und die Eltern sahen noch weniger Grund, sie an Land zu behalten.

Als die Regenzeit begann, zogen es die Kinder vor, sich wieder dem Schwarm der Erwachsenen anzuschließen und verließen ihn auch nicht mehr. Die Erfahrungen der Alten garantierten immer Jagderfolg und damit einen vollen Magen. Mit ihnen schwammen sie auch in Tiefen, die sie bisher instinktiv gemieden hatten.

Angriff der Nuoni

Dabei halfen sie auch, Marios Tiefsseeforschungen voranzutreiben. Sie nahmen Wasserproben, filmten, fotografierten und maßen mit einfachen Geräten Strömungsgeschwindigkeiten. Kami und Tiku beobachteten den Vulkan, der auch nach zwei Jahren noch immer rumorte.

Die Wassertemperatur im neuen Planquadraten ist um null Komma fünf Grad Celsius gestiegen, gab Kami als Sofortmeldung an Liana, die die Information auf der Stelle Mario überbrachte.

Der schaute sich die Messdaten der letzten Monate an. „Das würde ja bedeuten, dass die Magmakammer größer ist, als bisher angenommen, und der Vulkan noch nicht einmal annähernd gezeigt hat, was in ihm steckt! Wenn der wirklich einmal richtig aufwacht, wird es eng für unser Atoll!"

„Willst du auswandern?", fragte Siria beunruhigt.

Mario lachte auf. „Wohin? Auf der ganzen Welt sind seit Monaten die Vulkane auffallend aktiv. Der ganze Yellowstone-Park ist seit einem Jahr für Besucher gesperrt, in Italien wurden zwei ganze Städte evakuiert, in Südamerika brodelt es, in Japan gibt es ein Seebeben nach dem anderen – wo, um Gottes Willen, soll man hin auswandern?"

„Langsam begreife ich Tikus Sorge, die *ganze Kugel* könnte auseinanderfliegen", gab Siria zu. „Gibt es denn wirklich keine Möglichkeit, irgendwas zu tun?"

Mario schüttelte den Kopf. „Es hat schon die abenteuerlichsten Vorschläge gegeben. Man wollte zum Bespiel die Magmakammern anbohren und kontrolliert entleeren. Was auch immer kontrolliert heißen soll, wenn man nicht eine einzige feste Größe hat und einem die Lava um die Ohren fliegt, weil das technisch gar nicht gehen kann. Man kann es auch nicht berechnen, weil niemand wirklich weiß, wie viele Millionen Tonnen flüssigen Gesteins zur Debatte stehen. Wie will man die Erdkruste festhalten, die sich mit Kräften bewegt, die wir ebenfalls nicht ermessen können? Mit einer Reißzwecke? Wir können nur abwarten und hoffen."

„Ich habe Angst!"

Er nahm Siria in den Arm. „Ich auch."

In der darauf folgenden Woche rüstete Mario eine neue Tiefseeexpedition aus, an der Tiku, Kami und Tamik teilnehmen sollten. Amar und Auan war zum Schutz der Frauen und Halbwüchsigen eingeteilt. Die Männer waren schon vor ein paar Tagen eingeweiht worden, die Nixen erfuhren es beim gemeinsamen Frühstück.

„Du willst sie doch nicht wirklich heute da runter schicken?", fragte Liana entsetzt.

„Warum nicht?", antwortete Mario mit einer Gegenfrage. „Hast du Vorahnungen, die Tiku diesmal nicht hat?"

Liana schaute Tiku verunsichert an.

„Ich habe keine Bedenken", erklärte der Meermann. „Zudem werden wir Carbonpanzerung tragen, falls wirklich jemand an uns knabbern will."

„Na gut. Das beruhigt mich ein kleines bisschen", murmelte Liana. „Ich kann es ja wieder mal nicht genau benennen, was mich so zappelig macht. Bei technischem Versagen der Tauchkapsel könnt ihr Mario helfen, er euch, falls es in der Tiefe rumort. Nehmt ihr Bewaffnung mit?"

„Natürlich. Das volle Programm. Wie immer." Tiku trank noch einen Kaffee.

Liana zeigte auf die Tasse. „DAS machst du nur, wenn du vor großen Herausforderungen stehst!"

„Wirklich?" Tiku betrachtete das dampfende Getränk. „Mir war das selber gar nicht bewusst. Bist eine verdammt gute Beobachterin."

Liana blinzelte ihm vergnügt zu. „Einer muss ja auf euch aufpassen."

„Jedenfalls muss eine große Herausforderung nicht gleich einer lebensbedrohlichen Aktion zugeordnet werden", bemerkte er, genüsslich die Tasse leerend. „Ich werde aber Augen und Ohren weit offen halten."

„Ich bitte darum!" Liana drückte seinen Arm und beendete das Thema. Es gab schließlich noch andere Dinge zu besprechen. Am liebsten hätte sie das Schiff noch ein Stück begleitet, nur war das aus vielerlei Gründen zu gefährlich.

„In drei Tagen werden sie doch schon wieder zurück sein", versuchte Siria, Liana zu beruhigen.

Als der Schwarm das Meer aufsuchte, war Liana natürlich dabei. Nicht nur, weil Auan als Wächter fungierte, ihre Fähigkeiten, in jemandes Gedanken einzudringen, konnten ebenso Leben retten, wenn die Lage brenzlig wurde. Der Kapitän manövrierte das Forschungsschiff vorsichtig durch den Hafen, in dem es seit dem letzten Tsunami plötzlich auftretende Strömungen gab, die vorher nicht dagewesen waren.

Mario hatte sich an der Lösung des Rätsels ebenso die Zähne ausgebissen, wie einige andere. Es musste mehr dahinter stecken, als eine komplette Veränderung der Unterwasserlandschaft des Hafengebietes. Dass der immer noch aktive Vulkan die Strömungen des ganzen Sektors beeinflusste, war klar, nur wie, konnte man bisher nicht erklären. Mario hoffte, in den nächsten anderthalb Tagen der Ursache der merkwürdigen Strömungen auf die Spur zu kommen.

Kami stand mit seinem Rollstuhl an der Reling. Er beobachtete einige Delfine die sich spielerisch von der Bugwelle treiben ließen und von einem Augenblick auf den anderen verschwanden.

„Was hat sie erschreckt?", hörte er Tiku fragen.

„Kann ich dir nicht sagen. Nur, dass die beiden Orcas, die uns in einiger Entfernung verfolgt haben, auch nicht mehr zu sehen sind."

„Eigenartig", murmelte Tiku. Er rollte zur Brücke, um Mario zu befragen.

„Die Monitore haben einen Schwarm großer Fische angezeigt. Vielleicht hat das Delfine und Orcas zur Jagd animiert. Anders kann ich mir auch nicht erklären, dass sie wie auf Kommando verschwunden sind."

Tiku beobachtete das Radar, an dessen Bildschirmrand hin und wieder große Lebewesen auftauchten. Ob nun große Fische, kleine Wale oder Robben, war nicht ersichtlich. „Warum nur am Rand und nicht in der Mitte?", überlegte er laut.

„Gute Frage", erwiderte der Kapitän. „Es sah die ganze Zeit schon aus, als ob das, was da zu sehen ist, absichtlich aus dem Bereich schwimmt. Womöglich ist es menschengemacht und reagiert auf die Radarwellen. Aber es verfolgt uns."

Mario machte den kleinen Helikopter flott. „Das sehe ich mir von oben an. Möglich, dass hier jemand versucht, unsere Arbeit zu sabotieren oder Daten zu klauen."

„Wer sollte das tun und warum?", murmelte Tiku nachdenklich.

Kami pflichtete ihm bei: „Das ergibt doch alles keinen Sinn. Jeder Mensch auf dieser Welt sollte ein Interesse daran haben, dass der Planet irgendwie gerettet werden kann. Wer uns sabotiert, geht mit drauf, wenn es hier zum großen Finale kommt. Wenn ich nur wüsste, was Liana gesehen hat!"

„Nichts. Das ist ja das Problem." Tiku presste die Finger um das Metall der Reling, als könne er diesem die Antwort herausquetschen.

Der Heli kam von seinem kurzen Flug zurück. Mario konnte auch keine sachdienlichen Hinweise geben. „Mysteriös", war sein einziger Kommentar.

Und mysteriös blieb es auch, denn die großen Lebewesen verschwanden nach wie vor sofort aus dem Gesichtsfeld, wenn sie in den Bereich der Radarwellen gerieten.

„Dann wissen Sie ja, womit Sie uns den Rücken freihalten können", sagte Mario mit einem Schulterzucken zum Kapitän. „Ist vielleicht auch nicht ganz schlecht."

Aber auch nicht wirklich gut, überlegte Tiku. *Möchte zu gern wissen, was das für Viecher sind.*

Er ließ sich, als sie schließlich auf Tauchkurs gingen, eine zweite Kamera am Rücken anbringen, die permanent an Tauchboot und Schiff Bilder übertragen sollte. Tamik fühlte Unbehagen aufsteigen. Er prüfte mehrmals den richtigen Sitz der leichten Panzerung. Kami legte ihm schließlich die Hand auf die Schulter, um ihn zu beruhigen.

Das gequälte Lächeln des Meermannes sprach Bände und Kami fragte: *Willst du lieber oben bleiben?*

Das wäre das Letzte, ließe ich euch im Stich, wenn es wirklich Ärger gäbe. Ich gehe mit, bekam er zu Antwort.

Tiku und Mario hatten letzte Absprachen getroffen und von der telepathischen Unterhaltung der beiden nichts mitbekommen. Tamik war das recht. Es hätte ihn sehr an der Ehre gekratzt, als Angstfisch dazustehen.

Das Tauchboot mit Mario an Bord wurde ins Wasser gelassen. Er flutete die Tanks und es begann, langsam zu sinken. Die Meermänner blieben in seinem Kamerabereich. Hin und wieder sonderte sich einer der drei ab, um seltene Tiere zu filmen, die zufällig ihren Weg kreuzten. Es waren zwar keine biologischen Studien vorgesehen, aber so viel Zeit war übrig und die nebenbei gemachten Entdeckungen der Meermänner waren schon oft recht spektakulär gewesen.

Mario hatte einige neue Arten nach ihrem jeweiligen Finder benannt. Besonders Stolz war Kami auf einen neonartig bunt geringelten Wurm, der nun seinen Namen trug. Er hatte ihn im Schlamm verschwinden sehen und fast zehn Minuten nach dem Tier gegraben, das sich am Ende auch noch heftig zur Wehr setzte. Das Tiere ging als *Kamis Wehrwurm* in die wissenschaftlichen Annalen ein.

Noch etwa 50 Meter, hörten sie Mario sagen. *Da draußen alles in Ordnung?*

Außer, dass das Wasser immer scheußliger schmeckt, je tiefer wir kommen, ist alles okay, erwiderte Tiku.

Ich habe keine ungewöhnlichen Messwerte, wenn wir vom ungewöhnlich warmen Wasser absehen, erklärte Mario.

Es schmeckt halt, wie nach jeder Eruption, lachte Kami. *Aber den Landbewohnern umschmeichelt in solchen Fällen auch kein Blütenduft die Nase.*

Poetisch ausgedrückt, schmunzelte Mario, von ihnen die ersten Probegefäße entgegennehmend. *Tiku, aus meiner Sicht auf 4 Uhr sind irgendwelche großen Schatten.*

Pottwale.

Ah, okay.

Einen Wimpernschlag später kam eine gleichlautende Meldung vom Schiff. „In Ihre Richtung tauchen gerade zwei Pottwale ab."

„Danke, sie haben uns schon passiert."

Tamik sah den Giganten nachdenklich hinterher. „Sag mal Tiku, die fressen doch riesige Kalmare oder Kraken … kann es sein, dass das, was ständig aus dem Radar verschwindet, solche Biester sind?

„Interessante Überlegung", meinte der Angesprochene. „Es sind ja wirklich schon unglaublich große Exemplare gefunden worden. Ob die aber auf Radarwellen reagieren, weiß ich nicht."

Darüber ist nichts bekannt, ließ sich Mario vernehmen, dem Tiku die Frage weitergeleitet hatte. *Aber eins ist sicher, die wären, und nicht nur im Schwarm, genau so gefährlich wie die Nuoni.*

Das ist die Lösung! Kami schlug mit der Faust in die offene Hand. *Ich fühle mich nämlich schon seit Stunden beobachtet. Genau seit jenem Augenblick, als wir ins Wasser gesprungen sind, wie damals, als sie mich fast umgebracht hätten!*

Wenn ihr die Laserpistolen einsetzt, denkt bitte daran, dass ich nicht im Wasser atmen kann, sagte Mario nur, damit praktisch den Einsatz der Waffen freigebend.

Kein Vortrag über Artenvielfalt? Tiku schaute erstaunt durch die Panzerglasscheibe ins Innere der Tauchkapsel.

Nein. Unsere Sicherheit geht vor. Die retten den Planeten ganz bestimmt nicht.

„Das dürfte ziemlich sicher sein", brummte Kami in seinen Bart, den Gurt mit der Laserpistole so drehend, dass er sie genau vor dem Bauch hängen hatte.

„Kommen Sie hoch! Der Schwarm kreist Sie ein!", ertönte es aus dem Lautsprecher.

„Schon unterwegs!", entgegnete Mario, die Meermänner warnend.

Die blieben während des Auftauchens genau so an Marios Seite, wie beim Abtauchen, verließen aber zuerst das Wasser.

„Haben Sie sie gesehen?", fragte der Kapitän.

Alle vier schüttelten den Kopf.

Mario knirschte mit den Zähnen. „Wir haben nun aber ein ernsthaftes Problem – sie werden uns nach Hause folgen. Was das bedeutet, muss ich wohl keinem erklären."

Tiku fasste nach der Laserpistole. Mario nickte. Dann gab er einen Funkbefehl an Land, einen Heli mit Proviant für mehrere Tage zu schicken und unterrichtete Siria und Liana über den Ernstfall.

„Ich hätte niemals gedacht, dass ich jemals so etwas tun würde", murmelte Mario mit finsterem Gesicht. „Es widerstrebt mir, eine Tierart auszulöschen."

„Das wird sich zeigen. Verschwinden sie, werden sie überleben, bleiben sie wie mit Saugnäpfen an uns hängen, machen wir kurzen Prozess", gab Tiku bekannt.

Das Letzte wäre mir das Liebste, sagte Kami so, dass es nur Tiku und Tamik mithören konnten.

Mir auch, kam sofort völlig synchron von beiden zurück.

„Erst was essen, dann den Schlachtplan besprechen und auf in den Kampf!", forderte Tiku.

„Du hast offenbar schon einen Plan im Kopf", bemerkte Mario, während sich Tiku das Abendbrot schmecken ließ. „Nur wird es bald dunkel."

Der Meermann winkte ab. „Das ist für uns ja nun wirklich kein Problem." Er kaute genüsslich weiter, um sich für einen harten Kampf zu stärken.

Auch die anderen beiden nahmen fast das Dreifache an Nahrung auf, wie Mario überrascht feststellte. Bei Menschen wäre so etwas nicht nur fast unmöglich, sondern auch hinderlich gewesen, wenn man sich danach hätte rasch und wendig bewegen wollen. Die Meermänner hingegen heizten ihre muskulösen Körpermaschinen regelrecht an.

„Kampfmodus", kommentierte Tiku flüsternd, als sich einer nach dem anderen buchstäblich umfärbte.

Er und Tamik hatten nun schwarzbraune Haut und blauschwarze Schuppen. Auch Kamis helle Haut war mehrere Nuancen dunkler geworden und erinnerte jetzt an Vollmilchschokolade, genau wie der schuppige Schwanz, der genau den gleichen Farbton angenommen hatte.

„Das … das … das ist doch unglaublich", stammelte Mario fassungslos. Da kannte er die Meerwesen schon so lange und wusste trotzdem nicht alles über sie.

Die Crew glaubte, ihren Augen nicht mehr trauen zu können.

„Es gibt nur einen Weg", erklärte Tiku. „Wir gehen im Haikäfig runter, ihr schaltet das Radar ab und wir warten, bis sie kommen …"

„Informiert uns über alles, was ihr sehen könnt. Mischt euch aber nur ein, wenn wir wirklich darum bitten", fügte Kami hinzu.

„Welche Waffen nehmt ihr mit?"

„Jeder zwei Laserpistolen, ein Tauchermesser und einen Elektroschocker", legte Tiku fest. „Und natürlich die Carbonpanzer. Sicher ist sicher."

Mario gab die Waffen aus und wünschte den Männern Glück. Im Licht der Scheinwerfer ließ man den Haikäfig hinab, dann wurde das Schiff für Menschen praktisch unsichtbar. Kein Radar, kein Licht, kein Funkverkehr, die Anzeigen der Geräte wurden in der Helligkeit gedimmt. Nur der Halbmond glänzte am Himmel und sein Spiegelbild im Wasser.

Viel Glück!

Das werden wir brauchen.

In den nächsten 20 Minuten blieb es still. Dann zeigte ein Matrose in die Nacht, dahin wo sich der Erdtrabant spiegelte.

Mario reagierte sofort. *Backbord Bewegung gesichtet.*

Ich sehe auch etwas, ertönte Kamis telepathische Stimme. Und im Bruchteil einer Sekunde: *Es ist ein Nuoni.*

Sie sind überall, berichtete Tamik. *Fast 40 Exemplare!*

Tiku meldete gar nichts nach oben, stattdessen forderte er: „Lasst sie ganz nah rankommen, damit wir möglichst viele erwischen."

Die Angreifer begannen in gespenstiger Stille den Käfig zu umschwimmen. Erst in gehörigem Abstand, dann in immer enger werdenden Spiralen.

Es sind 37, vermutlich beiderlei Geschlechts, hörte Mario Kami sagen.

Wenig später begann der Käfig zu schaukeln und Laserblitze schossen durch das Wasser. Wieder und wieder.

Sie ziehen sich zurück, gab Tiku bekannt. *Mal sehen, wann die nächste Angriffswelle rollt.*

Wie viele sind übrig, fragte Mario aufgewühlt.

Kami beriet sich mit den anderen. *Das wissen wir nicht. Einige sind ja im Fressrausch sofort über die Kadaver den anderen hergefallen. Wir haben auch keine Ahnung, ob sie diejenigen, welche nur verletzt sind, nicht auch zerfetzen. Sicher ist nur, dass sie wiederkommen werden. Ob heute Nacht, oder erst morgen, steht buchstäblich in den Sternen. Wir bleiben noch eine Weile hier unten und ...*

Sie sind wieder da! Tamik war gewaltig erschrocken, als sich aus dem Nichts ein zähnegespickter Rachen vor ihm öffnete.

Tiku streckte die Bestie eiskalt nieder. *Da waren's nur noch sieben,* verriet er Mario.

Nicht einmal eine Viertelstunde später war der Spuk vorbei und die Meermänner ließen sich heraufziehen. Der Käfig sah zum Fürchten aus. Er war an mehreren Stellen eingebeult.

„Da könnt ihr mal sehen, was die für Kräfte freisetzen!" Tamik hatte die Rangelei der Nuoni um den schmackhaften Inhalt des Käfigs sehr mitgenommen. Er suchte sich ein ruhiges Eckchen und schlief auf der Stelle ein.

„Er hat sich tapfer gehalten", lobte Kami.

„Haben Sie alle niedergemacht?", fragte der Kapitän.

Tiku zuckte mit den Schultern. „Auch hier müssen wir eine endgültige Antwort schuldig bleiben. Man sieht bei denen doch nur Flossen an schlangengleichen Beinen, die sich wie die Fangarme eines Kraken winden. Vor übermorgen sollten wir jedenfalls nicht aufbrechen. Ich möchte schon wissen, ob das Wasser wirklich sauber ist."

„Ich werde jetzt erst mal die Frauen informieren." Mario begab sich zum Funkgerät.

Kami blinzelte Tiku vergnügt zu. „Die haben die ganze Zeit durch Liana praktisch mitgehört, was da unten und hier oben los war."

Beide legten sich einfach da auf den nackten Planken zur Ruhe, wo Tamik schon friedlich schlummerte. Der Kapitän deutete auf einen Stapel Decken. Mario winkte ab. Die Crew setzte sich noch für eine halbe Stunde zusammen. Die ersten Minuten schwiegen sie.

„Ich möchte lieber nicht wissen, was da unten los war", begann der Erste Offizier die Unterhaltung.

„Die drei werden es auch keinem Menschen erzählen", erwiderte Mario und fügte mit Blick auf den lädierten Käfig an: „Das war nicht irgendein Abschlachten von irgendwelchen Kreaturen, das war Krieg."

„Ich dachte, die Ketten reißen!", gab der verantwortliche Matrose zu.

„Hoffen wir ganz einfach, dass ab sofort Ruhe herrscht", wünschte sich der Kapitän.

Der wachhabende Offizier lachte bitter auf. „Da muss ich euch alle schon jetzt enttäuschen, ich habe wieder Sichtungen auf dem Radar, die sich seltsam verhalten. Drei, vier oder gar fünf? Man weiß ja nicht, wie schnell die Biester ihren Standort wechseln können."

„Sie lassen uns keine Wahl", seufzte Mario. „Die Meermänner müssen es zu Ende bringen."

Mit dem Sonnenaufgang waren auch die Meermänner wieder wach und ließen sich über die Vorkommnisse der Nacht unterrichten.

„Kampfessen?", fragte Mario kurz

Die drei Meerwesen wechselten einen einzigen Blick. „Ja."

Der Smutje tafelt auf, was die kleine Kombüse hergab und öffnete die große Holzkiste, die der Heli abgeseilt hatte. Es beschwerte sich auch keiner, dass die drei die gesamten Nougatvorräte verschlangen. Jeder tauschte freiwillig seine Ration gegen einen Platz auf dem relativ sicheren Schiff. Bei Tageslicht sahen die, sich langsam umfärbenden, Meermänner noch um einiges gefährlicher aus, als am Abend mit einsetzender Dunkelheit.

Mit denen möchte ich mich aber auch nicht anlegen, dachten einige von der Besatzung.

„Käfig klarmachen!", befahl Mario.

„Lasst ihn ruhig schon runter", sagte Tiku. „Er soll uns als Rückzugsort dienen, wenn es brenzlig wird. Wir wollen sie diesmal jagen, auf dass ihnen Hören und Sehen vergehen."

Sie sprangen auf der anderen Seite des Schiffes ins Wasser, um nicht versehentlich auf dem Metallgitter aufzuschlagen. Sofort tauchten mehrere Nuoni auf, um reiche Beute zu machen.

Oha, mehr als erwartet, knurrte Tiku. *Drei auf jeden von uns. Machen wir sie fertig!*

Mario gab die mitgehörten Informationen an die Decksmannschaft weiter. „Taucheranzüge an und macht euch bereit, im Notfall sofort eingreifen zu können", befahl er und die Männer gehorchten. Dann starrten sie schweigend ins Wasser, das neben dem Schiff zu kochen schien.

Kami spielte den Lockvogel, Tiku und Tamik schossen die Nuoni ab, wenn sie sich ihrem König auf ein bis zwei Meter genähert hatten. Dabei bewegte sich Tamik mit Tiku Rücken an Rücken, um keine unliebsamen Überraschungen zu erleben. Auf die Idee, zu fliehen, kam keiner der letzten Nuoni. Das Blut im Wasser putschte sie derart auf, dass sie geradezu in die Lasergarben hinein schwammen, deren Bedeutung sie auch wohl nicht erfassen konnten.

Sollen wir dir ein Beutestück mitbringen?

Mario glaubte zu träumen. *Gern, wenn es keine zu großen Umstände macht!* Er ließ die Tauchplattform ins Wasser.

„Ein Weibchen und noch in relativ großen Stücken", schmunzelte Kami, als die Männer der Besatzung zusammenliefen.

„Aber das ist doch so ein Ding, wie wir mal ins Meer zurückgebracht haben!", rief einer der Männer.

„Richtig", bestätigte Mario. „Damals habe ich allerdings nicht geahnt, was das für Bestien sind. Packen Sie es ein, damit ich es im Labor sezieren kann! Ab, nach Hause!"

Das musste Mario nicht zwei Mal befehlen. Volle Kraft fuhren sie dem Heimathafen entgegen, wo ihnen Auan, Amar, Frauen und Kinder einen triumphalen Empfang bereiteten.

Diesmal durften sich alle die tote Nuoni aus der Nähe anschauen, um zu wissen, wovor man so schnell wie möglich fliehen musste, wenn man es auch nur in der Ferne gewahrte.

„Woher weißt du eigentlich, dass es ein weibliches Tier ist?", fragte Mario.

„Das sieht man nur an der Größe", erklärte Kami. „Ist dir nicht aufgefallen, dass dieses Exemplar hier fast zwei Köpfe größer ist, als das, was du zu retten versucht hast? Ansonsten ist es wie bei einem normalen Fischschwarm, da sehen alle Tiere auch nur fast gleich auch. Irgendeine Winzigkeit unterscheidet sie trotzdem. Mal ist es die Farbnuance, mal ein Detail der Flossen. Sie sind übrigens Lebendgebärende. Zwei bis drei Junge kommen zur Welt, werden aber in der Regel sofort von der eigenen Mutter aufgefressen. Nur die ganz Flinken haben eine Chance, sich zu verstecken."

Mario untersuchte die Reste möglichst schonend, um dann das ganze Tier zu präparieren und vor den Augen der Welt zu verbergen.

Die Bilder vom verbeulten Haikäfig ließen es den Clanmitgliedern eiskalt den Rücken hinunter laufen. Tamiks detailgetreue Beschreibungen der Kämpfe trugen dazu bei, alle drei beim Clan im Handumdrehen fast in den Status von Halbgöttern aufsteigen zu lassen. Das hatte zur Folge, dass es den Haien im Riff in den nächsten Tagen nicht gut erging, denn die beiden Halbwüchsigen spielten die Kampfszenen nach und erlegten jeden zweiten oder dritten Tag einen der Raubfische, von denen die ganze Gemeinschaft satt wurde.

Irgendwann sagte Kami: „Ich möchte mal wieder was anders essen, als immer nur Hai. Lasst doch die armen Viecher in Ruhe! Wir wissen doch inzwischen, dass ihr verdammt gute Jäger und völlig furchtlos seid."

Vertreibung aus dem Paradies

Um die überschüssige Kraft der angehenden Männer in ordentliche Bahnen zu lenken, nahm Tiku die beiden immer öfter mit, wenn er Aufträge für Mario erledigte. Und die Aufträge wurden immer spezieller. Die ersten grauen Haare des letzten menschlichen Clanmitglieds schienen sagen zu wollen, dass Marios Alter nicht nur als Zahl auf dem Papier stand und er langsam kürzer treten musste.

Tiku und Kami beobachteten es mit Sorge, zumal Siria die Augen zu verschließen schien. Sie wollte keinerlei Unterhaltungen über dieses Thema führen. Nicht einmal, wenn es wieder Erdstöße gab und die halbe Welt verrückt spielte.

„Liana und Auan werden seine Forschungen weiterführen", wiederholte sie dann stereotyp.

„Werden sie das?", fragte Kami Tiku mit leicht spöttischem Unterton.

Tiku schaute Kami mit hochgezogener Augenbraue an. „Bestenfalls den biologischen Teil. Am geologischen hat Auan selten, Liana nie, teilgenommen. Dass ich dafür nicht aus dem Meer kommen werde, habe ich unmissverständlich klargemacht."

Um Mario mit zusätzlicher Lebenskraft zu versorgen, ließ ihm Kami ein Mal pro Woche eine spezielle Behandlung zukommen, die ausschließlich ein Rakaa vornehmen konnte. Dabei hoffte er inständig, dass eines seiner beiden Kinder irgendwann diese Fähigkeit entwickeln möge.

In den letzten Monaten war es recht ruhig um den Vulkan auf dem Meeresboden geworden und auch die Hiobsbotschaften aus anderen Teilen der Welt hielten sich in Grenzen. Die Phlegräischen Felder stießen gleichmäßig viel Dampf aus, hin und wieder floss etwas Lava ins Meer. Die Caldera unter dem Yellowstone Gebiet köchelte vor sich hin und hatte bereits die gesamte Vegetation absterben lassen, weil der Boden fast überall 50 Grad Celsius und heißer war. Die Geysire, besonders der Old Faithful, stießen Fontainen aus, die fast doppelt so hoch aufstiegen, wie in den letzten beiden Jahrhunderten. Das Totholz, das von dem niedergehenden Mineralienregen getroffen wurde, begann rasch zu versintern. Der Meeresspiegel stieg um fast einen Meter, weil die Polkappen abschmolzen. Die Wilson-Villa mutierte zur Wasserburg und Mario versuchte, zu evakuieren, was zu evakuieren ging.

Am Ende der Regenzeit versammelten sich die erwachsenen Meerwesen zum Paarungstanz und wirbelten fast vier Tage lang im Banne der Hormone durch den Ozean. Die Halbwüchsigen machten sich bereit, auf einen Schwarm kleiner Geschwister aufzupassen. Dann geschah etwas, womit niemand rechnen konnte …

Auf Grönland und in Alaska brachen gleichzeitig zwei gigantische Vulkane aus, die Staubwolken bis in die Stratosphäre spuckten. Nicht nur, dass finstere Wolken wochenlang den Himmel verdunkelten, das sich in dieser Höhe bildende Sulfataerosol, reflektierte das Sonnenlicht zurück in den Weltraum. Es wurde in sehr kurzer Zeit kalt. Sehr kalt. Und die anderen tickenden Zeitbomben begannen ebenfalls zu rumoren. Ernten fielen aus, weil ganze Landstriche unter Vulkanstaub verschwanden. Woanders fehlte das Sonnenlicht und die Nutzpflanzen setzten keine Früchte an. Insekten fielen in Kältestarre und Vögel fanden keine Nahrung mehr.

Superreiche verschanzten sich in ihren eigens für solche Szenarien angelegten Bunkern. Der Clan versorgte die vier letzten Landbewohner und ihr Personal mit Nahrung aus dem Meer, die es noch reichlich zu geben schien.

Mario schickte seine wichtigsten Forschungsmaterialien per Flugzeug in die USA, wo ihm John Benton einen Bunker zur Verfügung stellte, in dem die wissenschaftlichen Erkenntnisse die Kaltzeit und die Überflutung des ganzen Atolls überdauern sollten. Das Angebot, mit dem ganzen Clan in einer riesigen

Bunkeranlage zusammen mit dem Benton-Clan zu leben, lehnte Mario kategorisch ab. „Wer soll denn dann hier die Forschungen weiterführen?"

So begleitete er den Flug der Maschine mit allen noch funktionierenden Überwachungsanlagen. Viele waren es nicht, weil der Satellitenempfang ebenfalls durch die Sulfataerosole blockiert wurde. Der Flugkapitän, ein sehr erfahrener Pilot, musste nach Sicht fliegen und mit Hand steuern. Dann geriet das Flugzeug in einen Magnetsturm. Jeglicher Kontakt brach ab. Mario raufte sich die Haare.

„Versuche, dich zu beruhigen", beschwor ihn Kami. „Dein Herz ist sehr schwach."

„Na, ist das denn ein Wunder, wenn alles den Bach runtergeht, wofür ich gelebt habe?", echauffierte sich Mario und musste ein starkes Beruhigungsmittel nehmen, weil er tatsächlich Herzschmerzen bekam. Und die kamen nun täglich wieder, weil er sich ständig das Gehirn zermarterte, was mit dem Flugzeug geschehen sei. Kami musste hilflos zusehen, wie er sich sogar gegen jegliche Behandlung sträubte.

Nach ein paar Wochen war es Gewissheit, dass alles unwiederbringlich verloren war. Es gab Augenzeugenberichte, die besagten, die Maschine sei gegen einen Berg geprallt und in einem riesigen Feuerball explodiert. Mario wurde beim Erhalt der Nachricht bleich wie eine Kalkwand. Sekunden später brach er zusammen. Siria schrie nach dem Hauspersonal und versuchte, das stehen gebliebene Herz wieder zum Schlagen zu bringen.

Ein Mal schien es, als wolle es seine Arbeit wieder aufnehmen, um gleich darauf erneut stehen zu bleiben. Dann endlich kam ein Arzt. Auch der zweimalige Einsatz eines Defibrillators blieb erfolglos und der Mediziner konnte nur noch den Tod des berühmten Wissenschaftlers feststellen.

Marios Leichnam wurde noch am selben Tag dem Meer übergeben, wie er es in seinem Testament verfügt hatte. Nur, dass man ihn nicht einfach hineinwarf. Der gesamte Clan tauchte ab, um sein letztes menschliches Mitglied würdevoll am Grund zu bestatten. Siria war völlig apathisch. Tiku und Auan mussten sie führen, sonst wäre sie überall herausgekommen, bloß nicht da, wo der Clan wartete. Liana und Auan hatten auch ihre liebe Not, sie hinterher unbeschadet wieder in die Villa zurück zu bringen.

„Wir sollten ins Meer gehen und dort bleiben!", forderte Liana.

Siria schaute ihre kleine Schwester mit leerem Blick an. „Ich kann doch nicht einfach gehen. Hier ist alles, wofür Mario gekämpft hat. Das kann ich doch nicht im Stich lassen."

Liana packte Siria an den Schultern und schüttelte sie. „Es ist nicht mehr hier. Es ist mit diesem verdammten Flugzeug in Rauch aufgegangen!", schrie sie. „Komm zur Vernunft!"

Siria reagierte nicht.

Am nächsten Morgen hatte sie einen fiebrigen Glanz in den Augen, der Liana an menschlichen Wahnsinn erinnerte. Um bloß keinen Fehler zu machen, rief sie Kami zu Hilfe.

„Du hast nicht ganz unrecht", stellte er rasch fest. „Wir müssen versuchen, sie ganz vorsichtig wieder ins richtige Leben zurückzuholen und gleichzeitig alles für unser Weiterleben im Meer vorzubereiten. Tiku sagt, uns bleibt nicht mehr viel Zeit." Er übertrug Siria eine reichliche Portion seiner Heilenergien und schickte sie in ihrer Badewanne für ein paar Stunden ins Reich der Träume.

Liana und Auan nutzten die Zeit, das wenige, noch verbliebene Hauspersonal aus dem Dienst zu entlassen und mit so viel Barschaft zu versehen, dass es praktisch überall auf der Welt komfortabel leben konnte. Falls Leben überhaupt noch möglich war. Sie ließen auch alle mit einem Helikopter ausfliegen. John Benton kümmerte sich dann darum, dass das verschwiegene und besonders gut geschulte Personal seines alten Freundes mit in seinen Bunker ziehen konnte. Er versprach Liana, die Männer und Frauen ihr Altenteil genießen zu lassen und versuchte noch einmal, auch sie zum Mitkommen zu bewegen.

„Ich werde vielleicht auf Ihr Angebot zurückgreifen, wenn es völlig unmöglich wird, auf der Erdoberfläche zu leben", erwiderte sie charmant, ehe die Kommunikationsverbindung wieder zusammenbrach.

„Es kann uns keiner vorwerfen, wir hätten uns nicht ganz im Sinne von Mario um all jene gekümmert, die ihm etwas bedeutet haben. Sicherer konnten wir sie nicht unterbringen", sagte Liana zu Auan und gab Kami über den Stand der Dinge Bescheid.

„Nächster Punkt: Siria wieder auf die Flosse bringen", bemerkte Auan.

„Falsch. Essen bereiten, damit sie uns nicht vorher verhungert. Wir müssen selber arbeiten, mein Lieber." Liana rollte mit einem mechanischen Stuhl in die große Küche, wohin ihr Auan rasch folgte. Knurrte ihm doch auch schon mächtig der Magen. Liana kochte zwar nicht gut, aber zumindest war es genießbar, wie sie selber lachend feststellte.

„Dafür, dass du es zum allerersten Mal getan hast, war es doch gar nicht so schlecht", lobte Auan, mit dem Tablett auf dem Schoß zu Siria fahrend.

„Wir haben den Saft vergessen", stellte Liana fest und düste noch einmal zurück.

Siria saß mit leerem Blick in einem Sessel, als die beiden herein kamen.

„Wie geht es dir?", fragte Liana teilnahmsvoll.

Ein müdes Schulterzucken war die ganze Antwort.

„Iss einen Happen", bat Auan. „Liana hat es selber gekocht."

Es dauerte einen Augenblick bis Siria die Worte begriff. Ihr Augen wanderten vom Teller zu ihrer kleinen Schwester, dann zu Auan und noch einmal in gleicher Reihenfolge. „Warum?"

„Warum sie gekocht hat? Nun … damit wir nicht verhungern müssen. Das Personal ist fort."

„Wie fort?" In Sirias Augen kam etwas mehr Leben.

„In Sicherheit. John Benton hat alle bei sich aufgenommen. Mario hätte sie ganz bestimmt auch zu ihm geschickt." Auan blinzelte Liana kaum merklich zu.

„Ja, das hätte er", flüsterte Siria, mit der Gabel ein wenig Rührei in den Mund steckend. „Es fehlt Salz", stellte sie ganz sachlich fest.

Liana freute sich über den winzigen Vorwurf, als sei es das größte Lob, das sie jemals bekommen habe. Wenn Siria solche Kleinigkeiten bemerkte, schien also schon wieder Hoffnung zu bestehen.

„Tiku sagt, wir haben nicht mehr viel Zeit", versuchte Liana, das Gespräch weiterzuführen.

„Wofür?" Siria sah sie verständnislos an.

„Um ins Meer zu gehen, bevor alles Land unter einer meterdicken Ascheschicht begaben wird. Kommt Vulkanasche in unsere Lungen und Kiemen, müssen wir jämmerlich ersticken, wie es schon tausenden Menschen und Tieren geschehen ist."

„Dann sollten wir auf Tiku hören", murmelte Siria. Sie schaute sich um. „Warum ist es eigentlich so kalt und so finster? Die Regenzeit ist doch schon vorbei."

„Weil die Erde gerade in einer neuen Kaltzeit versinkt. Die Sonne kann die dicken Vulkanwolken nicht mehr durchdringen. Wir werden erfrieren, wenn wir nicht vorher erstickt sind", sagte Liana eindringlich. „Der Ozean kann uns helfen, zu überleben."

Siria schaute Auan und Liana an. „Wann gehen wir?"

„Schon morgen, wenn du möchtest und wenn du dich stark genug fühlst", erwiderte der Meermann, Lianas Hand drückend. Ihre Worte waren wohl gesetzt und nicht umsonst gewesen.

„Was muss ich mitnehmen?"

„Am besten ein Tauchermesser und ein Beutelchen mit wasserfestem Schmuck, den du gern trägst", erwiderte Liana. „Ich werde Tiku bitten, sich hier noch einmal umzusehen, ob es Dinge gibt, die wir sonst noch brauchen könnten."

Der ganze Clan kam, um sich von der Villa zu verabschieden. Sie blieben über Nacht und packten zusammen, was sinnvoll erschien. Am Ende standen für alle kleine Rucksäcke bereit, mit Dingen, die das Leben sehr erleichtern konnten. Ein paar Keramikmesser aus der Küche, einige Rollen Kunststoffschnur, Netzbeutel aus dem ehemaligen Labor, ein bisschen Kinderspielzeug, das alle liebgewonnen hatten und alles, was sich an Waffen finden ließ.

„Die Akkus halten noch ein paar Jahre", versprach Tiku. „Wir müssen nur aufpassen, dass sie der Wasserdruck nicht platt macht. Ein paar Vorräte packen wir noch ein und übermorgen sollten wir endgültig verschwinden."

Bereits vier Uhr am nächsten Morgen mussten sie die Flucht ergreifen. Es hatte in der Nacht begonnen, Vulkanstaub zu regnen, der sich jetzt mit jeglicher Feuchtigkeit zu einer betonartigen Masse verband. Sie konnten nicht ahnen, dass kurz nacheinander zwei Supervulkane, nämlich der Yellowstone und die Phlegräischen Felder ausgebrochen waren, die einen großen Teil des Landlebens bereits verbrannt, erstickt oder mit Gesteinsbrocken erschlagen hatten.

Nur, dass sie umgehend verschwinden mussten, wenn ihnen ihr Leben lieb war, begriffen sie, beim Anblick der rasch dicker werdenden Ascheschicht. Kami trieb sein Volk zur Eile. Hastig rollten sie zur rettenden Betonröhre im Anbau, die so tief ins Meer führte, dass ihnen die Asche nicht gefährlich werden konnte.

„Ich bin froh, dass Mario das nicht mehr erleben muss", flüsterte Siria, als Letzte den Fluchttunnel verlassend und ihn mit Hand verriegelnd, als kämen sie eines Tages wieder.

Kami schaute sein Volk entschlossen an. „Verabschiedet euch von der Welt über Wasser und behaltet die Zeit in Erinnerung, als sie für uns am schönsten war. Sie wird niemals wieder so werden. Ich führe euch jetzt in Tiefen, die ihr noch nie gesehen habt. Wir müssen versuchen, eine Region zu finden, die unverseucht ist und Nahrung bietet. Am besten wäre ein tief liegendes Schiffswrack. Sammelt unterwegs alles ein, was uns irgendwie nützlich sein könnte. Ich kann euch nicht versprechen, dass wir überleben werden. Wir werden aber alles versuchen."

Dann gab er klare Befehle aus: „Ammon und Kirk, kümmert euch um Siria! Sie hat es von allen am schwersten, im Meer zu existieren. Männer, ab heute seid ihr alle Krieger! Schützt unser Volk! Und nun abwärts, damit wir aus der Todeszone kommen!"

Kami zog mit langsamen Flossenschlägen los. Ihm folgten die schwangeren Frauen und die Halbwüchsigen, flankiert von den Männern, die bis an die Zähne bewaffnet waren. Vor ihnen lag ein beschwerlicher Weg in eine ungewisse Zukunft.

Inhalt

Weitere spannende Serien:

Die Magier von Tarronn

Band 1 - 5

Die Nebelwald-Saga

Band 1: Der Nebelwald
Band 2: Die Schlacht um Wildforest
Band 3: Unter dem Banner des Geflechten
Drachen

Die Aurëus-Saga

Band 1: Der Spiegel des Aurëus
Band 2: Das Geheimnis des Aurëus
Band 3: Die Urenkelin des Aurëus

... Sex & Abenteuer - Reiseromane

Band 1: Asphalt, Sex & Abenteuer
Band 2: Burgen, Sex & Abenteuer
Band 3: Sehnsucht, Sex & Abenteuer